旺家俏娘子 4

農家妞妞 著

目錄

第九十二章　鴻門宴

「王爺，宴會馬上就要開始了，奴才這就為您帶路。」海公公笑容滿面地走了進來，恭敬地向皇甫傑——也就是唐子諾行了個禮。

「皇甫傑」微微頷首，站起來朝身後的喬春和柳如風眨了眨眼，一行人便隨著海公公來到了御花園中一處燈火通明的地方。

宴會地點選在人工湖中央的亭子裡。雖然那個亭子一般只用來休息，卻很寬敞，與喬春他們剛剛休息的宮殿不相上下。

亭簷下，人工玉石橋上，掛滿了精美的紙燈，好不熱鬧；滿月皎潔，高懸空中，影子倒映在湖面上，使人迷醉；微風吹過，亭子四周的輕紗微微飄動，此情此景如夢似幻，美若天宮。

喬春卻沒有半點欣賞美景的雅興。恆王把宴會地點選在這麼一個地方，只怕是想斷了他們的路。湖中央與湖邊只有一座石橋相通，如果他的人把橋給守住了，那麼亭子裡這些人就是插翅也難飛了。

喬春等人被海公公引導著走上石橋，兩個暗衛王林跟石峰則被攔在橋的另一頭候著。晉皇還未到來，亭子裡已經坐了一些大臣，那些人見「皇甫傑」優雅地走了進來，紛紛站起來走到亭子中央向他行禮。

「王爺吉祥！」

這些晉國大臣雖然心有不甘，但是大齊國的逍遙王可不是他們能輕視的對象。現在大齊國三十萬兵力正虎視眈眈地駐紮在兩國邊境，而且晉國還有一些把柄握在他們手裡，如果惹怒了眼前的人，只怕後果不是他們能承擔的。

「各位不必多禮，請坐。」「皇甫傑」瀟灑地朝那些大臣揮了揮手，隨著海公公來到了一個空桌前坐了下來。那神情、氣質，彷彿他才是這裡的主人，那些大臣是客人。

喬春不禁覺得有些好笑，想不到唐子諾能將皇甫傑的神情演繹得入木三分。如果她不是事先知情，說不定也不會懷疑眼前的皇甫傑是由唐子諾易容的。

大臣們笑著閒聊了一會兒，才陸續回到座位上。喬春站在唐子諾身後，微微抬頭，眼睛四處張望，發現橋的那一側燈火通明，一看便知晉皇已經來了。

亭子裡的大臣們又站了出來，整整齊齊在亭子口列隊，恭候晉皇到來。

「吾皇萬歲萬歲萬萬歲！」眾官下跪，朗聲行禮。

「晉皇萬福。」

「晉皇萬歲萬歲萬萬歲！」

跟在晉國大臣之後，唐子諾也帶領身後的喬春和柳如風恭敬地向晉皇行禮。

「逍遙王不必多禮。」晉皇嘴角含笑，上前拍了拍唐子諾的肩膀，笑道：「請坐。」

晉皇坐到主位上，神色淡淡地朝亭子裡掃過，微微偏頭對一旁的海公公說道：「開始吧！」

「宴會開……」海公公領命，正要開口，卻被打斷。

「皇上，恆王爺還沒到呢！」一個中年大官硬生生截斷海公公的話，從座位上站了出來，對晉皇行禮，順便「提醒」一番。他的意思很明白，就是要晉皇等恆王來了再開始舉行宴會。

喬春不禁失笑。虧他還在朝廷當官，連自己真正的主子是誰都不知道，真是個白癡。

她微微抬頭瞥了那不知死活的大臣一眼，又悄悄看向晉皇。果然，晉皇剛剛還淡淡帶著笑的臉龐，此刻已是烏雲密布，眼神冷冽地射向那位大臣。儘管如此，那位大臣非但沒因晉皇不悅的眼光而感到惶恐，反而直視回去。

這可讓喬春不得不驚嘆。眼前的景象，說明恆王在晉國勢力之大，連大臣都能這般無禮，以下欺上，只怕這晉皇窩囊了不止一點點。

但喬春相信，這個大臣將來一定會很後悔自己的所作所為。一個能忍又能裝的皇帝，可不見得真的就是個軟柿子，任人拿捏。瘦死的駱駝比馬大，再怎樣他都還是晉國名正言順的君主，豈容這些大臣輕視。

「哼！」晉皇冷冷哼了一聲，用力將自己手裡的茶杯，連同滾燙的茶水，準確無誤地擲到那位大臣頭上。

「啊！」大臣慘叫了一聲，看著冷若冰霜的晉皇，顫抖著身子規規矩矩俯首在地上，求饒道：「皇上饒命！」

座位上的臣子們一個個石化，眼睛一眨也不眨地看著與過去的軟弱大不相同的晉皇，就連站在晉皇身邊的海公公也不禁以全新的目光望著自己的主子。

主子今天是怎麼了？過去也不是沒有過這樣的情況，可從來都沒見過他如此生氣啊？亭子中央的那個大臣全身劇顫，沒命地用力磕頭，彷彿他頭磕的地方是海綿而不是又冷又硬的玉石地面。

「皇上饒命啊！」他一邊磕一邊求饒，早已被晉皇身上散發出來的王者氣息給嚇得三魂七魄去了一半。

過了好半晌，晉皇還是沒有讓他停下來的意思，潔白的玉石地板漸漸染上他額頭上的鮮紅了。

「唷，這是怎麼啦？」就在大家心懷不解，震驚不已的時候，恆王大搖大擺地走進了亭子。

他淡淡瞥了那位大臣一眼，眸底閃過一絲詫異，隨即又一派自然地笑看著晉皇，問道：「皇兄，這老頭做了什麼讓你不開心的事了？」

說著也不等晉皇出聲賜座，便逕自走到離晉皇最近的空桌前坐了下來，嘴角隱隱含著一抹冷笑。

「恆王爺饒命啊！下官只是要皇上等恆王爺您來了再開始舉行宴會，並無意冒犯啊！」那大臣抬起了頭，對恆王大聲解釋並求饒。他額頭上的血流到臉上，看起來有些狼狽不堪。只不過，他眸底的不安和驚慌已經隱去，取而代之的是濃濃的自信。

喬春在心底冷笑了一聲。原來這廝是恆王的人，怪不得敢對晉皇如此無禮。她倒要看看，目中無「皇」的恆王要怎麼處置他？

恆王沒吭聲，也沒看那個還跪在地上求饒的人，而是伸手端起桌上的酒杯，仰頭一口喝下，嘴角的笑意越發陰冷。此時，他突然用力揮出手裡的酒杯，不偏不倚打在那大臣的額頭上，完整無缺地鑲在上面，轉瞬間，鮮血迅速從他額頭上噴灑出來。

「您……」那大臣瞪大了眼睛，一臉不敢置信地看著恆王。帶著疑問還有不甘，他筆直地向後倒在地上，一動也不動。

「來人啊！把他抬去營房剁碎了餵狗。」恆王的眼底閃爍著嗜血光芒，他淡淡掃了處在震驚中的眾人，又調過頭看著晉皇說道：「皇兄，你也別為這種奴才置氣，氣壞身子就不好了。」

說完，恆王又對海公公吩咐道：「海公公，開始吧。」

「這……我……」海公公一臉惶恐地看了看恆王，又看了看晉皇，一時之間竟不知如何是好。他剛剛已經看出皇上的轉變，突然覺得皇上並不如想像中軟弱，然而剛剛恆王的毒辣和嗜血，也是有目共睹，他有幾條命能同時得罪這兩個人啊?!

喬春搖了搖頭，對海公公寄予無限同情。海公公這會兒只怕是成了晉皇兄弟間的夾心餅了。

「海公公，開始吧！」沈默了一陣子的晉皇，朝他做了個手勢，淡淡說道。

「遵旨！」海公公總算鬆了口氣，趕緊接旨，拉長著他尖細的聲音喊道：「宴會開始！」

話落，石橋那邊的宮女端著美酒佳餚徐徐而來。大夥兒像是忘記方才那血腥的一幕，歡暢地開始飲酒。

就在大家喝得正歡時，亭子裡突然響起優美的琴聲，緊接著幾個穿著薄紗的女子翩翩而來，伴著琴聲跳起了舞。

眾人先是被琴音吸引，接著又被這些衣著暴露的舞姬拉走注意力，他們一個個微張著嘴，眼睛一眨也不眨地盯著翩翩起舞的女子。

俗不可耐！原來不管是古代還是現代的男人，都喜歡這種視覺上的刺激。

喬春想到這裡，不由得低下頭，眼光瞥向身前的唐子諾，只見他端著酒杯，低頭自斟自喝，從頭到尾都沒看在亭中央賣力舞動的女子們一眼。

他是因為自己在場，所以不好意思看嗎？

喬春正猜想著，突然一名身著綠衣的女子從石橋另一端飛奔過來，輕飄飄地落在眾舞女中央，舞姿優美地跳了起來。

在場的男人除了唐子諾和柳如風以外，一個個都恨不得將自己的眼睛貼在那綠衣女子身上。喬春偷偷朝主位上瞄了一眼，只見晉皇眼裡閃爍著點點星光，臉上卻是冷冷淡淡。

他這表情的意思是什麼？喬春實在猜不透。

綠衣女子流暢的動作、柔軟的腰肢、凹凸有致的身材，成了亭子裡最美的一道風景，連喬春都忍不住多看幾眼。

她想要看清那女子的容貌，只可惜她的臉用綠紗蓋住，除了一雙水靈靈的眼睛、彎彎的柳葉眉，還有那與自己一樣的桃形劉海以外，其他都被綠色的布罩著，完全看不到。

喬春微微蹙著眉，若有所思地看著那名綠紗女子。她身上有一股她熟悉的感覺，她到底是誰？就在此時，那女子有意無意地朝她看了過來，眼角微動，柳眉輕鎖，一個轉身，目光就從喬春身上跳了過去。

一曲舞畢，除了那綠衣女子，其他舞姬全都留在亭子裡。

恆王伸手在空中拍了幾下，石橋那頭又來了十幾個紗衣裹體的女子，他吩咐道：「妳們今晚好好陪酒，把貴客伺候好了，大大有賞。」

「是。」那些女子柔順地應聲，在恆王的指示下，一個個柔若無骨地依偎在那些大臣身上。喬春也看到一個豐滿的女子扭著腰，一步步朝唐子諾走了過來。

喬春有些氣憤地瞪著恆王，不料卻見他邪肆地注視著自己，肆無忌憚地朝她拋了個媚眼，舌頭輕佻地伸出，繞著唇轉了一圈。

噁心！喬春只覺得雞皮疙瘩驟然起了滿身，她飛快抽回了目光，快要被氣炸了。

果然不出她所料，恆王早已看出自己的身分。想到這裡，喬春心裡忽然生出一股濃濃的不安。

「啊……」突然間，亭子傳出一聲尖叫。

柔笑著準備偎到唐子諾身上的女子，被他毫不憐香惜玉地用手一推，狼狽地跌趴在地，她滿臉幽怨地看著唐子諾，眼眶的淚水好像隨時都要掉下來似的。

原本熱鬧的亭子立刻安靜了下來，所有人都不解地看著唐子諾，彷彿在看一個怪物，而不是一個男人。他們實在想像不到一個男人居然能將這種尤物推離身邊，他要不是個女人，就是有斷袖之癖。

喬春看著那些人的眼光，連忙低下頭，咬著嘴唇，不敢讓自己笑出聲來。

「逍遙王這是什麼意思，難道是看不上我們的美人嗎？還是根本不把我們皇上放在眼裡？」恆王看著「皇甫傑」，冷冷問道。

喬春沒好氣地撇了撇嘴，暗斥道：不把晉皇放在眼裡的是你好不好？

「恆王多心了。我們是來談晉國人在大齊國濫殺大齊子民的事，可不是來飲酒作樂的。我們皇上已經催了好幾次了，如果貴國再不給予答覆，只怕駐守在邊境的將士們生氣起來不聽指揮，要是他們拔刀衝進來，我也無力阻擋。」唐子諾悠哉地放下酒杯，彎起嘴角，似是在談笑。

晉國大臣們聽了，都忍不住倒吸了一口氣，一臉驚慌地看著恆王和唐子諾。

他們比誰都清楚，要是大齊國三十萬大軍衝進來，晉國上下根本無力抵擋。

看到晉國大臣眼裡的驚慌，喬春實在想不透，明明晉國兵力不是大齊國的對手，為什麼恆王還敢對大哥痛下殺手呢？難道他不怕大齊將士衝殺進來？

「這個……」晉皇猶豫地看著唐子諾，一時之間竟不知該如何回答。

恆王輕蔑地瞅了晉皇一眼，仰起頭大笑了起來。「哈哈哈……談條件？你認為你有資格跟我談條件嗎？」

「恆王，你說話注意一點。」唐子諾一怒，隨手往桌上一拍，桌子立刻破成兩半。

「注意？你才要注意一點，我方才已經命人在你跟皇兄的酒裡下毒，勸你還是不要運功，否則你身上的毒會發作得更快。」

「你卑鄙！」唐子諾恨恨地怒瞪恆王，任由他的手下將劍架在他脖子上。

恆王冷笑一聲，再也不看唐子諾一眼，而是轉過頭看著晉皇，說道：「皇兄，這些年你一點政績都沒有，是不是該退位啦？」

「你……你……你想造反不成？這皇位可是先皇留給朕的！」晉皇氣得嘴巴都歪了，伸手指著恆王怒吼道。

「只要你退位給我就行，這樣就不算我造反了。」恆王說著，一步步朝晉皇走去。

「你……你……你別過來！」晉皇站起身，離開座位，由海公公護著，一步步往後退。

他一邊退，一邊朝亭裡的侍衛大聲命令道：「來人啊！護駕！」

回覆晉皇的，竟是滿亭寂靜。

晉皇一臉不敢置信地一一掃過亭裡的臣子、侍衛、太監、宮女……之後他仰頭大笑，笑到眼角都流下了淚。

「好，好，好！四弟，原來你早就想要篡位了！你們……」晉皇怒不可遏地指著在場的眾人，失望不已。

「請皇上退位！」亭子裡外的人跪了下去，低著頭，嘴裡說著大逆不道的話。

喬春等人全都無奈地搖了搖頭。想不到晉皇如此悲哀，當皇帝當到眾叛親離，毫無尊嚴可言。

「皇兄，你如果配合一點，我會考慮給你解藥。」恆王抬起腳，嘴角噙著笑，繼續朝晉皇逼近。

「你……作夢！」晉皇明白地拒絕了他。

「那就別怪我不客氣了。皇兄，你可別忘了你的皇后、貴妃，還有你的皇子、皇女們。」恆王不以為意，冷冷威脅著晉皇。

他是想要皇位，但是如果可以不用武力，而是讓晉皇對外宣稱退位給他，那才是最好的結果。晉國列代最忌諱的就是篡位，不到萬不得已，他也不會對晉皇痛下殺手。

「哼！你別想拿他們來威脅朕，朕不可能答應！」晉皇再次斬釘截鐵地回絕，沒有妥協的意思。

「你……」恆王咬牙憤憤地瞪著他。他實在沒想到這個軟骨頭居然完全不怕他的威脅。

「那你就別怪我心狠手辣！你不退位也可以，我可以對外宣稱，你生了急病，不治身亡。」

「卑鄙！無恥！」晉皇忍不住破口大罵。

「哈哈！皇兄，你就盡情罵吧，再不罵，你以後就沒有機會了。哈哈哈……」恆王看到晉皇惱羞成怒的模樣，不禁開懷大笑。

就在恆王得意洋洋，以為自己即將成功篡位之時，唐子諾忽然掙脫身旁士兵的控制，快步上前朝恆王的身體點了幾下。

「啊……」恆王驚呼一聲，驚訝地看著唐子諾，還來不及有任何反應，身子忽然一僵，完全動彈不得。

「你們不是中毒了嗎？」恆王難掩內心的驚訝，恨恨地開口。

「中毒的，是他們。」唐子諾輕笑了一聲，話剛落下，亭子裡除了他們幾個和晉皇外，其他人紛紛暈倒在地上。而石橋另一端的侍衛，則全被王林和石峰給撂倒了。

恆王震驚之餘，用力嗅了嗅空氣中的味道，緊接著氣憤地說道：「上次在悅來客棧就是你動的手腳？你到底是誰？為什麼我現在沒事？」

「哈哈，算你不笨。你沒事是因為我封住了你的穴位，因為我們想讓你清楚地知道一些你不知道的事情。」

「父王。」此時石橋上傳來了一道稚嫩的聲音。

恆王的心驟然顫了一下，大聲問道：「伊力，是你嗎？」

「是我，父王。」伊力由一名白衣男子陪伴著從石橋慢慢走了過來。

「大哥！」喬春驚訝地看著一身白衣的皇甫傑，眼眶迅速泛紅了。

第九十三章　收拾恆王

「大哥！」唐子諾順著喬春的目光看了過去，看到安然無恙的皇甫傑時，也忍不住激動起來。他就知道大哥一定能逢凶化吉！現在看來媚娘用飛鏢傳遞訊息，要他們安心易容進宮時，就已經知道大哥平安無事了。

柳如風看著皇甫傑，欣慰地笑了。這些日子以來，一直壓在他心上的大石頭總算卸下，不再干擾他的情緒了。

當他的眼光掃過皇甫傑身邊的白衣女子時，柳如風不禁微微怔住了。真是個絕色女子，她和阿傑站在一起，真是天造地設的一對璧人兒。

喬春也忍不住細細打量起站在皇甫傑身邊的美麗女子。那女子似乎感受到喬春的視線，也朝她看了過去，見她如此火辣辣地盯著自己，臉上悄悄染上紅暈，更是攝人心魄，讓人無法移開眼睛。

「各位，這位是湘茹。」皇甫傑完全無視晉皇和恆王，牽著杜湘茹走到喬春等人面前，向他們介紹起杜湘茹。

「哇，湘茹，妳長得好漂亮哦！」喬春見兩人動作親密，心知他們關係不單純，便疾步上前，拉住杜湘茹的手，看著她開心地讚道。

「你……」杜湘茹臉蛋更紅了，驚呼一聲，用力抽回自己的手，羞澀地看了看喬春，又看向皇甫傑。

「我？」喬春對杜湘茹的舉動感到詫異，困惑地指著自己反問。

「湘茹，她是四妹，她穿的是男裝。」皇甫傑接收到杜湘茹的眼光，立刻明白了她的意思，連忙向她再次介紹男裝打扮的喬春。

「嘿嘿，我忘記自己穿著男裝了，不好意思啊！」喬春羞窘地撓了撓頭。

「妳好，我叫唐子諾，我是四妹的相公，大哥的二弟。」唐子諾看到喬春窘迫的樣子，嘴角微微上揚，趕緊走到她身邊向杜湘茹介紹自己。為了不讓她誤會，他還當眾揭下覆在臉上那層薄皮，露出了真面目。

「你們好！」杜湘茹臉上的紅暈稍稍褪去，她淺淺一笑，向眾人打了招呼。

「伊力，他們有沒有把你怎麼樣？」恆王無法轉身，只能擔心地大聲詢問。想不到逍遙王竟然沒死，還帶著自己的兒子伊力現身。

「父王，我沒事！」伊力乖巧地站在皇甫傑身邊，清亮的眸底流露出這個年齡的孩童不該有的成熟。他無畏地看著站在不遠處的晉皇，恭敬地跪了下去，重重磕了三個響頭，說道：「皇伯父，請您饒了姪兒的父王一命，伊力一定不會再讓父王犯錯。」

他雖然年紀還小，但生長在皇家，早就知道皇室勾心鬥角的惡習，對恆王的野心，也是心知肚明。伊力雖不願自己的父王做出這種大逆不道的事情，卻無力改變他的想法。

今天早上，自稱是大齊國逍遙王的人找到了他，經過一番君臣倫理、骨肉親情的教誨，伊力最終同意與皇甫傑一同來到皇宮勸恆王投降。唯一的要求，就是請皇甫傑力保恆王和王府眾人的性命。

伊力雖然年幼，但他的見識與判斷能力極好，也早就將大齊國的戰神列為學習對象，對他的事蹟也甚為了解。伊力知道，只要皇甫傑答應保住父王，就一定會做到。

「伊力，你不要求他。成者為王，敗者為寇，這是父王的選擇！」恆王拒絕伊力替自己求情，接著突然語氣驟變，輕聲說道：「皇兄，這是我一個人的錯，請皇兄放過我的妻兒，要殺要剮，我絕無怨言。」

「不！皇伯父，請您饒了父王！」伊力說著，便用力磕起頭來。

喬春等人看著懂事又孝順的伊力，都被他給感動了。小小年紀就禮數周全，真是個好孩子。

皇甫傑看著伊力，目露讚賞。其實他早就蒐集了恆王所有情報，連他的家人也調查得一清二楚。在梅林谷養好傷之後，為了阻止恆王的陰謀，今天一早他就到恆王府找伊力，因為他知道恆王很疼愛這個兒子，而伊力也一直都不希望恆王篡位。如今看來自己的決定是對的，伊力沒讓他失望。

「伊力，你先起來。皇伯父知道你是一個好孩子，可是你父王犯的錯太大了。」晉皇雖然也被伊力的孝心給感動，但這些年的隱忍、恥辱一一浮現在腦海裡，他無法那麼寬宏大量。

「伊力，父王做的事由自己承擔。你不用再替我求情，以後要好好孝順你母妃，知道了嗎？如果你皇伯父不肯放過你們，那我們一家人只好在黃泉路上結伴同行了。」恆王自知已經無力回天，也明白皇兄不會輕易放過自己。

他從小就夢想坐上皇位，將晉國的版圖擴大，怎奈父皇最終將皇位傳給了心慈手軟的大皇兄。他早就看不慣皇兄安於現狀，滿嘴的戰爭會傷國傷民，這些想法在他眼裡與懦夫無異。走上這條路之前，他就已經想過可能會有這種結局，但是他不後悔，他只想知道自己的計劃敗在哪裡？

事情到了這分上，喬春倒是有點佩服恆王的敢做敢當了。雖然他心狠手辣，但他看起來倒是很愛他的兒子，而且不像有些人失敗後一味求饒。只是他這種為了私心而枉顧生命的做法，她實在不能認同，也無法原諒。

伊力望著晉皇堅定的眼神，恭敬地再磕了三個響頭，便抿著嘴站起來，不再出聲求情。他已經明白父王的意思，也明白皇伯父的決心。現在他能做的就是靜待皇伯父降罪，是生是死，已經不是他能選擇的了。

喬春望著伊力那視死如歸的神情，突然間覺得很是心痛。他只是個六、七歲的孩子，心智卻已經如此成熟。

「為什麼你們沒中毒？你們怎麼知道我今晚的行動？」恆王平靜地問道。

「我們事先服下了百毒解藥丸，至於你今晚的行動，我們也只是猜測的。不過，就算你沒動作，我們也會有所作為。當你出現在這裡時，你的手下和王府都已經被我們控制了。」唐子諾眼角微動，緩緩地說道。

在出發到晉國京城之前，他們早已和李然、陳將軍等人做了周延的安排，甚至媚娘那邊也派出幫手，他們才能一舉拿下恆王府。

「四弟，你這些年來所作所為，朕早就暗中調查清楚了，只是一直抓不到你的把柄。今晚的洗塵宴，正好讓朕與大齊國的貴賓合作，引誘你露出狐狸尾巴，進而直接拿下你。」晉皇接下唐子諾的話，讓恆王輸得心服口服。

「四弟，你跟朕雖不是同胞兄弟，但身上流的都是父皇的血。只要你別太過分，朕也會睜一隻眼閉一隻眼。可是，你太讓朕失望了。」

恆王內心略微鬆動，但是他仍舊不覺得自己做錯了什麼。「廢話少說，你就給我個痛快吧！」

晉皇失望且痛心地看了他一眼，轉身坐回主位上，跟唐子諾兩個人互相點了點頭，便對在橋邊的王林和石峰吩咐道：「來人啊，將恆王押入天牢，聽候發落。」

晉皇說著，瞥了伊力一眼，又道：「恆王府全部家產充公，恆王和其妻室、子女全部貶為庶民，幽禁於琴山別院。若無旨意，不得外出。」

「謝皇兄！」恆王不敢相信自己的耳朵，真心誠意地向晉皇道謝。他沒想到皇兄居然手下留情，僅僅是充了家產和幽禁他的家人而已。

「謝皇上，吾皇萬歲萬歲萬萬歲！」伊力再次下跪，淚流滿面地謝恩。

在場的人無不驚訝地看著晉皇，誰也沒有料到他竟然如此大度，沒有乘機斬草除根。眾人突然間明白晉國的先皇為何會捨去驍勇善戰的恆王，而將皇位傳給有儒家思想的大皇子了。得饒人處且饒人，如果連這點度量跟仁慈之心都沒有，又如何能成為一個賢君？

其實晉皇原本嚥不下這口氣，可是看到伊力那般成熟懂事，忽然覺得不忍在他面前作出殘忍的決定。既然這孩子很清楚他父王罪無可逭，也不奢求自己放過他們一家，那他就有理由相信伊力未來不會為了替四弟報仇，而舉兵相向。

當王林和石峰將恆王押離亭子之後，晉皇看著還躺在地上暈迷不醒的臣子、侍衛、太監、宮女們，抬眸看著皇甫傑等人，笑道：「王爺，可否讓這些人立刻醒過來？」

「可以。」皇甫傑微微笑了一下，朝唐子諾眨了眨眼。

唐子諾從袖子裡掏出一個白瓷瓶，擰開瓶蓋，空氣中立刻瀰漫淡淡的清香味。不一會兒，剛剛還躺在地上一動也不動的人，全都一臉迷糊地醒了過來。

他們疑惑地掃視了四周一圈，不見步步進逼的恆王，只見晉皇還好好地端坐在主位上。這些人比鬼精的大臣等人，立刻明白情勢已然轉變，紛紛走到亭子中央，恭敬地朝晉皇跪了下去。

「吾皇萬歲萬歲萬萬歲！」

晉皇沒有出聲，只是嘴角含著笑，淡淡地看著他們，就像在欣賞什麼有趣的事情一樣。

那些趴伏在地上的臣子等人，心早就像那玉石地一樣涼透了。雖然他們也不知恆王是怎麼失敗的，但是他們的不忠心，皇上可是看在眼裡。都說伴君如伴虎，他們的下場肯定會很慘烈。

「皇上饒命！」也不知是哪個大臣受不了這種沈默，情緒終於崩潰，率先向晉皇求饒。

「皇上饒命！下官是被逼的，請皇上明察！」

「皇上饒命！恆王拿下官一家老小的命威脅，下官實屬無奈啊！」

一時之間，各種求饒聲一一蹦出。

皇甫傑看著一臉淡然的晉皇，勾了勾唇角，對著晉皇行禮道：「晉皇，我等先行告退，明日再來參見。」

「多有怠慢，失禮了。明日朕再好好與王爺敘敘。」晉皇回以一笑，點了點頭。

「告辭！」皇甫傑頷首，牽著杜湘茹的手，偏過頭對她柔情一笑，轉身瀟灑離開亭子。

「晉皇萬歲萬歲萬萬歲！」喬春等人在皇甫傑之後向晉皇行禮，隨他一同離去。

晉國京城

「來，大哥，我敬你一杯！」喬春笑著端起酒杯，豪爽地仰頭一口喝下。她今天真的很高興，不僅僅是因為終於把恆王收服了，最重要的是皇甫傑總算平安歸來。

「好。」皇甫傑站了起來，與喬春碰了一下酒杯，一口乾掉杯中的酒。接著，皇甫傑又端起杜湘茹為他斟滿的酒杯，帶著感激的眼神一一掃過在場的眾人，說道：「這杯酒代表我的感謝，謝謝大家對我的關心和厚愛。來，乾杯！」

「乾！」

美酒下肚，放下酒杯，大家相互對視了一眼，臉上都露出了開心的笑容。歷經生離死別，此刻能再度坐在一起，開懷暢飲，把酒言歡，顯得更加珍貴。

「再來一杯，這一杯祝我們的友情長存！」喬春微紅著臉再次站起身，端著酒杯，看著眾人笑道。今天她實在太高興了，不喝個痛快哪行？

唐子諾有些擔憂地看著已經酒氣上臉的喬春，伸手取過她手裡的酒杯，輕聲說道：「四妹，妳已經喝了不少，再喝就要醉了。」

「不行！把酒杯給我。你可別小看我的酒量，你醉了我都未必會醉！」喬春不悅地看向唐子諾，伸手在他面前晃了晃，示意他將酒杯還來。

唐子諾無視她在自己面前晃動的手，微蹙著眉，勸道：「妳聽話，真不能再喝了。」她的身體本來就需要調理，這些日子急著趕路和布局，她既沒服藥也沒怎麼休息好，現在一下子喝了這麼多酒，他擔心她的身體受不住。

「你拿來啊！」喬春見他一動也不動地盯著自己，於是扭頭對皇甫傑求援。「大哥，你說說二哥，他這人怎麼這樣？人家難得開心，也不讓我盡興！」

皇甫傑無奈地搖了搖頭，一個是關心過度，一個是死不聽勸，真不知該怎麼說他們好。

「二弟，你就讓四妹再喝一杯吧。你不是大夫嗎？待會兒替她弄一碗醒酒湯不就好了嗎？」說著，皇甫傑看向喬春，勸道：「四妹的心意和心情，大哥都明白。二弟也是關心妳的身體，咱們大家一起喝了這杯，就吃飯休息好不好？等回到大齊國再慶祝也不遲，對吧？」

「大哥，你這樣說才像話，哪像他，居然這麼大男人主義，我又不是三歲小孩！」喬春微微噘著嘴，不滿地瞋了唐子諾一眼，一把搶過他手裡的酒杯，樂呵呵地仰頭一口乾掉了杯中的酒。

喬春拿起酒壺替自己又倒滿了一杯，滿臉笑容地看著皇甫傑和杜湘茹，道：「這一杯酒敬大哥和湘茹！想不到大哥因禍得福，不僅逢凶化吉，還抱得美人歸。這就叫愛情自有天意，哈哈！這下我們的大哥也有人管了，再加上三哥和夏兒的好事將近，真是太讓我高興了。來，來，來！這一杯酒祝大夥兒愛情長青，乾啦！」

唐子諾滿臉黑線地看著喬春再次豪爽地喝下杯中的酒，雖然他真的很想阻止她，可是她的理由的確讓人心動，值得大肆慶祝。

幾個人又是開心地站起身來碰杯喝酒，直到盡興才坐了下來。

皇甫傑看著唐子諾，笑問道：「三弟和夏兒的事也定下來了？他是怎麼想通的？」

錢財對喬夏的意思，完全沒能躲過他的眼睛，偏偏那傢伙遲遲不肯醒悟。現在看來，他不在的那些日子裡，錯過了不少好事。

「呵呵，三哥就是個悶騷的男人，你要是不讓他急一下，他不會誠實地面對自己的心。」喬春搶在唐子諾面前，微微有點大舌頭地數落起錢財。不過一想起公開招親一計，她還是忍不住開心地笑了起來。

「哈哈！」皇甫傑笑了笑，十分同意喬春對錢財的評價。

坐在他身邊的杜湘茹一直微笑地看著皇甫傑兄妹幾人輕鬆愉快的相處模式，很是羨慕他們彼此之間的感情。她從小就跟娘親在梅林谷裡過著與世隔絕的生活，除了娘親，她沒有朋友也沒有夥伴，更沒有兄弟姊妹。今天看到他們如此開懷，不知為何她也覺得很開心。

「我好想果果和豆豆，好想家哦……」喬春說著說著，突然朝桌子上一趴，昏睡過去。

眾人不禁失笑地看著剛剛一直強調自己酒量多好的喬春，卻最先倒下。

唐子諾嘴角掛著溫柔的笑容，寵溺地看著喬春，無奈地搖了搖頭，之後站起來抱起她，笑著對眾人道：「大家繼續，我先抱她回房。」

「嗯……我還要喝……」喬春躺在床上，低聲呢喃著，迷迷糊糊之間將唐子諾敷在自己額頭上的毛巾給丟了出去。

唐子諾眼明手快地接住毛巾，拿到木盆裡重新搓洗了一下，輕蹙著眉坐在床沿，溫柔地幫喬春擦拭紅撲撲的臉蛋。

「渾蛋，王八蛋！」喬春突然憤憤地罵道。

「老婆，妳怎麼啦？為什麼罵我？」唐子諾有些傻了，他不就是不讓她多喝一點嗎，怎麼變成王八蛋了？

喬春像是沒聽到他的話一樣，依舊我行我素地咒罵著，罵著罵著眼角流下了兩行清淚。

「嗚嗚嗚……王八蛋，我再也不要見到他了。嗚嗚嗚……老爸、老媽、喬米，我好想你們哦！嗚嗚嗚……」

唐子諾看到她傷心哽咽，嘴裡念叨著一些他聽不明白的話，一雙英眉皺得愈來愈緊。

不要見到他？「他」是誰？

喬米？不是喬夏，也不是喬秋和喬冬……這下唐子諾明白了。她是想念另一個時空的家人了，不過他還是不懂那個「他」是誰。

唐子諾拿著毛巾擦拭她眼角不停流下的眼淚，腦門突然一亮，瞪大了雙眼，滿臉驚慌地看著喬春，急聲問道：「老婆，妳看到誰了？妳是看到那個傷害過妳的渾蛋了嗎？他在哪裡？他是誰？」

唐子諾內心不可遏止地湧上了濃濃的愕然和慌亂。難道那人也追到這個時空來了嗎？如果真是這樣，他該怎麼辦？

「老婆，妳醒醒！老婆……」唐子諾搖晃著喬春，試圖叫醒她。

「嗚嗚嗚……」喬春只是哭，完全沒有醒來的意思。

搖都搖不醒，叫也叫不醒。忍無可忍之下，急火焚心的唐子諾俯首含住喬春的唇，帶著些許害怕與懲罰，用力吸吮啃咬她的櫻唇。直到吸盡喬春肺腔裡的空氣，感覺到她就要窒息時，他才意猶未盡地放開她，撐起身子居高臨下看著她。

「咳咳……」喬春輕咳了兩聲，終於從醉酒的狀態中醒了過來。

她睜開矇矓的雙眼，蹙著眉怔怔地看著他，說道：「你怎麼啦？」不出聲還好，一出聲她就被自己沙啞的聲音給嚇了一大跳，只覺得喉嚨乾乾的，微微有些辣痛。

唐子諾瞇著眼瞧了喬春一下，才從她身上離開，走到桌前倒了一杯水，端到她面前，輕聲說道：「先喝點水。」

喬春接過杯子，一口氣喝完。接著她抬眸看著唐子諾那奇怪的眼神，不解地問道：「你到底怎麼了？出什麼事了嗎？你怎麼這樣看著我？」

「妳看到那個渾蛋了嗎？」唐子諾不答反問，雙眼緊盯著喬春，屏息等待她的回答。

杏目圓瞪，喬春驚訝地看著唐子諾，小嘴微張地看著他，輕聲說道：「你怎麼知道的？」

唐子諾手裡的茶杯瞬間滑落，碎了一地。他緊張地看著她，問道：「他是誰？他有沒有認出妳？我們明天就啟程回山中村，果果和豆豆一定很想娘親。」

如果那人認出了喬春，如果他是來認錯，來找她回去的，他該怎麼辦？儘管她從來沒直接表達過，但他知道在她心裡從來就沒有停止過對家人的思念。

喬春看著緊張的唐子諾，勾了勾唇，伸手圈上他的脖子，粉潤小嘴湊了過去，輕輕貼上他微涼的唇，啃咬他的唇瓣。

這個沒安全感的男人，難道他覺得那人出現了，她就會變心嗎？他是對自己沒信心，還是不相信她？

喬春微喘著氣，從他的唇上撤了下來，痞痞地拉著他的衣領，一雙亮晶晶的眸子調皮地看著他，說道：「小子，你聽著，你生是本姑娘的人，死是本姑娘的鬼。這輩子你別想逃離本姑娘的手掌心，知道了嗎？」

「遵命！不過……妳確定妳還是姑娘嗎？」唐子諾一顆懸著的心瞬間放下，他眼眸含笑，壞壞地摸著下巴，上下打量喬春，續道：「長得是水靈靈的，不過……」

「不過怎樣？說！」喬春一把拉過唐子諾，反身跨坐在他肚子上，惡狠狠地看著他。

唐子諾輕輕轉了幾下眼珠子，一本正經地看著她，一會兒點頭，一會兒搖頭，笑道：「不過，這身材……嘖！」

喬春聽著，一張小臉頓時垮了下來，氣呼呼地瞪著他。「你……」

「不過，這身材我很滿意！」唐子諾迅速補完後半句話，深情款款地看著喬春。

「你這個人怎麼這麼討厭？」喬春被他看得有些不好意思，羞紅著臉，舉起手輕輕捶打著他的胸膛。

唐子諾抓住她的手，緊緊包在自己手掌裡，柔聲道：「老婆，我愛妳！不管他有沒有認出妳來，也不管他是不是想帶妳回去，我都不會把妳讓給他。這輩子妳在哪裡，我就在哪裡，我不會讓妳離開我身邊，果果和豆豆也不能沒有妳。」

喬春忍不住在心底偷笑起來。這個男人不僅想用甜言蜜語留住她，居然連果果和豆豆都給搬出來，真是不擇手段啊！

「這個……」喬春故作為難地看著他，秀眉輕蹙。

「不要再說了，我不想知道妳的想法。」唐子諾著急地截下她的話，生怕她會說出任何他不想聽的話出來。但不管她怎麼想，他會用實際行動來感動她、留下她。

「你真的不想聽嗎？」喬春眼神有些受傷地看著他，緩緩低下頭，像是在自言自語。「人家只是想說，這個不用擔心。」

「妳說什麼？」唐子諾呆呆地看著她。

喬春抬起頭，眸光直直看進唐子諾的眼底跟心底，一字一句道：「你若不離不棄，我便生死相依。」

時間彷彿在這一刻定格了，四目相觸，眼神交會，看著對方眼裡的自己。兩個人就那樣癡癡對望，誰也捨不得先移開眼睛。

喬春看著唐子諾那雙如潭水深不見底的黑眸，緩緩低下頭，輕輕吻上他的唇、眼、臉、耳朵、喉結……這一刻，她只想融入他的身體裡，一起到達那個只有他們兩個人的世界裡。

第九十四章　和談條件

「大哥，今天我就不進宮了，讓柳伯伯和二哥陪你去吧，我和湘茹一起去逛逛，我很想看看晉國京城的街道長得怎麼樣，還可以順道買一些禮物送給家人。」喬春微笑看著皇甫傑說道。

昨晚唐子諾的不安提醒了她，不管晉皇到底是不是那個人，她都不想再看到他。因為只要看到他，就會不由自主想到生活在二十一世紀的親人，還有那椎心刺骨、被背叛的痛。她現在很好，有愛自己的人，也有自己愛的人，有可愛的兒女，也有相親相愛的家人，她不想改變現在的生活。她相信老爸、老媽還有喬米能理解她，也會贊成她的決定。

「哦，好！讓王林陪妳們一起去吧，他幫忙提提東西也好。」皇甫傑爽快地應了下來，因為他也不想讓杜湘茹去那種嚴肅的場合。她性子單純，而皇宮的氛圍太雜太亂，讓她們女人家一起到街上走走看看也好。

「湘茹，讓四妹陪妳到外面走走，碰到喜歡的東西，就買下來。」皇甫傑溫柔地看著杜湘茹，緩緩說道。

在場的人還是第一次見到皇甫傑這麼深情的模樣。平時如果哪個姑娘想近他的身，就會被他的目光直接凍成冰棒，哪有這麼好的待遇？

「哦……」喬春笑嘻嘻地看著他們兩人，打趣道：「大哥，你放心！我一定會把未來大嫂給看好。」

唐子諾和柳如風聞言，全都開心地笑了起來。

杜湘茹看到皇甫傑這般深情地看著自己，其他幾個人又笑得那麼曖昧，粉嫩白皙的臉蛋不由自主地染上朵朵紅雲。

「好吧！湘茹就交給妳了，妳可別把她帶壞了。」皇甫傑笑了笑，當場糗起喬春。

喬春不滿地反駁道：「大哥，你怎麼這麼說？以前你不會這樣的，現在這樣，我可是會認為你見色輕妹哦！」

「哈哈！柳伯伯、二弟，你們瞧瞧四妹這張嘴，我可是甘拜下風了！她這麼厲害，我怎能不擔心她會把湘茹帶壞？二弟，不是大哥說你，你是不是也該說說四妹，都已經是兩個孩子的娘了，還這麼調皮。」皇甫傑忍俊不禁，轉過頭看向唐子諾。

唐子諾寵溺地看著喬春，說道：「我覺得這樣挺好，我喜歡！」

「哈哈哈！」皇甫傑和柳如風聞言大笑，真不愧是唐子諾，喜歡就毫不忌諱地大聲說出來。

喬春輕輕瞋了他一眼，紅著臉低下了頭。

皇甫傑看著她這副難得一見的小女人姿態，更是忍不住大笑起來，就連站在他們身後的王林和石峰也忍不住彎起嘴角。

「湘茹，我們走，別理他們！」喬春被笑得有些不好意思了，連忙拉著杜湘茹轉身就往門外走去。

「王林、石峰，你們兩個人今天就保護公主和杜小姐吧。要小心一點，明白了嗎？」皇甫傑細心交代著兩個暗衛。

這裡畢竟不是大齊國，晉國到底還有多少恆王的鷹爪，他們也無從得知。總之小心駛得萬年船，凡事多長個心眼，總是好的。

「是！屬下明白了。」王林和石峰應了聲，趕緊追著喬春和杜湘茹而去。

「我們也進宮去吧，早點把事情處理好，早日返國。」皇甫傑說道。

唐子諾和柳如風點了點頭，三人便朝晉國皇宮而去。

晉國皇宮

「晉皇萬福。」皇甫傑向端坐在主位上的晉皇行了個禮。

「晉皇萬歲萬歲萬萬歲！」唐子諾和柳如風也恭敬地向晉皇行禮。打從看到晉皇對恆王的寬容後，他們心裡也很欽佩他。

「王爺不必如此多禮。」晉皇的嘴角揚起一抹淡笑，隨即對一旁的海公公吩咐道：「賜座！」

「遵旨！」海公公退了下去，不一會兒便領著兩個太監搬來一張太師椅，對皇甫傑恭敬地說道：「王爺請坐。」

「謝晉皇。」皇甫傑優雅地坐下，唐子諾和柳如風隨之站到他身後。

「王爺客氣了，昨晚的事，我還沒有謝過王爺呢！」晉皇溫和地說道。這次他不再稱自己為「朕」，而是用「我」，無形中拉近了彼此的距離。

其實晉皇相當清楚，如果不是皇甫傑不喜歡戰爭，就憑四弟的人在大齊國做的那些荒唐事，都足以讓大齊國揮兵相向。若這件事真的發生，他們成為亡國奴只是時間上的問題。

「晉皇客氣了，舉手之勞而已。不過，針對我上次提出的條件，不知晉皇考慮得怎樣？」皇甫傑淡淡說道。

「照理說，我們賠上一些茶樹苗是應該的，只是……育苗師就不太好辦了，總不能讓他離開家鄉到一個完全陌生的地方去吧？」晉皇有些為難地說道。

皇甫傑聞言，疊放在腿上的手指輕輕敲打著，他沈思了一會兒，抬起頭看著晉皇，笑道：「這件事並不難，這位育苗師只須到我朝將育苗方法交給我的人即可，當然，我也會確認他教出來的成果沒問題，才能護送他回國。」

晉皇的意思他怎麼會不明白？只不過，他列出來的那些條件不可能隨意更改。而且他現在甚至還想再加上一些條件，畢竟他可不能讓那些被恆王殺害的弟兄們白白犧牲。

見晉皇陷入沈默，皇甫傑又說道：「晉皇如此體恤子民，實在令人感動，可是我們大齊子民的生命也不能白丟，晉國也要給大齊國的皇上和百姓一個交代。還有，之前我那些被恆王殺害的兄弟，恐怕也不能白死。」

晉皇本以為皇甫傑不會再提起這件事，如今聽他這麼一說，不禁暗叫一聲不好。為了圍捕四弟的餘黨，昨晚他可是動用了皇甫傑暗置在京城的人力，而大齊國又還有三十萬軍馬在邊境駐營，如今看來自己連一點籌碼都沒有。

晉皇低下頭，久久沒出聲。倒是大殿裡幾個特地被晉皇留下來一起商討的大臣開始沈不住氣了。

其中一位大臣說道：「皇上，如果我們把育苗師送去大齊國，恐怕對我國的茶葉發展也極為不利，請皇上三思。」

皇甫傑淡淡笑了笑，沒有出聲。

晉皇見皇甫傑不吭聲，一時之間也不知他心裡到底在盤算什麼，自己又不好隨意開口，便朝那大臣擺了擺手，端起身邊的茶杯喝茶，掩飾自己內心的焦急。

又一位大臣說道：「皇上，這事說到底是恆王瞞著皇上在背地裡做的事，不如我們就將恆王交給大齊國處理。」

皇甫傑在心裡冷笑。這老傢伙的如意算盤打得可真響，將所有罪行都推到恆王身上，不僅能借他人之手除去一個狼子野心的王爺，永絕後患，又可以不用犧牲那些茶樹苗和育苗師，保住他們在茶葉上的版圖。

那一百萬棵茶樹苗可不是小數目，育苗師更是他們的心頭肉。現在大齊國的炒製茶葉已經比他們的青茶來得有名氣，如果他們連育茶樹苗的優勢都沒了，那晉國茶葉龍頭的地位也將不保。

晉皇還是沒有吭聲，直接擺了擺手。

他現在倒是後悔留下這些個沒腦子的人了，如果不是看在他們都是前朝老臣，他早就開罵了。明明知道人家三十萬大軍還虎視眈眈地駐紮在邊境，更別說晉國分明理虧，甚至昨晚平亂還多虧了人家，現在竟然就想過河拆橋、推卸責任，實在丟了他的人啊！

皇甫傑站起身來，嘴角的笑意已經褪去。

「我之前說過的那些條件不會有任何改變，另外……」皇甫傑風輕雲淡地掃了那些大臣一眼，緩緩看向晉皇，語氣慵懶地說道：「我朝商人到貴國行商，須免三年稅收，且不可以有任何打壓的行為。未來三年，晉國賣到大齊國的茶葉須多收一成的稅，要是文的不行，恐怕就只能……」皇甫傑的話就此打住，他相信在場的人都懂他的意思。

接著，皇甫傑一個轉身舉步離開大殿，他一邊走一邊向後拋下一句話：「我明天就在客棧靜候晉皇的好消息。」

死去的大齊子民與弟兄們已不能復生，而他也不想挑起戰爭，那麼設法為大齊國多爭取一些利益，也是應該的。

不能血債血還，也得變著法子讓晉國吐點血才行。正好乘著這個機會，讓周圍列國知道大齊國可不是好惹的，省得開了先例，讓別人以為大齊國是中看不中用的軟腳蝦。

開。

看見皇甫傑轉身就走，唐子諾和柳如風趕緊向晉皇行了個禮，急忙跟在皇甫傑身後離開。

「皇上，這……」晉國的大臣們眼睜睜看著皇甫傑離去，一個個都氣得面紅耳赤、吹鬍子瞪眼睛。

「這事看來也就只能按他的意思辦了，只是你們得想個緩和的辦法出來。讓朕靜一靜吧，你們都退下。」晉皇單手撐額，輕揉眉心，揮退了大殿中幾個面面相覷的大臣。

不答應不行，答應了又得吃大虧，這皇甫傑可真不是個省油的燈。這回自己該頭痛了，只能怪四弟不自量力去招惹大齊國。

唉，四弟真是太自負，也太有勇無謀了！

第九十五章　王爺吃醋

「湘茹，這裡可真熱鬧啊！呵呵，今天我們可要好好採購一番，否則就太對不起自己了！」喬春拉著杜湘茹在熱鬧的大街上穿梭，興奮的表情全寫在臉上。

她來到古代幾年了，一直沒機會盡情逛一次古代的街，今天不僅時間充足，還是逛異國的街，她當然開心！

「湘茹，妳看，這個娃娃好可愛哦！還有這把扇子跟花瓶……哇！這條手鍊好別致哦！」喬春一路上沿著攤位興致勃勃地東看西瞧，像個童心未泯的大孩子。

喬春驚喜地看著手裡這條類似現代那種帶有民族氣息的手鍊，純色綿布擰成了鍊繩，上面串著幾個心形的銀墜子，還有幾個鏤空的玉珠子。這條手鍊真的太好看了，沒想到這地方居然也有造型這麼美的東西。

「夫人，您可真有眼光，這條手鍊是我一個親戚從陳國帶回來的，僅此一條。這手鍊配上夫人您的氣質，可真是絕了！」攤位老闆見喬春愛不釋手地拿著手鍊，立刻捉住顧客的心理，不斷吹捧自己的商品。

「老闆，這條手鍊幫我包起來。」喬春無心聽老闆吹捧，她一眼就看中的東西，自然不會差到哪裡去。於是將手中的鍊子遞到老闆面前，準備買下來，好繼續逛下去。

「好哩！」攤位老闆高興極了，連忙伸手就去接喬春手裡的鍊子。

突然間，喬春手裡的鍊子被人奪走，耳邊隨即傳來一道驕橫的聲音。「老闆，這條手鍊我要了。」

「欸，這是我先要的，你怎麼……」喬春偏過頭，看著眼前這個俊美的男子，微微愣了一下。

這個男人真是好看得沒天理，彎彎的柳葉眉，水靈靈的大眼睛，白皙嫩滑的肌膚，高挺小巧的鼻子，水潤誘人的紅唇，如果是個女子，該會是如何傾國傾城？

「公子，這條手鍊是我先看中的，而且這是女用的。」喬春回過神來，嘴角扯出一抹微笑，將手伸到那男子面前，試圖與他講道理。

凡事都該有個先來後到，難道不是嗎？

「老闆，這條手鍊我要了。」那男子絲毫不理會喬春，逕自將手鍊套進自己的手腕上。緊接著懶懶地對他身後的小廝吩咐道：「小麗子，付帳。」

「是！老闆，錢給你，不用找了。」那個名叫小麗子的小廝迅速將一錠碎銀丟到攤位上。

「公子，這個是我先選中的，你怎麼能這樣？」喬春生氣地看著眼前這個不講道理的美男子。

那男子輕蔑地上下打量了喬春一眼，冷哼一聲，說道：「從來沒有人敢跟我搶東西，只要是我看上的，就只能是我的。」

「你……」喬春身後的王林和石峰氣得看不下去了，剛想繞到喬春面前好好教訓一下這個目中無人的男子，卻被喬春給阻止。

「你們別出聲。」喬春朝王林他們擺了擺手，將眸光轉向攤位老闆，說道：「老闆，這個東西是我先選中的，你也答應要賣給我，現在你看怎麼辦？」

攤位老闆顯然被眼前的情況弄得有些不知所措。他怯怯地瞥了那傲氣男子一眼，隨即又看了看喬春，還有她身後那兩個冷臉男子，頓時頭皮發麻，進退兩難。

這夫人從衣著上來看，就是從外地來的，而眼前這個美男子，一看就是個女扮男裝的嬌小姐，從她剛剛的口氣猜測，只怕不是好惹的。

俗話說，強龍不壓地頭蛇。他以後還得在這裡混口飯吃，與其得罪本地人，還不如得罪外來客。

心裡暗自作了一番掂量後，攤位老闆滿懷歉意地看著喬春，輕聲道：「這位夫人，我這裡還有很多好看的手鍊，不如夫人另外選一條吧？」

喬春聽了，雖然還是有些生氣，但是看著老闆一臉愧疚，也就不打算追究了。這個男子看起來是個權貴少爺，他一個小老百姓自然得罪不起。

「哼！小麗子，咱們走。」美男子心高氣傲地冷哼一聲，轉身趾高氣揚地往其他攤位走去。

小麗子不好意思地對喬春輕聲道歉。「對不起！」說完便緊追著那男子而去。

喬春搖了搖頭，逛街的興致一下子全沒了。她伸手牽過杜湘茹，問道：「湘茹，妳肚子餓了沒？我們找個地方吃東西、歇歇腳好不好？」

「好啊！」杜湘茹淡淡回道。她一直默默跟在喬春身邊，並不多話。因為她長期與世隔絕，所以性子上有些冷情，只有跟皇甫傑在一起的時候，才會露出一些小女人姿態。

「夫人要去吃東西嗎？小老頭倒是有個地方可以推薦。」攤位老闆一聽她們要去吃東西，便有了為她們介紹一個好地方的念頭，也算略表歉意。

喬春停下腳步，扭頭看著攤位老闆，眸子晶亮地問道：「什麼地方？」

「從這裡往東走，在街的那一頭有條巷子，全都是一些小吃，夫人可以去那裡看看。我看夫人是從外地來的，那裡聚集的，可都是我們晉國最有名的小吃。」攤位老闆熱情地介紹著。

喬春一聽有個小吃街，恨不得立刻就衝去那裡飽食晉國小吃。她很是貪嘴，對小吃更是情有獨鍾。

「謝謝你啊老闆，再見！」喬春拉著杜湘茹微笑著向攤位老闆道了聲謝，隨即就一頭鑽進人群裡。

不知是晉國的京城本來就這麼熱鬧，還是今天有什麼活動，街上的人實在多得嚇人。喬春拉著杜湘茹左躲右閃，一路直奔東街，杜湘茹本來平淡的心情，也被喬春的熱情給感染了，兩人說說笑笑，氣氛活絡不少。

街邊酒肆二樓靠窗處，正坐著兩位飲酒暢談的男子，其中一個身穿黑衣的男子眼神掃過街道，看到那抹白色身影時，忍不住睜大了眼睛，胸口劇烈起伏。

那人是誰？為什麼和她長得那麼像？可是從年齡來看，她並不是她，難道是……

「白兄，我突然想起有些事情要處理，下次再約。告辭！」黑衣男子連忙站起來，帶著身後的兩個隨從迅速往樓下走去。

他要找到她，他要看看她到底是誰？

「杜姑娘。」一抹黑影從人群外閃到杜湘茹面前，試探性地出聲叫她。

杜湘茹微微蹙著眉，偏過頭看著眼前這個有些面熟的男子，輕聲問道：「你是在叫我嗎？」

剛到東街，由於巷子擠得水洩不通，喬春便要杜湘茹在原地等她，自己先鑽進去買一、兩樣吃的回來，因而此刻不在杜湘茹身邊。

風無痕激動地看著眼前的女子，她的回答讓他確認她姓杜，是他要找的其中一個人。尋尋覓覓這麼多年，沒想到會在異國看到她，他的心情雀躍不已，一時之間無法平靜。

喬春買完東西回來，只見一個黑衣男子攔在杜湘茹面前，以為她遇上了登徒子。

「湘茹，我來救妳！」喬春焦急地跑到杜湘茹身邊，抬眸瞪向黑衣男子，卻不禁驚訝地叫了起來。「你……你……你是誰？你們兩個怎麼長得這麼像?!」

這兩個人模樣實在太像了，就像嬰兒時期的果果和豆豆……咦？他們該不會也是剛好長得很像的龍鳳雙胞胎吧？

長得很像？杜湘茹蹙緊了柳眉，怔怔地打量起眼前的男子，仔細一看才發現他長得跟自己真的很像，怪不得剛剛自己看到他時會覺得很熟悉。

「你是誰？為什麼你知道我姓杜？」杜湘茹對眼前的男子很是好奇，內心充滿了疑問。

她這一開口，頓時讓風無痕從方才的激動中回過神來。他輕輕挑了挑眉，勾了勾嘴角，說道：「我不僅知道妳姓杜，我還知道妳叫湘茹，小名叫可哥，手臂上有一個竹葉形的胎記。」

杜湘茹瞪大了眼，一臉詫異地看著他，徹底傻了。他怎麼會知道那麼多關於自己的事？

「你說的大部分都對，只是……我娘從沒叫過我可哥。你到底是誰？」杜湘茹眼睛緊盯著風無痕，思緒翻騰不已。

喬春也是好奇地看著這個似乎很激動的男子，雖然自己大概已經猜出他們之間的關係，但她還是很想從他嘴裡得到確認。

「我叫風無痕，是妳哥哥，只比妳早一刻鐘出生。」風無痕含笑看著愕然的杜湘茹，介紹起他們的關係。「聽爹說，出生沒多久後，妳經常會發出類似『可哥』的叫聲，就把這當成妳的小名了。」

他們果然是一對雙胞胎！喬春聽到風無痕的話，不由得彎起嘴角。

杜湘茹愣住了，怔怔地看著他，很顯然沒從風無痕的話中會意過來。她紅唇輕啟，不確定地說道：「哥哥？雙胞胎？」

「沒錯！我是妳的親哥哥，我們的娘親叫杜月兒，爹爹叫風勁天。」風無痕又激動了起來，緊緊抓住杜湘茹的手，透過這種方式告訴自己眼前的一切都是真的，並不是他在作夢。

打從他有記憶以來，父親便牽他到書房指著牆上一幅美人圖，告訴他那是他的娘親，還跟他說他有一個雙胞胎妹妹，當初娘親離開時，把妹妹一併帶走了。

風無痕沒恨過娘親，也不怪她為何只帶走妹妹，更不怨她為何要丟下他，因為父親從沒隱瞞過他什麼，而是將他和娘親之間的事情全都告訴他。只不過，眼前的人既然是妹妹，那娘親呢？

「可哥，娘親呢？帶哥哥去找她好不好？」想起父親日思夜想的娘親，風無痕用力扳著杜湘茹的雙肩，緊盯著她的臉，急聲問道。

兩行清淚驟然流了下來，杜湘茹淚眼婆娑地看著他，哽咽道：「娘親已經不在了。」

自從親手葬下娘親以後，杜湘茹就沒有再哭過，如今看著眼前這個自稱是她哥哥的人，她的眼淚再次不受控制地流了下來。娘親從沒告訴過她，她還有爹爹，有哥哥……

「不在了？」風無痕怔怔地看著杜湘茹，一時之間無法消化這個消息。

她怎麼可以不在？他從沒叫過她一聲娘，從沒感受過她的懷抱……怎麼可以?!

要是爹爹聽到這個消息，他怎麼接受得了？苦苦尋覓了十幾年的人，竟然已經香消玉殞。這麼殘酷的事實，要爹爹怎麼接受呢？

風無痕只覺得心痛難耐，像是被一隻無形的手緊緊抓著，愈掐愈緊，似乎想把他的心給捏碎。

淚水洶湧而至，不受控制地流了滿臉。從小到大，不管遇到什麼事情風無痕都沒流過淚。可這一次，他卻沒有辦法忍住心中的痛楚。

「哥哥，你別哭了。」一聲「哥哥」自然而然地從嘴裡喊了出來。杜湘茹看著眼前這個淚流滿面的男子，內心不由自主地抽痛，血濃於水的天性驅使她沒有多想，便伸出手去擦拭他眼角的淚水。

風無痕用力將杜湘茹拉進懷裡，緊緊抱著。兩個自幼分離，如今得以重逢的兄妹，臉上都掛著淚水，任由內心的情緒翻滾。

「你們在幹什麼？」皇甫傑一個飛身，用力拉開兩個相擁在一起的人，反手將淚流滿面的杜湘茹拉進自己懷裡。他雙目圓睜，狠狠地瞪著一臉愕然的風無痕。

「你是誰？」風無痕低頭看了看自己空空如也的懷抱，不悅地反瞪皇甫傑，沈著聲問道。

兩個出色的男子就那樣孩子氣地你瞪我，我瞪你，目光在空中交會、扭纏、廝打。

喬春很想替他們解釋一下，但是難得看到皇甫傑這副打翻陳年老醋的模樣，實在不願輕易放過。她伸手朝身後的王林和石峰搖搖手，示意他們不要出聲，而她自己則是一副興致勃勃的樣子，含笑盯著眼前這一幕。

「你又是誰？」皇甫傑扯了扯嘴角，反問道。他的大手摟著杜湘茹的肩膀，無聲宣示著主權。

「我？」風無痕若有所思地掃過皇甫傑放在杜湘茹肩膀上的手，嘴角逸出了一抹淡淡的笑意，大致猜出這男子與可哥的關係。

「我是可哥最親密的人。」呵呵，哥哥應該是最親密的人吧？這男人不分青紅皂白就將可哥從他的懷裡拉走，該讓他吃點癟。

「可哥？」皇甫傑詫異地低頭看了看雙眼泛紅的杜湘茹，又一臉防備地看向風無痕，問道：「誰是可哥？」

風無痕瞪大了眼睛，不可思議地看著皇甫傑，皺緊著眉頭，反問道：「你不知道湘茹的小名叫可哥？她沒告訴過你嗎？」

喬春忍不住翻了翻白眼。這個男人的演技真不是蓋的，可以去報名奧斯卡了！明明杜湘茹也是剛剛才知道自己的乳名叫可哥的，偏偏說得好像人家根本沒把皇甫傑放在心上一樣。

壞心的傢伙，看來大哥今天要踢到鐵板了。

喬春見杜湘茹抬頭微微張口想要解釋，連忙向她眨了眨眼，搖了搖頭，示意她不要說。

杜湘茹微微愣了一下，似乎明白了喬春的意思，不再開口想解釋，而是靜靜站在皇甫傑身邊。

王林和石峰則是好笑地搖了搖頭，內心不禁對皇甫傑表示同情。唉，連杜湘茹都不幫他，一副看戲的樣子，估計王爺這次是真的要出糗了。不過，他們也很期待這個百年難得一見的有趣畫面。

「你……」皇甫傑聽到他親密地喊著杜湘茹的名字，甚至還知道她的小名，臉色愈來愈難看了。他難掩醋意地低下頭，溫柔地看著懷裡的人兒，問道：「他說的是真的嗎？」

「嗯。」杜湘茹點了點頭，輕輕應了一聲。告訴皇甫傑答案的同時，也像是給自己一個肯定的答案。眼前這男子既然長得跟自己那麼相像，還能說出娘親的名字跟自己身上的特徵，她就不得不相信他說的都是真的。

只不過，除了自己的事，杜湘茹還很想知道娘親對男人的恨意，是否跟爹爹有關。

「你想帶走湘茹？」皇甫傑不再看杜湘茹，而是直接對風無痕問道。他冷冽的眼神盯著風無痕，像是在警告他最好不要對湘茹出手，不然就有得瞧了。

風無痕勾了勾唇角，無視皇甫傑的警告。相對於他的緊張，他反而表現得有些懶洋洋，淡淡回了他一眼，像是在嘲笑他不自量力。

「你休想，我是不會放開湘茹的！」皇甫傑忍不住大聲怒吼，有些抓狂地瞪著風無痕，環在杜湘茹肩膀上的手，下意識地摟得更緊了一些。

「那就要看你的本事了。」風無痕眼神掃過他放在杜湘茹肩膀上的手，眸底迅速閃過一絲笑意。而一頭栽進醋缸的皇甫傑，卻沒有捕捉到這個訊息。

喬春和杜湘茹對看了一眼，相視而笑，繼續觀看皇甫傑吃醋以及吃癟的樣子。

「風少主，你怎麼在這裡？」替皇甫傑處理事情，姍姍來遲的唐子諾看著一身黑衣的風無痕，驚訝地問道。

他隨大哥出宮後，大哥就要他去調查半邊頭——也就是阿卡吉諾的下落，他也在是此時才曉得阿卡吉諾居然躲在恆王的羽翼下。只不過剛剛他搜遍了能找的地方，也沒看到阿卡吉諾的身影。回到客棧後，見他們還沒回來，便到街上來尋他們了。

只是唐子諾沒有想到，自己竟然能在晉國的京城遇到「天下第一莊」的少主。而風無痕和大哥之間的氣氛看起來有些不太對勁，好像在爭奪什麼東西似的。

風無痕聽到唐子諾的聲音，眼光終於從皇甫傑身上移開，他轉身笑呵呵地看著唐子諾，說道：「柳兄，沒想到在晉國京城也能遇見你。你尋到解藥了嗎？你師父身上的毒解了沒有？」

之前唐子諾還以柳逸凡的名字生活時，曾為柳如風四處尋找解開沼澤毒氣的藥材，他就是在那時認識了「天下第一莊」的少主風無痕。雖然當時風少主沒能幫他找到藥材，但他的熱心卻讓唐子諾銘感五內。

「我也沒想到居然能在這裡遇到風少主，謝謝風少主關心，我師父身上的毒很久之前就解開了。說來也多虧我大哥從雪國帶回雪蓮，不然我此時還在四處尋找解藥呢！」唐子諾笑了一下，將事情說了個大概。

「對了，風少主，我已經恢復記憶了，現在我叫唐子諾。」注意到風無痕還稱自己「柳兄」，唐子諾趕緊提醒他自己的真名。

風無痕微微頷首，輕輕笑了一下，偏過頭瞥了還緊緊摟著湘茹的皇甫傑一眼，再看向唐子諾，問道：「那位就是唐兄的大哥？」

「嗯，他就是我的義兄——皇甫傑。」唐子諾點了點頭，直接道出皇甫傑的名字。

「幸會！」原來他就是大名鼎鼎的逍遙王，令周圍列國聞風喪膽的永勝王。風無痕對皇甫傑微微點了點頭，隨即看向杜湘茹，柔柔笑著。

他是故意的！喬春看到風無痕的小動作，內心不禁笑得更暢快。天啊！她還是第一次遇到這麼好玩的人，他似乎很喜歡看到大哥吃醋抓狂的樣子，果然是同道中人啊！

「大哥，這位是『天下第一莊』的少主，風無痕。」唐子諾微笑著向皇甫傑介紹風無痕，有些詫異大哥在聽到「風無痕」這個名字時，只是輕輕挑了挑眼角。

再怎麼說，「天下第一莊」都是大齊國首屈一指的富貴人家，當家風勁天還是前任武林盟主，風勁天的夫人更是過去的陳國公主，光聽就令人肅然起敬，誰知大哥竟無動於衷？

「幸會！」其實皇甫傑不過是隱下心中的驚訝，表面裝得很平靜罷了。此刻他摟著杜湘茹的手收得更緊了，生怕眼前這個各方面條件都不比他差的男人會擄走杜湘茹的心。

皇甫傑忍不住將眼光投向風無痕的臉，認真打量起自己的「情敵」。只見他濃濃的劍眉下鑲著一雙丹鳳眼，鼻梁高挺，肌膚不像一般男子呈現麥色或是黝黑，而是近乎女子的白皙。

哼，皮膚白得像個娘兒們似的，他的湘茹肯定不喜歡這類型的男人！

咦？皇甫傑突然震了一下，再次細細觀察起風無痕，黑眸底下霧色翻騰，不可思議地看了看風無痕，又低頭看了看杜湘茹。他現在才發現風無痕和湘茹長得幾乎一模一樣，只除了男女之別。

喬春看皇甫傑吃驚的模樣，便知道他已看出了端倪。她淺笑著搖了搖頭，揶揄道：「大哥，你剛剛吃醋的樣子好可愛哦！」

吃醋？好可愛？大夥兒聽到喬春的話，都忍不住垂頭低聲偷笑。

皇甫傑聽到喬春對自己的評語，頓時紅了臉，神情窘迫地看了風無痕一下，神情迅速恢復正常，滿臉笑意道：「風少主見笑了，這就是緣分啊，不打不相識嘛。」

一直沈默不言的杜湘茹被皇甫傑的話給逗得輕笑出聲，她指著風無痕向皇甫傑介紹。「皇甫大哥，這位是我的哥哥，他說我和他是雙胞胎。」

杜湘茹說著，又向風無痕介紹道：「哥哥，這位是皇甫大哥，如果不是他，我也不會從梅林谷出來。」

「梅林谷？妳說是妳和娘親這些年一直住在梅林谷？」風無痕驚訝地問道。他知道在大齊國與晉國邊境有個深不見底的懸崖，梅林谷的位置就在那一帶。那裡四山環繞，外人根本找不到入口。傳說山谷外面長滿了梅樹，因此被世人稱作「梅林谷」。

他還真是沒想到娘親居然會帶著妹妹進了梅林谷，也不知娘是怎麼找到入口。怪不得他爹尋了十幾年，絲毫沒打聽到任何關於她們的消息。

「大家都回客棧坐下來再慢慢聊吧。」喬春笑著打斷了他們的話。出來這麼久了，也該回客棧休息一下。

唐子諾上前拍了拍風無痕的肩膀，笑道：「四妹說得沒錯，我們還是先回客棧，大家坐下來再好好敘舊。」

「好！走吧！」風無痕爽快地應了下來，看著與皇甫傑柔情相視的妹妹，不禁開懷大笑。

回到客棧後，風無痕便隨著杜湘茹一起進房間，兩個人聊了很久。直到喬春去叫他們用晚膳，他們才一前一後紅著眼從裡面走了出來。

皇甫傑看著顯然剛哭過一場的杜湘茹，心頭不由得一緊，可想到那些畢竟是她的家事，便也不多問，而是站起來替她拉開自己身邊的椅子，讓她坐下來用餐。

他是一個動了心就收不住的人，這些年來母后明著暗著使法子，也沒成功讓他娶妻或納妾，主要是因為他覺得自己想要的那個人還沒出現。

可是看到杜湘茹，他第一眼就明白，她就是他在等的人，她就是那個讓他怦然心動的女子，這輩子，他都不想放開她的手。

這頓晚飯在風無痕加入後，顯得更加熱鬧，過沒多久，唐子諾、皇甫傑、風無痕這三個惺惺相惜、相見恨晚的男人，便打成一片了。

第九十六章 豆豆急病

山中村

寂靜的深夜裡，驟然響起敲門聲，聽起來顯得響亮。

「親家母，妳睡著了嗎？」雷氏著急地敲打林氏的房門，語氣很是急迫。

「等一下，馬上就來！」林氏替一旁熟睡的果果蓋好被子，起身披了件外衣，匆忙拉開了房門，看著焦急的雷氏，問道：「親家母，發生什麼事情啦？」

月光下，雷氏的臉顯得有些蒼白，額頭上還滲出了細細的汗珠。現在這個季節，山中村的夜裡已經轉涼，光是睡覺，不太可能出汗。林氏看了，心頭頓時湧上一股濃濃的不安。

「是不是有子諾和春兒的消息了？他們發生什麼事了嗎？快點告訴我！」林氏直覺是出門在外的兒子跟兒媳婦出事了。

雷氏著急地牽著林氏，舉步就往自己房裡走去，一邊走一邊說：「不是子諾和春兒，而是豆豆身上突然出了很多紅疹子，還有點發燒。這可怎麼辦？村裡沒有大夫，子諾和柳大哥又不在家……明明剛睡下時還好好的，誰知睡到半夜我聽著豆豆在夢囈，感覺她貼在我身上的肌膚特別燙，點燈一看，這才發現她身上不知何時長滿了疹子！」

雷氏和喬梁剛剛在房裡已經替豆豆用冷水毛巾敷了很久，可絲毫不見體溫降低，反而愈來愈燙。她實在想不到其他辦法，這才讓喬梁在房裡照顧豆豆，自己則過來喊林氏，看看她有沒有辦法。

「豆豆，妳醒醒，妳睜開眼睛看看奶奶！豆豆？」林氏疾步走到床前，伸手摸了一下豆豆的額頭，頓時被她的高溫給嚇了一大跳。

林氏驚慌地伸手拉開豆豆的衣服，發現她手臂上布滿水光晶亮的紅疹子。這到底是什麼東西？豆豆身上怎麼會冒出這麼多疹子？

豆豆只是低低呻吟了一聲，隨即又陷入暈睡之中。

雷氏和喬梁緊張地站在床邊，憂慮地看著一直叫不醒的豆豆，兩個人的手緊緊握在一起，像是在給彼此力量。

怎麼辦？這麼晚了，上哪兒去找大夫？

「親家母，妳們在家裡好好看著豆豆，我去鎮上找個大夫回來。」喬梁心疼地看著躺在床上冒汗，一直低聲呻吟的豆豆，轉身就往房門外走去。

看來不能再耽擱下去了，他得和暗衛一起到鎮上找大夫。

雷氏一聽，連忙出聲叮嚀：「現在深更半夜的，駕馬車要小心一點。唉，也不知有沒有人願意出診？你得多說些好話，多求求人家。只要大夫願意來，我們多出點診金也行。快去吧，路上小心！」

「親親……豆豆……好……難受……」床上的豆豆斷斷續續地低聲夢囈著。

林氏和雷氏聽到豆豆在痛苦中訴說對娘親的思念時，都忍不住抽噎，豆大的淚珠一滴滴落在被子上。

孩子想娘親了，在她最脆弱的時候，也許真的只有娘親才能給她力量。

「春兒，子諾！你們到底在哪裡？不是說上京城嗎？怎麼這麼多天都沒回來？孩子病了，需要你們在身邊啊……」林氏將毛巾敷在豆豆額頭上，再也忍不住背過身子，捂著嘴哭了起來。

「嗚嗚嗚……親家母，子諾和春兒一定是有什麼事情還沒處理完，耽誤了回程。妳別著急，春兒她爹去請大夫了，豆豆一定會沒事的！」雷氏輕輕拍了拍林氏的肩膀，一邊勸慰她，一邊跟著流淚。

「菩薩，請祢一定要保佑豆豆平安無事，這孩子從小就多災多難，祢可要多照看著她啊！」雷氏流著淚看了痛苦的豆豆一眼，心如刀割，走到窗前雙手合十，直直跪了下去，閉著眼，輕聲地祈禱。

房門外響起凌亂的腳步聲，桃花和喬夏幾個人被院子裡的馬鳴聲驚醒後，便穿上衣服，著急地走出房門。只見喬父房裡燈火通明，還聽到林氏和雷氏的哭聲，便快步跑了進來。

「娘，豆豆這是怎麼啦？」桃花、喬夏、喬秋、喬冬見雷氏在窗前跪著，林氏則坐在床前哭泣，趕緊大步跑到床前，看著豆豆著急地問道。

豆豆額頭上敷著冷毛巾，臉上紅撲撲的，像紅蘋果。

桃花看著只顧著傷心哭泣，沒回答她們的林氏和雷氏，便自行伸手去摸豆豆的額頭，頓時被燙得縮回手。她眸底浮現濃濃的憂慮，問道：「豆豆怎麼會這麼燙？娘，您別哭了，說說這到底是怎麼一回事？」

喬夏和喬秋也走到窗前扶起了雷氏，讓她坐在圓桌前，臉上寫滿擔憂地望著床上的豆豆。

林氏吸了吸鼻子，閉上眼睛努力平穩情緒，過了一會兒才睜開眼，看著屋子裡的姑娘們，說道：「豆豆發高燒，而且身上還長滿了紅紅的疹子，怎麼也叫不醒，一直在喊著她娘親，說她好痛。嗚嗚嗚……」林氏說著，剛剛才稍微平復的情緒再度崩潰，泣不成聲。

豆豆不僅發燒，身上還長滿了紅疹子?!

四個姑娘飛快地對視了一眼，頓時感到驚慌不已。明明晚飯後人還好好的，還一直嚷著要她們講故事給她聽，怎麼沒多久就變成這樣？小孩子受寒發燒也算正常，可身上怎麼會出紅疹子呢？

「娘，您到親家母那裡坐著，這裡讓我們幾個來。」桃花轉過頭對身後的喬夏暗使了個眼色，喬夏便走過來，將林氏扶到雷氏身邊坐下，隨即與桃花一起照顧昏睡中的豆豆。

桃花將豆豆額頭上的毛巾拿下來遞給喬夏，同時接過她手裡的毛巾，重新替豆豆敷上。

她顫抖著手輕輕拉開豆豆的衣袖，爬滿手臂的紅疹子讓人觸目驚心，一個個又紅又大，看上去似乎紅疹子裡還含著水。

喬夏、喬秋和喬冬看到了，忍不住倒抽一口氣。她們可從來沒見過這樣的疹子！

「娘！」喬冬驚叫一聲，顫抖著手指著床上的豆豆，結結巴巴地說道：「臉……臉……臉上也冒疹子了。」

林氏和雷氏一聽，趕緊站起來，幾步跨到床前，看著豆豆臉上新冒出來的疹子。

林氏轉身一把抱緊雷氏，顫抖著身子，急聲問道：「怎麼辦？怎麼辦？我們到底該怎麼辦？我苦命的豆豆，奶奶該怎麼辦？子諾、春兒，你們到底在哪裡？快點回來吧，豆豆需要你們……」

雷氏抱緊林氏，愣愣地看著床上的豆豆，淚水模糊了雙眼。她的眼裡彷彿看到無數個豆豆，有耍寶的、有天真的、有擠眉弄眼的、有不開心的、有開懷大笑的、有甜甜叫她姥姥的……

她們該怎麼辦？活了大半輩子，她從沒聽說過這樣的病。如果可以，她寧願病的是自己，也不要是年幼脆弱的豆豆！

「娘，快別哭了，您看豆豆這是怎麼啦？」桃花看著突然全身不停抽搐的豆豆，慌亂地叫了起來。

林氏鬆開雷氏，目瞪口呆地看著全身抽搐的豆豆，大叫一聲，撲了過去，壓住她的身子，對身後的人大聲喝道：「快、快、快！妳們快點按住她的手腳，快點啊！老天爺！救命啊！」

雷氏立刻脫了鞋跳上床，伸手壓住豆豆的腳，淚流滿面地喊道：「孩子她爹啊，你找到大夫了沒有？你快點啊，快點啊……」

「大夥兒一起幫她全身按摩一下吧。」廖氏急匆匆地走了進來，看著全身抽搐的豆豆，立刻想起唐子諾的方法。之前她去幫忙招呼前來義診的村民時，就曾見過唐子諾幫抽搐的病人按摩全身。

大夥兒手忙腳亂地坐在床上或蹲在床邊，幫豆豆按摩起手腳，不一會兒，豆豆的狀況果然好轉，慢慢平靜了下來，只是臉上的紅疹卻愈來愈多，宛如雨後春筍。

「這可怎麼辦啊？人是不抽搐了，可身上、臉上的紅疹卻愈來愈多，身子也愈來愈燙了……再這樣下去，可是會燒死人的啊！」林氏看到豆豆已經不抽搐了，趕緊伸手摸了摸她的額頭，這一摸更是慌亂不已，一顆心沈到谷底。

「站住！妳們是誰?!」房門外突然響起暗衛李偉的叱喝聲，沒有聽到對方的回音，只聽見「砰」的一聲，緊接著便是一陣笑聲。

待桃花等人回過神來，一紅一白的蒙面女子已經站在床前。眾人不由得驚愕，睜大眼睛看著這兩個深夜訪客。

桃花率先站起來，張開手臂擋在床前，緊張地看著那兩個女子，問道：「妳們是誰？為何深夜闖入我們家來？」

那一紅一白的女子並未回答桃花的問題。紅衣女子的目光越過桃花，蹙眉打量著床上的豆豆，白衣女子則是默默站在紅衣女子身後。

「啊，不好了！豆豆又開始抽搐了，該怎麼辦啊！」雷氏按著豆豆的腳，驚慌失措地叫了起來。

「親親，您在哪裡？豆豆……豆豆……好痛！親親……親親……您快來救……救……救救豆豆……」豆豆全身不受控制地抽搐，淚水從她眼角流了下來，嘴裡不停呢喃著。

紅衣女子那雙露在紅紗巾外的晶眸閃過一絲複雜的情緒，她伸手拉開桃花，一聲不吭地坐在床沿上，神色凝重地替豆豆把起脈。

「妳這個人是怎麼……」

「妳到底要做……」

眾人一陣驚呼，但看到她替豆豆把脈，沒有要傷害她的意思，便紛紛住口，眼光夾帶意外、不解還有探究。

這女子到底是誰？怎麼進門就一句話也不說，現在居然還替豆豆把脈？她真是大夫，還是菩薩派來的，怎麼來得這麼及時？

紅衣女子緊皺著眉頭，鬆開豆豆的手後，隨即掀開她的衣服，檢查了一下她身上的疹子，抬眸看向床上的林氏，冷冷問道：「她是妳的誰？她的父母呢？」

林氏微微張著嘴，不解地看著紅衣女子，應道：「她叫豆豆，是我的孫女。請問您可以治好她的病嗎？求求您幫忙救救孩子吧！孩子的父母都出遠門了，求求您了。」

「是啊，孩子已經燒了很久了，大夫，求求您快點救救她吧！」雷氏也看出這紅衣女子會醫術，急聲開口求她。

紅衣女子低頭輕瞥了豆豆一眼。一張小臉上雖然長滿紅疹子，卻不難看出是個漂亮的孩子。略略沈思了一會兒，她便從腰間掏出一個瓷瓶，從裡面倒出一粒紅色的藥丸，餵進豆豆嘴裡。接著從衣袖裡掏出手絹，溫柔地幫她擦拭額頭上的汗水。

眾人雖對眼前的女子和藥丸的功效有所疑慮，但既然選擇求她救豆豆，也只能靜觀其變，默默祈禱豆豆能平安無事。

只見豆豆慢慢平靜下來，抽搐的動作也緩了不少。

「謝謝神醫，請問豆豆是不是這樣就沒事了？」桃花迅速回過神，眼神從疑惑轉為恭敬，輕聲問道。

大夥兒同時看向紅衣女子，屏息等待她的回答。

「她叫豆豆？」紅衣女子淡淡問道。

「嗯，她的小名叫豆豆，大名叫唐心。」雖然對她的答非所問有點不滿，林氏還是放輕聲音回答她的問題。

紅衣女子微微頷首，盯著林氏問道：「柳如風在這裡嗎？」

林氏眼神充滿疑惑，問道：「姑娘認識柳神醫？他跟我家兒子、兒媳一同出遠門了。敢問姑娘是……？」

「妳不用知道我是誰。妳孫女的病還需要診治，這藥丸只能暫時將她的體溫降下來。想要徹底治好也不是不行，不過……」紅衣女子停頓了下來，一一掃過眾人欣喜的臉龐，續道：「治好了，她得做我的徒弟。另外……」

大夥兒訝異地看著她，不明白她的用意為何？只不過她們雖然覺得眼前的情況再詭異不過，卻只能先聽她要說什麼，畢竟現在能救豆豆的人只有她。

「另外什麼？」雷氏心急地問道，只要能把人救過來，當徒弟就當徒弟吧。

紅衣女子輕聲笑了一下，風輕雲淡地說道：「另外，我要喬春成為大齊國首富，必須靠自己的能力，而不是倚仗皇族力量或他人給予，當然，她可以跟任何人合作。」

「大齊國首富？為什麼？妳怎麼會認識春兒？」雷氏驚訝地問道。

眾人不由得大驚。剛剛她說要收豆豆為徒弟，已經夠讓人意外了，現在居然還指名要喬春成為大齊國首富，這不擺明為難人嗎？

「喬春現在可是大齊國的名人，我認識她，也不那麼令人難以想像。至於我為什麼要她成為大齊國首富……因為我不想讓某些人過得太舒坦。」紅衣女子明眸星光璀璨，眉眼俱彎。

大夥兒徹底傻了。什麼叫做「不想讓某些人過得太舒坦」？「某些人」指的是誰？為什麼會扯上喬春？

「神醫，這個……我們家春兒對經商不感興趣，而且大齊國首富得有多少銀子、得掙多少年，我們完全沒概念。可不可以換其他條件？」雷氏強扯起嘴角看著紅衣女子，輕聲細語與她商量。

自家閨女是怎樣的人，她比誰都清楚。春兒只希望一家人過上平靜幸福的日子，並不圖大富大貴。

「其他條件？」紅衣女子微微蹙眉，並沒看雷氏，而是輕輕拉開豆豆的衣袖，看著皮膚上的紅疹子，說道：「沒有其他條件，如果妳們不答應，那她就剩沒多少時間了。就算找了大夫救回來，也怕會成為一個癡兒。」

剩沒多少時間？癡兒?!

這段話就像在房裡投了顆炸彈一樣，頓時炸得她們的腦袋嗡嗡作響。

「娘，豆豆她又開始抽搐了，該怎麼辦？」喬夏睜大雙眼，一邊幫豆豆按摩，一邊紅著眼著急地看向雷氏。

雷氏低頭看了看渾身抽搐的豆豆，抬頭迅速與林氏交換了個眼神，像是下定了決心似的，毅然決然地點頭道：「神醫，妳的要求我們答應了，求神醫快點救豆豆吧！」

「當真？」紅衣女子沒想到她們居然答應得這麼爽快，見她們猛點頭，輕輕一笑，偏過頭對身後的白衣女子吩咐道：「晴兒，讓她們備好紙墨，咱們得白紙黑字寫清楚才行。」

「我房裡有文房四寶，神醫請隨我來。」桃花神色複雜地看了床上的豆豆一眼，心知這會兒什麼都顧不上，豆豆的命才是最重要的。不就是要當她的徒弟，還要大嫂成為大齊國首富嗎？她相信只要大嫂想要，就一定辦得到。

「主子，我先去寫。」那名喚作晴兒的白衣女子恭敬地向紅衣女子欠身行禮，轉身隨桃花走出房間。

不一會兒，她們便拿著一張墨痕未乾的契約走了進來，輕輕遞到紅衣女子面前。

「主子，契約寫好了，請您過目！」晴兒低頭輕聲說道。

紅衣女子接過契約，走到圓桌前，龍飛鳳舞地在宣紙末端寫下自己的名字——陳冰倩。

「妳們也簽名吧，咱們一人一份，算正式簽下契約。這種方式聽聞是喬春慣用的，妳們大家應該都不陌生吧？」紅衣女子輕輕放下筆，抬眸一一掃過眾人的臉。

桃花走過去，提起桌上的筆，說道：「我來簽，神醫還是快點救豆豆吧。」語畢，已在宣紙上留下了娟秀的字體。

陳冰倩滿意地看著桌上兩張契約，淡淡朝晴兒使了個眼色，便走到床前，餵豆豆服下另一顆藥。她轉過身看著桃花，說道：「妳們家裡不是有藥房嗎？帶我去抓點藥草來煎吧，這病不是輕易就能治好的。」

「請隨我來。」桃花微微頷首。

抓藥、煎藥、餵藥、擦身子、換衣……一道道程序下來，轉眼已過了一個多時辰。

雷氏打著燈站在大門口，不安地走來走去。丈夫帶著兩個暗衛已經離開快兩個時辰了，一般駕馬車的話，到鎮上一趟來回也就一個時辰，不知是天太黑路不好走，還是請不到大夫？

雖然豆豆的燒已經退了，也沒再繼續發紅疹，可是她們剛剛簽下的契約可不一般。雷氏是想要等喬父回來，看看他有沒有辦法跟那女子商量一下，換個條件，重新簽契約。

「娘，那兩個女子不見了。」喬冬從屋裡跑出來，衝著門外的雷氏大喊。

雷氏心裡一喜，那兩個女子走了就好，省得她不知道該怎麼跟春兒還有子諾解釋。

「走啦？太好啦！」雷氏臉上綻開笑容，眉歡眼笑地轉身抬腳準備進屋。

喬冬卻流下了豆大的眼淚，她吸了吸鼻子，衝上前拚命摟緊雷氏，嚎啕大哭起來。「可是……豆豆也被她們帶走了！」

「什麼？」雷氏瞬間石化，只覺雙腳像是灌了鉛了一樣，彷彿有千斤重，令她動彈不得。

她們怎麼會一聲不吭就將豆豆帶走了?!那是他們的寶貝啊，要上哪兒去找人呢？

第九十七章 母女連心

晉國京城

唐子諾放下手中的筷子，看著皇甫傑和柳如風，說道：「大哥，昨晚我和四妹商量了一下，準備今天就先啟程回國。」

「嗯，你們也離開家好一段時間了，的確該早點回去。」皇甫傑慢條斯理地放下筷子，蹙眉沈思了一下，又道：「這樣吧，上午你和柳伯伯再隨我進宮一次。我相信晉皇也該有答案了，下午咱們再一起回去。」

皇甫傑說著，偏過頭溫柔地看著坐在自己身旁的杜湘茹。

他知道她很想快點隨風無痕回去見她爹，為避免節外生枝，他也想早日回去奏請皇上和太后，儘快將他和杜湘茹的關係定下來。

唐子諾見喬春微笑著點了點頭，便應道：「一切聽從大哥的安排。」

吃完早飯沒多久，晉皇便派人來通知皇甫傑，要他們立刻進宮，說有要事商議。

「晉皇萬福。」

「晉皇萬歲萬歲萬萬歲！」

「王爺請坐！」晉皇端坐在主位上，且早已命人擺了座椅恭候皇甫傑到來。

皇甫傑不客氣地坐了下來，眼光淡淡朝大殿裡掃了一圈。

「王爺，關於那些條件，我們晉國可以答應，但是還得加上三個條件，不知王爺意下如何？」晉皇勾了勾嘴角，深邃的黑眸閃爍著一簇異常的亮光。

皇甫傑不語，手指輕輕敲打著大腿，低頭沈思。

大齊國提出的條件並不簡單，沒想到晉皇竟全部都應了下來，只是不知他的條件又是什麼？

「晉皇直言便可，皇甫傑聽著。」皇甫傑眸光直視晉皇。

「第一個條件就是我們要與大齊國和親，簽下無戰爭協議。」

「和親是可以，只不過你們派來和親的人是誰？貴國想與敝國的誰和親？協議的有效期是多久？」皇甫傑雖然覺得這條件大齊國不吃虧，但他總覺得晉皇嘴角的笑容有點意思。

「我的皇妹，安陽公主——伊可人。聽說王爺尚未娶親，如今看來王爺和舍妹再適合不過了。而協定的有效期限是五十年，不知王爺意下如何？」晉皇緊盯著皇甫傑問道。

如果可以，他其實想要永久不打仗，不過五十年也夠了，往後的事情只怕他已經管不著。

「皇甫傑先謝謝晉皇抬愛，不過皇甫傑已經有未婚妻，心中只有她一人，再也無法容下其他女子。不過我皇兄的後宮單薄，如果讓公主嫁去當貴妃，倒是合適。至於協議的有效期限，我沒有什麼問題。不知晉皇的意思如何？」皇甫傑直視晉皇的眼睛，坦誠道出他的想法。

他向來是不拘小節、隨興自在，所以，先皇才會封他為逍遙王。

晉皇微微愣了一下，隨即回過神來，欣賞地看著皇甫傑。「王爺果然是真性情，既然王爺心中已容不下其他女子，就不便勉強。只是，貴國國君的婚事，王爺如何能……」

晉皇適時停了下來。他不需要再說下去了，聰明的人一聽就知道，他問的是王爺如何能替皇上的婚事作主？

「這點我皇兄在我來時，就已有交代。他十分樂見兩國喜結連理，也願意兩國之間和平共處，這點晉皇大可放心。」皇甫傑答道。

事實上，在出發之前，皇甫傑確實問過皇甫俊這個問題，沒想到晉國還真有和親的打算。這正好稱了皇甫俊的意，他久聞伊可人的美貌，早已心生嚮往。

「好、好、好！第一個條件就這樣定下來了。」晉皇龍心大悅，續道：「第二個條件則是我國育苗師只能在貴國待一年，在這一年中定會傾囊相授。第三個條件，則是未來三年內，貴國貨物需以售至其他國家低於一成的價格賣給敝國，如此敝國便能答應貴國提出的免稅條件，敝國茶葉進入貴國時也願意多繳一些稅。」

皇甫傑沈默良久，抬起頭來，給晉皇一個淡淡的微笑，和氣地問道：「所有貨物低於他國一成的價格？」

「沒錯！」晉皇肯定地點了點頭。

「成交！」皇甫傑很是爽快地應道。

大殿上幾個大臣一臉不敢置信地看著皇甫傑。他們可是想了許多理由好說服他，沒想到竟然一個也沒派上用場。早知道逍遙王這麼好說話，他們就該讓大齊國降低兩成或三成價格的。

他們不知道的是，如果條件提高到降價兩成以上，皇甫傑也不可能答應。

皇甫傑低頭抿嘴笑了一下，晉皇果然不簡單。所有物品價格都降低一成，以每年的交易量來算，也不是個小數目，完全抵得上他免除大齊國繳的那些稅了。

「好，我們近期會派人將茶樹苗和育苗師一起送過去，婚書待會兒我就會差人送到客棧去給王爺。王爺回去與貴國國君商議好日子後，再議嫁娶之事。」事情至此，晉皇總算鬆了口氣，放下心中大石。

「好！下午我等便啟程回國，告知我皇這個大喜訊。」

晉皇點了點頭，朝身後的海公公吩咐了一聲。「海公公，去拿契約和文房四寶，朕和逍遙王要簽訂盟約。」

「遵旨。」海公公領命退下。

從晉國皇宮回來以後，喬春等人便收拾了行李，啟程回大齊國。

「唐兄，你可回來啦！」唐子諾和皇甫傑等人剛到達軍營，站在軍營門口等待的李然便迎了上來，直接越過皇甫傑，站到唐子諾面前，神情凝重地看著他。

唐子諾朝喬春瞥了一下，只見她有些驚慌地看著反常的李然。他暗自壓下內心的不安，微笑看著他，問道：「李兄，出了什麼事嗎？」

「你過來一下。」李然偷偷瞅了喬春一眼，探過頭湊在唐子諾身邊低聲耳語，順便將飛鴿傳書送來的紙條塞給他。

喬春更加恐慌了，她大步上前，伸手拉住李然的衣襟，仰頭看著高大的他，問道：「李大哥，你有話就在這裡說，是不是我家裡出什麼事了？」

「呃，沒……」李然還想否認。

「是不是豆豆出事了？」喬春看著李然吞吞吐吐的樣子，更肯定自己的猜測，急切地問出自己一路以來的憂慮。

李然瞪大雙眼，不敢置信地看著喬春，問道：「唐弟妹是怎麼知道的？」他也是剛剛才收到飛鴿傳書，喬春怎麼會比他還先知道這件事呢？

喬春放開李然的衣襟，神情慌亂地向他求證自己的夢境。「豆豆是不是被一個女人抓走了？」

她就知道一定是家裡出事了，夢中的感覺是如此真實，豆豆的哭聲是那麼觸痛她的心。

「不是一個女人，是兩個女人。」李然糾正道。

「什麼?!」皇甫傑和柳如風等人皆是一驚。他們才離家十幾天，怎麼就發生了這麼大的事？晉國在大齊國的黑手早就已經被剷除，還會有誰做出這種事呢？

「豆豆，我要去找豆豆！」喬春大叫一聲，隨即跳上停在一旁的馬車，揚起皮鞭對著馬屁股就是狠狠一鞭。馬兒吃痛，揚蹄長嘶，箭一般地奔了出去。

「四妹，妳小心點，等等我啊！」唐子諾回過神來，輕身一縱，急急向飛奔的馬車躍去。

柳如風和暗衛們見狀，紛紛跳上另一輛馬車，著急地緊跟在喬春身後，對豆豆的安危擔憂不已。

「李兄弟，傳我口令，要各處暗衛傾全力搜尋豆豆的下落。如有消息，即刻回報，去吧！」皇甫傑望著塵埃滿天飛的官道，語氣沈重地向一旁的李然下令。

就算得傾盡所有人力、物力，他也一定要幫二弟和四妹找回豆豆！

「四妹，妳放鬆一點，來，把鞭子給我吧，讓我來趕馬車，好不好？」唐子諾追上前去，跳上馬車，一手攬過喬春的肩膀，一手奪過她手裡的鞭子。

喬春臉上的淚珠被風吹起，一滴滴像是小雨點似地落在唐子諾的衣服上。她伸手緊緊抓住他的衣服，像是藉此宣洩內心的悲痛。

最後她情緒失控，開始對唐子諾大聲埋怨起來。「嗚嗚嗚……你不是說一定沒事的嗎？你不是說一切都只是夢嗎？可是為什麼豆豆偏偏就是出事了呢？嗚……」

她好後悔，她應該在見到皇甫傑後就立刻趕回大齊國，她不該那麼貪玩的！

唐子諾握著鞭子的手背青筋畢現，身體不由自主地微微發顫。他不知道喬春的夢竟是如此靈驗，當時喬春哭著醒來，說豆豆被帶走了，他只當她是過度思念孩子，所以才作惡夢，現在看來是她們母女連心，才會有所感應。早知如此，他就不在晉國逗留這麼久了。

思及此，唐子諾放慢了馬車的速度，準備掉頭回軍營。現在最重要的就是想辦法找到豆豆，在這裡後悔一點用都沒有。

此時，柳如風和幾個暗衛已駕著另一輛馬車從後頭追了上來。

柳如風和王林跳到唐子諾的馬車上，見唐子諾和喬春失魂落魄的樣子，王林趕緊接過唐子諾手裡的鞭子，說道：「唐大哥，我來駕車，你和夫人、柳大夫到裡面休息一下吧。」

突然發生這種事情，任誰都承受不住。希望大夥兒可以早日找到豆豆，他可不願看著夫人和唐大哥傷心難過。

幾個人進了車廂裡坐定後，柳如風心疼地看著傷心無助的喬春，又看了看同樣是一臉悲傷的唐子諾，輕聲說道：「子諾，你把飛鴿傳書拿來給為師瞧瞧。春兒，妳先不要太著急，別淨嚇自己。我們先一起看看紙條中的內容，再商議該怎麼做比較好。」

「哦，好。」唐子諾趕緊從腰間掏出剛剛從李然那裡拿到的飛鴿傳書，展開紙條遞到柳如風面前。

柳如風接過紙條，認真地看了起來，眉頭時而緊皺，時而舒開。他將紙條遞給喬春，說道：「從錢財的信裡可以看出，豆豆目前沒有任何危險，對方也是跟唐、喬兩家協商好要收豆豆為徒，還要春兒成為大齊國首富。」

喬春看過信中的內容，總算鬆了口氣，只要確定豆豆安全，其他事情她都可以想辦法解決。

「柳伯伯，您知道陳冰倩是誰嗎？她要收豆豆為徒，還說得過去，可是她為什麼要我成為大齊國首富？如果她要錢，大可在醫治豆豆的時候就提出要求，沒有道理只是要我成為首富，卻對自己的酬勞隻字不提。」

喬春想不透陳冰倩葫蘆裡究竟賣的是什麼藥？無緣無故的，幹麼非要她成為大齊國首富？這麼做對她有什麼好處？

「陳冰倩這個人我認識，她是我師父當年雲遊陳國時收下的徒弟，聽我師父說，她的悟性很高，盡得我師父的真傳。我們兩人雖然師出同門，卻只見過一次面，談不上有什麼交情。這個名字不是她的真名，她應該叫做陳清荷，是現在陳國皇帝的姑姑，『天下第一莊』莊主風勁天的結髮妻子。」柳如風將自己知道的事情緩緩道了出來。

喬春和唐子諾聽了以後更不解了。一個身分地位如此崇高的人，怎麼會千里迢迢跑來說要收豆豆為徒，還要她成為大齊國首富？畢竟現在大齊國首富就是「天下第一莊」啊！

「她是不是已經不在『天下第一莊』了？」喬春看著柳如風，說出自己內心的猜測。一個女人想要找人威脅自己夫家的地位，除了恨，她想不到其他原因。而能讓一個女人產生濃烈恨意的，恐怕就是「情」這一字了。

深邃的黑眸閃過一絲傷感和同情，柳如風輕輕嘆了口氣，說道：「她早在十幾年前便離開『天下第一莊』，無論是大齊國、陳國抑或是江湖，都沒有她的消息，這次她突然出現在山中村，恐怕也是衝著妳去的。」

柳如風停頓了一下，搖了搖頭，道：「春兒，妳要原諒她。如今她的要求雖是太強人所難了一點，但是既然唐、喬兩家都願意簽下契約，估計豆豆當時真的病得很嚴重。可恨之人必有可憐之處，我這個小師妹，本是天之驕女，心高氣傲，卻得不到心上人一絲情意，行為舉止因此失常，也是情有可原。待我們找到她，柳伯伯一定會好好勸勸她。」

柳如風雖然與陳清荷不甚熟稔，但對當年鬧得滿城風雨的事也有所耳聞。如今既然豆豆在她那邊，他這個「師兄」又怎能不憑藉這一點關係，想辦法將豆豆帶回山中村？

喬春沈默了。她腦子裡閃過杜湘茹和風無痕這對分離十數年的雙胞胎的影像，對當年杜月兒、風勁天和陳清荷的愛恨情仇也猜出了個大概。我愛你，你愛她，她愛你——這錯綜複雜的情感發生在年輕氣盛的男女身上，也許就是注定要三敗俱傷。

「柳伯伯，我很同情她，但並不表示我會原諒她。她的確在豆豆最危險的時候救了她，我本來就該表達感謝之意，可是這種做法形同趁火打劫。豆豆還小，要拜師也不差這一時半刻，就算她真的很急，至少也該讓我們知道她們的住處，好讓我們方便探視豆豆啊！」喬春不是很苟同地說道。

沒錯，陳清荷有段讓人同情的經歷，可也不能拿自己的不幸作為藉口，恣意傷害他人的情感啊！

柳如風聞言，知道喬春這次真的很生氣，但他也能深刻體會她的心情。

豆豆是個可愛的孩子，他們一老一小之間早就形同爺孫，感情深厚。如今陳清荷一聲不吭就將人帶走，別說是喬春，就是自己，其實也是有些不滿。

只是，他相信陳清荷絕對不會傷害豆豆。雖然他對這個小師妹不太熟悉，但她不是一個喪失人性的人，只是被仇恨蒙蔽了心和眼，因此他有理由相信自己有機會說服她。

「春兒的心情柳伯伯可以理解，她想必是聽說了妳的事情，認為妳有能力成為大齊國首富，想借妳的力量去打擊『天下第一莊』。事情到了這地步，依春兒的意思，該怎麼做呢？」柳如風一邊說，一邊盯著喬春的眼睛，直直看進她的心底。

「傾盡所有力量找到豆豆，只要確定豆豆安全，其他事情都好談。我會努力成為大齊國首富，就當作是她救豆豆的酬勞，但是收徒這件事得看豆豆自己的意思，我們誰也無權作主。」喬春眼神堅定地說道。

成為大齊國首富並不容易，但是喬春相信以自己在二十一世紀成功創業的經驗，假以時日，一定能達成目標。只是自己追求的理想生活，如今看來又要暫時擱置了。

柳如風和唐子諾驚訝地看著喬春，他們還以為喬春要與陳清荷奮戰到底呢！不過……讓豆豆作主？這讓他們突然期待起豆豆的表現了！

既然對事情的來龍去脈理出了頭緒，也找到應對之道，大夥兒的心情就不再那麼紛亂，總算恢復了平靜。

第九十八章　交心

「這裡是哪裡？親親……您在哪裡啊？」躺在床上的豆豆悠悠醒轉，睜開眼看著陌生的床帳。她一骨碌坐了起來，睜大雙眼掃過陌生的房間，一股不安的感覺湧上心頭，頓時哇哇大哭起來。

豆豆一邊哭，一邊爬下床，光著腳丫子無助地朝房門走去。

「啊！」當她經過銅鏡時，很自然地掃了一眼，卻被鏡子裡那個滿臉紅點的人給嚇得尖叫起來。

忘了醒來時的不安，豆豆走到銅鏡前，爬上凳子湊過去盯著裡面的人瞧，忍不住再次尖叫起來。「啊！有鬼啊！」

這個人是誰啊？實在太可怕了！她臉上長滿紅點，有的已經結痂，有的還水潤潤的，彷彿馬上就會掙破皮膚，從裡面溢出水來一樣。

豆豆又是害怕又是不安地再次看向鏡子，認真端詳起來。這眼、這眉、這唇、這鼻子，這……這……這不就是她自己嗎?!她臉上怎麼會有這些東西？還有，自己明明就跟姥姥在一起睡覺，怎麼一覺醒來就不在姥姥房裡了？

忽然間，豆豆勾起唇角笑了笑，自言自語地說道：「一定是哥哥在捉弄我，把我弄到一個新的地方來。哼，我才不會被嚇哭呢，想騙我嚇我，門兒都沒有！」

說著，豆豆便對著鏡子，伸手就想去揭掉臉上的紅點。

「不要碰！」房門突然被打開，晴兒手裡端著木盆，大聲喝令一聲之後，急急朝豆豆走了過去，一把將她抱到床上。

「這些疹子不能用手碰，會留下印子的。豆豆乖，聽話，讓姑姑幫妳用藥水洗一下臉。」晴兒一邊輕聲哄著豆豆，一邊站起來擰乾泡在藥汁裡的毛巾，輕柔地撲向豆豆的臉蛋。

若論起輩分，陳清荷跟晴兒相當於豆豆的祖母，但由於晴兒雲英未嫁，便稱自己姑姑。其實陳清荷跟晴兒都保養得宜，從外貌實在看不出已三十幾歲了。

濃烈的藥味撲入鼻腔，將豆豆那被震到九天之外的心神給拉了回來，她抬起烏黑清亮的眸子，盯著眼前的陌生女子，聲音微顫地問道：「妳不是桃花姑姑，妳是誰？我在哪裡？我姥姥呢？」

晴兒微怔了一下，讚賞地看著豆豆，這孩子真聰明！主子的眼光可真準，一眼就看中這麼一塊好料子。

晴兒溫柔地揉了揉豆豆柔軟的細髮，說道：「我是晴兒姑姑，豆豆生病了，姥姥讓豆豆在這裡養病。豆豆乖，聽話，讓姑姑幫妳擦一下臉好不好？搽了藥，豆豆臉上的紅疹子就會消失了，那樣豆豆就可以跟以前一樣漂亮了。」

「真的嗎？」豆豆歪著頭，眨巴著眼看著晴兒。

晴兒微笑著點了點頭，說道：「當然是真的。」

「那我什麼時候會好？我好想回家哦！」豆豆朝她甜甜地笑了一下，繼續追問。她感覺自己好像睡了很久，很想念家裡每個人，尤其是親親和爹爹。

「這個……這個嘛，就要看豆豆的表現了。」晴兒有些結巴地敷衍道。

嫩眉輕蹙，豆豆眯著眼緊盯著晴兒，顯然年幼的她也看出晴兒的不自然。她抿了抿唇，問道：「姑姑沒有騙我？」

「姑姑怎麼會騙豆豆呢？」晴兒汗涔涔地移開視線，將手裡的毛巾重新放進盆子裡，重泡了一會兒才擰乾，一手輕撐著豆豆的腦勺，一手拿毛巾小心翼翼地幫她擦拭。

「親親說，騙小孩的大人鼻子會變長哦！」豆豆噘著嘴，用手搧著風，想要將臉上那股難聞的藥味搧走，她輕瞥了晴兒一眼，像是在自言自語。

「啊？」晴兒反射性地摸了自己的鼻子一下，有些不解地看著豆豆。

這是什麼邏輯，如果騙人的人鼻子會變長，那滿街都是長鼻子的人了。晴兒輕笑了一下，抬眸看著端坐在床上打量自己的豆豆，心中不由得一驚，瞬間明白了豆豆的用意。

天啊！這孩子也太厲害了吧，一句話就讓自己露出馬腳。

「豆豆，妳先休息一下，千萬不要出房門，因為妳暫時還不能吹涼風。等妳好了，晴兒姑姑再帶妳出去玩，好不好？」晴兒有些窘迫地說著，不禁想逃離這個房間。

她可真是沒想到自己會著了一個三歲小孩的道，不知是自己的智力降低了，還是現在的小孩太精明了。如果再不走，讓豆豆知道了所有事情，主子一定不會輕饒了自己。

雖然自己從小就跟在主子身邊，可是經歷了過去那些事之後，主子的性情早已大變，易暴易躁，喜怒無常。

「晴兒姑姑，您再陪一下豆豆，好不好？」豆豆見晴兒端著木盆就要出去，連忙喊住她，一雙星眸可憐兮兮地瞅著她。

這般表情任誰看了都會心軟，晴兒重新放下木盆，端坐在床沿上，既是疼惜又是防備地看著豆豆，保證道：「豆豆放心，過不了幾天就會好的，到時姑姑一定會帶妳出去玩，這裡的風景可美了。」

「姥姥和奶奶會來看我嗎？」

「暫時不能。」

「為什麼？」

「因為豆豆臉上的疹子會傳染給別人。」

「那要多久才會好？」

「那得看豆豆乖不乖，按不按時吃藥，還要注意衛生，不能吹風，所以沒好之前只能在房間裡待著。」晴兒說著，微笑著伸手摸了摸豆豆的頭。

豆豆抬起頭，有點不相信地看著她，問道：「那為什麼晴兒姑姑不會被豆豆傳染呢？」

「呵呵，因為姑姑吃了藥丸了，所以不會被傳染。」晴兒抬頭挺胸神氣地看著豆豆，想起她那醫術高超的主子，就覺得很自豪。

豆豆見晴兒不像在說謊，內心不由得對她產生一種崇拜的情結，她眨巴著眼，露出一副遇到知己的笑容，說道：「晴兒姑姑的醫術一定很厲害吧？我爹爹和柳爺爺的醫術也很厲害喔。柳爺爺答應要教豆豆醫術，豆豆長大了要做懸壺濟世的女大夫。」

「哦？懸壺濟世？豆豆知道這是什麼意思嗎？」房門驟然被推開，陳清荷看著豆豆，眸中閃爍著濃濃的趣味。看來自己沒有選錯徒弟，有其母必有其女，這孩子果然聰明。

豆豆轉過頭，很是好奇地看向從房門口走過來的紅衣女子。她的眼睛很大很亮，眉毛很彎，頭髮也很長很黑，只是她的臉用紅紗給遮住，她根本就看不清她的模樣。

「妳是誰？」豆豆偏著頭問道。

「主子，您來啦。」晴兒從床沿站了起來，側開身子，恭敬地行禮。她轉過頭看著豆豆，介紹道：「豆豆，這位是妳的師父，豆豆就在床上向師父行禮吧。」

「師父？我沒有師父啊，柳爺爺說了不收我做徒弟。」豆豆不解地看著晴兒。

陳清荷笑了一下，問道：「柳如風不收妳為徒？為什麼？」

「因為，我爹爹就是他徒弟啊，總不能讓我喊爹爹師兄吧？那不是很奇怪嗎？」豆豆想起娘親以前跟她解釋這件事的場景，也想起爹爹那急得跳腳的模樣，忍不住格格笑了起來。

誰知她剛笑了幾聲，隨即又淚流滿面。

晴兒和陳清荷輕輕蹙了蹙眉，默默地看著豆豆，不明白她為何一會兒笑，一會兒哭。

豆豆臉上的淚水愈來愈洶湧，絲毫沒有要停下來的意思。

「豆豆，妳怎麼啦？是不是哪裡不舒服？」晴兒看了表情冷淡的主子一眼，終於還是忍不住輕聲問起豆豆。這孩子哭得她的心都快要碎了，不知她是身體不舒服，還是想到什麼不開心的事。

豆豆吸了吸鼻子，小小的身子有些顫抖，可憐兮兮地看著晴兒，說道：「我想親親了，想爹爹了。晴兒姑姑，您可不可以帶我去找親親和爹爹？」

「這個……這個……」晴兒從袖子裡拿出手絹，輕柔地幫豆豆擦拭眼淚，為難地看著她。她抬起頭朝陳清荷看了看，一時之間，竟不知該如何回答豆豆。

「晴兒，妳先出去，這裡有我。」陳清荷眼裡的笑意已褪去，她柳眉緊皺，有些不耐煩地看著哭鬧不止的豆豆，朝晴兒揮了揮手，要她先退下去。

豆豆被她冷冷的聲音給嚇了一跳，頓時忘了哭泣，愣愣地微張著嘴，過沒多久便大聲哭了起來。「妳是壞人，嗚嗚嗚……大壞蛋！嗚嗚嗚……親親，您在哪裡？我要您，嗚嗚嗚……」

畢竟是個不到三歲的小女孩，遇到不如意的事情，還是用哭來表現。晴兒和陳清荷哪裡見過這般哭鬧的孩子，更不曾受過三歲小孩的指控。頓時一個乾著急地站在一邊，不敢輕舉妄動；一個則是瞪大眼睛，狠狠地瞪著鬧脾氣的豆豆。

豆豆抬起淚痕斑斑的圓臉，輕輕瞥了狠狠瞪著她的陳清荷一眼，低下頭，更賣力地哭泣，那震耳的哭聲直上雲霄。

「主子？」晴兒扭著手指，怯怯地看著陳清荷輕聲喊道。

主子很明顯在生氣，但是她看著哭得上氣不接下氣的豆豆，很是心疼，所以她還是冒著被責罰的危險，開口想要勸勸主子。

「出去！別讓我再說第三遍。」陳清荷周身散發著冷冽的氣息，繼續盯著豆豆不放，彷彿不用眼光將她震住，誓不罷休。

晴兒擔憂地看了豆豆一眼，硬起心腸端起木盆，轉身就要離開房間。

陳清荷還維持原來的動作，沒有再喝止她，但也沒有要安慰她的意思。她像是在看豆豆，又像是透過豆豆看某個不存在的人。

看著圓嘟嘟、表情豐富的豆豆，陳清荷的心其實早已軟得一塌糊塗。她甚至在想，如果她的孩子還在的話，小時候是不是也這般愛哭愛鬧，這般可愛？現在又會是什麼樣子？

豆豆停了下來，挺直了腰，不甘示弱地瞪了回去，一大一小就那樣妳看我、我看妳，誰也沒有移開目光。

豆豆突然覺得她也不是那麼可怕，只是她不肯讓自己去找親親和爹爹，真的有點可惡。

「主子姑姑，您為什麼不讓豆豆找爹爹？」豆豆忍不住問出口。她看眼前這個人跟晴兒姑姑差不多年紀，便同樣稱她姑姑。

陳清荷聽到她對自己的稱呼，微微愣了一下，隨即忍俊不禁地笑了起來。「為什麼叫我主子姑姑？」

「晴兒姑姑不是叫您主子嗎？難道您的名字不是主子？」豆豆有些搞不清狀況地看著她問道。如果她不叫「主子」的話，那晴兒姑姑為什麼要這樣叫她？

「噗！主子並不是名字的意思。」聽到豆豆的童言童語，陳清荷不禁噴笑。

「那是什麼意思？」豆豆求知慾旺盛地看著她，追問道。

陳清荷坐了下來，伸手揉了揉豆豆的頭髮，那柔軟的觸感讓她的心不由得輕顫。她驟然用力將豆豆抱進自己懷裡，感受那真實存在的溫暖後，才開口輕聲解釋：「豆豆，妳想一下，妳喊親親，妳親親的名字不是也不叫親親嗎？主子只是一個稱呼，不是名字。」

好軟、好暖……如果，那個孩子還在，該有多好！陳清荷想著，摟抱著豆豆的手猛然加大了力量。

「姑姑……您抱痛我了。」懷裡的小人兒掙扎了一下，抬頭嘟著嘴吃痛地喊道。

墜入回憶中的陳清荷，根本沒聽到豆豆的喊痛聲，仍舊用力摟緊她，生怕她會從她懷裡離開。

「姑姑，我好痛！」豆豆眼睛裡水氣聚攏，睜著水汪汪的眼睛看著陳清荷，見她還是沒有反應，豆豆忍不住低下頭，張開嘴用力朝她手腕上咬了下去。

「啊！妳……」陳清荷吃痛地鬆開豆豆，舉起手想給她一巴掌，結果看到她眨巴著一雙亮晶晶的大眼，心一軟，緩緩收回手。她輕輕摟過豆豆，問道：「弄痛妳了嗎？我不是故意的。」

緊貼著耳朵躲在門外偷聽的晴兒，聽到自家主子那句「我不是故意的」時，豆大的淚珠撲簌簌地掉了下來。她不知道有多久沒聽到主子用這麼輕柔的聲音，說出這般近於道歉的話了。

「沒關係，我現在不痛了。」豆豆先是愣了一下，隨即翹起嘴角，露出她那甜甜的梨渦，看得陳清荷又是一陣失神。

「親親說，知錯能改的就是好孩子。」豆豆煞有介事地點著頭。

「什麼？」陳清荷愣然地看著一本正經的豆豆，又是好氣又是好笑。

「姑姑，為什麼我會生這個病？我的臉會好嗎？」豆豆話鋒一轉，有些煩惱地問道。

「啊？」陳清荷顯然有些跟不上豆豆這種跳躍的說話模式，愣了一下才反應過來。「小孩子都比較容易生病，只要妳聽話，妳的臉一定能像以前那樣漂亮可愛。」

豆豆聽到她的話，緊皺著眉頭，清清嗓子，糾正道：「姑姑，我親親說，漂亮的女孩就該說漂亮，不漂亮的女孩就說她可愛。」

「什麼？」陳清荷徹底傻了，這是什麼話？哪有這種說法的？

「姑姑小時候也經常生病嗎？親親說，豆豆剛生下來就生病，親親還說，豆豆是個堅強的好寶寶，生病也不會怕。」豆豆又扯開了話題。

「哦。」陳清荷已經慢慢開始習慣豆豆的說話模式，她認真地看著豆豆，說道：「姑姑小時候也經常生病。」

「哪裡病？也是全身都冒紅點嗎？還是也像豆豆這麼……這麼胖？」豆豆低頭看了看自己圓嘟嘟的身體，第一次自己說自己胖。

「這裡，這裡痛。」陳清荷拉著豆豆的手放在自己的胸口，輕蹙著眉道：「現在這裡還痛，如果有人愛我疼我，或許就不會這麼痛了。不過，豆豆真的不胖，這樣我很喜歡。」

陳清荷第一次在別人面前直言自己的脆弱。這麼多年了，她心頭的傷依舊沒有痊癒，時時刻刻都在抽痛，從未間斷。

豆豆歪著腦袋怔怔地看著陳清荷，眨了眨眼睛，像是下定了決心似的，一字一句說道：「以後，豆豆來疼您、愛您，那樣姑姑就不會再痛了。」

「嗚嗚嗚……」躲在房門口的晴兒終於忍不住哭了起來。

第九十九章 責怪

本是十天的路程，在唐子諾他們日夜兼程下，硬是只用了五天就到達家門口。聽到馬蹄聲的唐、喬兩家人，早已站在院子門口等喬春他們歸來，甚至還有不少村民放下手裡的活兒，跑出家門看著那兩輛全速前進的馬車朝唐家而去。

喬春跳下馬車，看著那些淚流滿面的家人，疾步上前，抱住淚眼汪汪的喬父，嗚咽道：

「爹，我回來了！」

「回來就好！回來就好！」喬父伸手拍了拍喬春的背，柔聲說道。

「娘親……爹爹……」果果從桃花身邊跑了過來，緊緊抱住了喬春的腿。

唐子諾走了過來，蹲下身子抱起果果，剎那間，重於黃金的男兒淚一滴滴落了下來。以前每次歸來都是一雙兒女像快樂的鳥兒般朝自己飛奔而來，如今卻只剩下果果一人，如何能讓他不傷心落淚？

「爹爹不要哭，咱們一定能找到妹妹的。」果果笨拙地用衣袖幫唐子諾擦著眼淚，輕聲安慰他。

「子諾，走，進屋去。」喬父鬆開喬春，強忍著淚水，用力拍拍唐子諾的肩膀，拉著喬春率先朝門口走去。

「柳伯伯，路上辛苦了。」桃花向柳如風微微頷首。

「不辛苦，進屋吧。」柳如風點了點頭。

喬夏和桃花接過喬春他們的行李，步伐沈重地朝屋裡走去。自從豆豆不見以後，雷氏和林氏先後病倒了，現在都還躺在床上，整日以淚洗面。

喬春坐了下來，用浮腫的眼掃過眾人，輕蹙著秀眉，看著桃花問道：「娘呢？」

桃花看著她，吸了吸鼻子，說道：「娘和喬伯母都病倒了。」

「我先去看看娘，二哥和柳伯伯先坐一下吧。」喬春站起來，看了唐子諾一眼，便跟著桃花轉身往後院走去。

輕輕推開房門，喬春往房裡望去，只見林氏躺在床上，像是睡著了，廖氏則坐在圓桌前縫補衣服。她抬頭看到喬春站在房門口，激動地放下手裡的針線，幾步上前抱緊她，哽咽道：「春兒啊，妳可回來啦！妳可回來啦！嗚嗚嗚……」

或許是廖氏的聲音太大了，也或許是林氏根本就沒睡著。她聽到聲響後，猛地坐起身來，拉開被子下床，光著腳快步朝喬春走去，二話不說便伸手給了她兩巴掌，大聲罵道：「妳是怎麼當人家的娘的？一個女人家為什麼一天到晚往外跑？如果你們在家裡的話，孩子怎麼會不見了？我的豆豆啊，我可憐的豆豆啊！嗚嗚嗚……」

「娘，對不起，都是我的錯！」喬春伸手想幫林氏擦眼淚，可她卻把頭一扭，絲毫不領情。

林氏隨即又轉回頭，惡狠狠地看著喬春，罵道：「妳這女人，從來就不知道什麼是三從四德！妳說說，哪個女人會不守著家？哪個女人會一顆心全放在外面？」

桃花看不下去了，明明就不是大嫂的錯，她不懂娘為什麼要把所有責任都推到大嫂身上？她伸手拉住了林氏，輕聲替喬春解釋。「娘，這事不能怪大嫂，大嫂也是有事才會在外面跑，豆豆出了這事……」

「閉嘴！妳……」林氏扯著嗓門，大聲地喝止桃花。她的胸口劇烈地上下起伏，剛說沒幾個字，便兩眼一翻倒了下去。

「娘，您怎麼啦？哥，你快點來啊，娘暈倒啦！」桃花眼明手快地接住林氏的身子，扯著嗓子朝外面大聲呼喚唐子諾。

喬春蹲下身子，看著林氏那劇烈起伏的胸口，抬頭看著廖氏和桃花，道：「大娘、桃花，快點搭把手，把我娘扶到床上去。」

「我娘怎麼啦？」眨眼之間，唐子諾已經一臉著急地來到房裡，伸手一把抱起林氏，將她平放在床上，隨即把起脈。

「桃花，妳隨我來一下，我抓些藥，妳馬上煎給娘喝。」唐子諾抽回手，輕輕替林氏蓋好被子，有些憂鬱地看著桃花。

喬春捕捉到唐子諾眼中的憂色，她緊擰著眉梢問道：「對不起……娘的身體如何？」

雖然她沒想過林氏會遷怒自己，但剛剛她細想了一下，覺得林氏指責得也沒錯。她這些日子待在家裡的時間確實少了點，尤其唐子諾回來以後，自己真的忽略了果果和豆豆，儼然變成一個熱戀中的女子。

只不過皇甫傑這件事，她真的不覺得自己做錯什麼，誰都無法預料豆豆會在她不在時被帶走。豆豆是她辛苦懷胎生下來的，出了這事，她比誰都難過，比任何人都心痛。

「四妹，妳別想太多，這不是妳的錯。說對不起的人應該是我。」深邃的黑眸中湧現出濃濃的心疼，唐子諾微蹙著眉，看到喬春臉上清晰的手指印，內心有說不出來的痛。

唐子諾伸手輕輕撫摸著喬春微腫的臉，說道：「對不起！我應該跟妳一起面對娘親的指責。守護妻兒、家人是男人的責任，不該由妳來承擔。對不起！」

喬春聽了，只是默默低下頭，一句話也說不出口。她明白唐子諾的心情，但做這些事情都是她心甘情願的，結果自然由她承擔。

「四妹，一路上妳都沒什麼休息，妳看過岳母大人以後，就回房間休息吧。娘親的身體沒什麼大礙，只是受了點風寒，加上這些天沒休息好而已，我開個方子調養幾日就行了。」

聞聲趕來的喬夏和喬秋聽到唐子諾的話，看著喬春那濃重的黑眼圈和臉上清晰的手指印，便一左一右拉著她的手，輕聲說道：「大姊，走吧！大姊夫都說伯母的身體沒事了，妳該放心了。」

「對啊！大嫂，妳先去看一下親家母，然後就回屋休息吧。娘這裡有我在，不會有事的。還有……大嫂，對不起，娘她剛剛太衝動了，大嫂妳可千萬別跟她計較。」桃花滿懷歉意地看著喬春。

她真的沒想到娘親居然會認為這一切都是大嫂的錯。這事如果真要論起對錯，那也是她們這些在家裡待著，卻只能眼睜睜看著事情發生而無力改變事實的人。如果大嫂這些年為了唐家的家計在外勞碌是錯的，那她們這些坐著享受的人，不就是十惡不赦了？

喬春含著淚，越過桃花望了床上的林氏一眼，輕輕點了點頭，說道：「桃花，娘這裡就辛苦妳了。」

離開了林氏的房間，喬春並沒有直接去雷氏那裡，而是打了盆水先回房梳洗，並往臉上撲了些水粉，除了蓋住那紅紅的指印，也讓自己看起來有精神一點。

喬夏心疼地看著喬春，自然明白大姊此番刻意往臉上撲上粉是為了什麼。想到大姊的委屈，她的淚水忍不住掉了下來，一邊幫喬春梳頭，一邊哽咽道：「大姊，親家母太過分了，這事怎麼能怪大姊呢？當時豆豆的情況很危險，大家根本就沒有其他選擇，要怪也是怪那個陳冰倩。」

大姊本來就很傷心了，親家母還這般糊塗，不講理地打罵大姊。這事如果讓娘親知道，以她那火爆脾氣，一定會找親家母理論的，到時不知又會生出什麼事端來。

喬春看著鏡子裡憔悴的自己，扯出一抹比哭還難看的笑容，說道：「這事說到底我還是有責任，我是豆豆的娘親，可我這些日子確實忽略她和果果了。夏兒、秋兒，妳們待會兒得幫著我一點，千萬不要讓娘親知道剛剛的事，明白了嗎？」

「知道了。」喬夏和喬秋心不甘情不願地應了下來。

喬春看著她們替自己打抱不平的樣子，心裡流淌過一股涓涓暖流，她握住她們的手，淺笑道：「夏兒、秋兒，謝謝妳們！也許妳們不能完全理解我的做法，但是大姊想說的是，如果能讓咱們這個家不分散，大姊不在乎受點委屈。更何況，我婆婆也是因為心疼豆豆才這樣，所以請妳們別再計較了。」

喬夏和喬秋相互交換了個眼神，頓時紅著眼地看向喬春，允諾道：「大姊，我們明白了。」

喬春很是欣慰地點了點頭，這才起身前往雷氏的房間。

「娘，春兒回來了。」喬春踏進雷氏的房間，看著坐在床上，手裡拿著豆豆的衣服淚流滿面的雷氏，輕輕喚了聲。

此刻母女倆淚眼相望，喬春再也忍不住地跑了過去，緊緊抱著雷氏，不再強忍，哭出聲來。

雷氏緊緊摟著她，叮嚀道：「春兒啊，妳終於回來了！妳和子諾一定要把豆豆尋回來，聽到了嗎？」

「嗯，嗚嗚……娘，我知道了。我一定會把豆豆尋回來的，一定，一定……」喬春一邊哭，一邊堅定地應道。

母女倆抱著哭了好一會兒才停下來，雷氏鬆開喬春，扳著她的肩頭，細細打量著她，心疼道：「這一路上都沒有休息好吧，瞧妳累的。剛剛我好像聽到親家母的責罵聲，她沒有為難妳吧？」

「沒有，娘又不是不了解我婆婆，她一直都待春兒很好。」喬春強扯出一抹笑容，輕聲安撫雷氏。

雷氏不太相信地盯著她，問道：「她不是在罵妳嗎？」

「哪有？我回來她可高興了，只是一直要我和二哥快點將豆豆找回來。娘，您一定是聽錯了，您要是不相信，可以問問夏兒和秋兒。」喬春說著，扭過頭背對著雷氏朝她們眨了眨眼。

「是啊，娘，您可能是聽錯了。我們一直都陪著大姊呢，這才從親家房裡過來。」喬夏對雷氏淺淺一笑，順著喬春的意思圓謊。

此時房門忽然被推開，喬冬那急得像是火燒屁股的聲音也傳了過來。「娘，不好啦！剛剛親家母打大姊啦！」

待喬冬像一陣風似地跑到床前，看到姊姊們那三雙怒瞪著自己的眼睛時，猛地煞住腳，疑惑地看著喬春的臉，問道：「大姊，妳沒事吧？親家母，她……她……」

這下子，那三雙眼睛直接迸出火花，直直朝她射了過去，喬冬擰著眉，困惑地撓了撓頭，不解地問道：「大姊、二姊、三姊，妳們這是怎麼啦？我說錯什麼了嗎？」
「喬、冬。」喬夏咬著牙，從牙縫擠出了兩個字，伸手拉著她就往門外走去。
她們的眼神都那麼明顯了，這丫頭竟然視而不見，硬是將她們辛苦瞞下來的事給捅了出來。如果娘親和親家母因此起了什麼衝突，她一定會狠狠揍她一頓。家裡已經夠亂了，如果兩家長輩因此鬧起來，那還不把大姊和大姊夫給煩死?!
「娘，我去看看二姊和四妹。」喬秋朝喬春暗使了個眼色，要她自己搞定，說完便火速抬腳往門外走去。一想到她娘的火爆脾氣，她可沒膽在這裡聽她炮轟，還是走為上策。
「站、住！」雷氏偏偏不放過她，語氣中醞釀著風暴。
喬秋氣餒地轉過身，扯出一抹淺笑，討好道：「娘，您還有什麼事情要交代嗎？是不是想吃東西了？我這就去給您端點心過來，您等一下哦，我馬上就回來。」
不管了，無論如何都得先躲過這熊熊烈火，她可不想害自己被燒成灰。要知道娘親生氣，後果可是很嚴重的，喬家上自喬父，下至家裡養的雞，全都屈服在娘親的強勢下。
「秋兒，妳說妳剛剛一直陪著妳大姊在親家母房間裡？」雷氏皮笑肉不笑地看著喬秋，淡淡問道。
喬秋先是哀怨地看了喬春一眼，再嘻皮笑臉地看著雷氏，應道：「是啊，不過，中間我去『那個』了一下。嘿嘿……」
這意思很明白，中途她離開了一會兒，在她離開時發生的事情，她全都不知道。

「那個是哪個？」雷氏並不相信喬秋的託詞，笑看著她問道。

喬秋紅著臉，甚是難為情地嚥了嚥口水，撒嬌著：「娘……您明明就知道嘛。」

「我不知道，我不知道的事情還多著呢！我從來都不知道妳們幾個會聯合起來騙我，也不知道妳們撒起謊來竟然臉不紅氣不喘！唉……我可真是失敗啊，居然被自己的閨女騙得團團轉。」雷氏長嘆了口氣，低著頭，聳動著雙肩，語氣哀傷地說道。

喬春眼見事情已經瞞不下去，便朝喬秋揮了揮手，要她先出去，獨自一人看著雷氏，滿懷歉意地說：「娘，對不起！是我要她們幫我說謊的，您別怪她們。我知道娘心疼我，我怕您受不了，跑去找我婆婆理論。她已經急暈了，我不想讓妳們再因為這事吵起來。」

微頓了一下，喬春看著雷氏泛紅的眼眶，伸手握緊她的手，續道：「娘，大家都是因為心疼豆豆才會著急，所以請娘不要跟我婆婆計較了，好不好？我不想讓二哥夾在中間難做人，而且我也覺得這事我有責任。我是豆豆的娘親，發生了這樣的事情，我責無旁貸。」

「春兒，妳別把什麼責任都往自己身上攬，娘會心疼。當初唐家是什麼狀況，她林氏又不是不知道，她怎麼可以在妳努力為這個家打拚的時候，這樣對待妳呢？正如妳所說，豆豆是妳的親閨女，出了這事，妳比誰都難過，憑什麼還要受她指責，任她打罵呢？妳的想法娘明白，可是娘不能就這樣眼睜睜看著妳挨打。」

雷氏說著，挽了挽衣袖，大有找林氏大鬥一場的架式。

喬春拉住她的手，一邊撒嬌一邊搖晃著雷氏的手臂，道：「娘，我的好娘親，您千萬別衝動。我現在一點都不痛了，真的，您別去找我婆婆了好不好？求求您啦！娘，您總不會想看到我和二哥在這個時候還要左右為難吧？」

雷氏心疼地看著喬春強顏歡笑，伸手摸了摸她的臉，不料卻摸掉撲在臉上的水粉，露出紅腫的手指印。她頓時又是心疼又是氣極地掙扎著下床，怒道：「妳這叫不痛？不行，妳放開我！我這就去找那林氏理論，我的閨女我疼都來不及，哪能讓她這般打罵？」

「娘您不要去，春兒求您了！」喬春死死拉著雷氏的手臂，不讓她下床去找林氏。

「妳就聽閨女的話，不要衝動，好好在房裡待著，別去添亂了。」喬父從門外走了進來，心疼地瞥了喬春微腫的臉一眼，隨即開口勸雷氏。

剛剛秋兒來找他，要他幫忙勸勸暴躁的雷氏，免得春兒和子諾夾在中間難做人。

雷氏見喬梁不幫自家閨女，反而要她乖乖聽話，不由得更加生氣，她憤憤瞪著他，罵道：「你說什麼渾話？我是去添亂嗎？你也不看看那林氏把閨女打成什麼樣了？你瞧瞧、你瞧瞧，這臉都紅腫成這樣了，你叫我怎麼能忍下這一口氣?!」

雷氏邊說邊伸手擦掉喬春臉上的粉，心痛的眼淚撲簌簌往下流。這耳光打在閨女臉上，卻著實痛在她這個做娘的心上。

喬父看著閨女臉上那清晰的手指印，狠下心跺了跺腳，大聲喝道：「忍不下也要忍，妳也不想想後果，把事情鬧開以後，妳是舒坦了，可是妳要置閨女和女婿於何地？要他們小倆口拆夥，不要再一起過了嗎？還是讓他們背負不孝的罪名？」

誰說他忍得下？可是除此之外，他沒有更好的辦法。女兒都不計較了，他就更不能拿女兒的幸福來意氣用事。他們小倆口是這件事當中最痛苦的人，總不能讓他們更難過吧，所以，忍不下也得忍。

雷氏將伸在床沿的腳縮回床上，覺得自己很是委屈，一把眼淚一把鼻涕地哭了起來。

「娘，您先休息一下，我再去我婆婆那裡看看，也不知她醒過來了沒？娘，您別生氣，您要是氣壞了身子，我該怎麼辦？」喬春站起來，朝喬父笑了一下，便轉身離開。

在她轉身那刻，淚水不受控制地滑落了下來。心痛，無以言表。

喬春來到林氏的房間，見她還沒醒過來，便走出家門，一個人慢慢朝清水山的茶園走去。

爬上山頂，喬春先是看了看大葉茶，檢查茶樹的水分和防寒措施後，走到當初與皇甫傑玩鬧過的地方，一屁股坐了下去。當年黃土朝天的清水山，如今已是綠意盎然的茶園，這些茶樹是在果果和豆豆出生後一陣子種下的，它們見證了這兩個寶貝的成長。

這幾年來，她全部精力都放在孩子和這些茶樹身上，可是她從來沒想過，現在會發生這些事情。林氏甩她的兩巴掌，她能理解，可不代表她不會傷心。

喬春將頭抵在膝蓋上，腦子裡一遍遍播放著記憶中關於豆豆的所有畫面。憶起這些年來的付出，想起林氏的責罵和否定，喬春再也忍不住放聲大哭起來。

「嗚嗚……豆豆，妳在哪裡？娘親好想妳哦！」蝕心的疼痛，讓喬春有點喘不過氣來。

喬春就這樣坐在那裡盡情哭泣，在這裡她不用擔心被關心自己的人聽到，也不用害怕他們會傷心，或是引起一些讓彼此失和的事情。

不知哭了多久，喬春漸漸停了下來，所有的委屈都隨著淚水一掃而空。

放空了心情，喬春知道現在不是怨天尤人或自暴自棄的時候，當務之急是找到豆豆。只有找到豆豆，這個家才會恢復往日的和樂融融。

拾起腳邊的一根樹枝，喬春一邊思索，一邊胡亂地在地上來回畫著。

大齊國首富？

喬春抬眸居高臨下地掃過眼前這一層層的茶樹，眉頭皺得死緊。雖然自己擁有茶園，還有炒製綠茶的手藝，但是自家的茶園還是不夠大，產出來的茶葉量有限，想要成為大齊國首富，她差的可不只一丁半點。

對了，這個地方雖然有茶莊，可自己在大齊國跟晉國的京城都沒見過茶館。沒錯，自己可以在這裡重操舊業——興建茶館，以自己在二十一世紀成功開了幾百家連鎖茶館的經驗，在這裡也一定能闖出一片天來。

想到這裡，喬春已經不再徘徊無助。人就是這樣，一旦有了目標，事情就會變得清晰、有條理。

喬春站起身來，伸手拍了拍身上的黃土灰，大步朝山下走去。她緊接著去察看育苗基地，又去巡查大棚的搭建進度。

在山中村老屋坪壩前那片水田裡，已經搭建起一座縱橫各五十公尺的大棚，工人們正在忙碌地搭建棚頂，不少鄉親們也都在幫忙。大夥兒見喬春來了，都停下手裡的活兒，笑著將她團團圍住，七嘴八舌地或是招呼，或是鼓勵，或是安慰。

「子諾媳婦，妳回來啦！」

「春兒，別擔心，豆豆一定不會有事的，一定可以找到她。」

「對啊，子諾媳婦，妳不是常跟我們說什麼要加油，要勇敢面對嗎？妳也一樣，加油哦！」

「春兒妹子，聽說那女人想收豆豆為徒，按她這樣說，是不會對豆豆不利的。妳就先放寬心，再好好想辦法找豆豆吧。」虎子媳婦從人群中擠了出來，站在喬春面前，笨拙地安慰著她。

喬春感動地掃過眾人的臉，嘴角逸出一抹淺笑，彎腰鞠躬向大夥兒致謝。「謝謝大家的關心！春兒也相信一定可以找到豆豆的，這些日子麻煩大家了。」

「哪是什麼麻煩？我們大夥兒可都沒好好謝過妳呢，明年開春種茶樹可都少不了要麻煩妳。子諾媳婦，謝謝妳這麼大方，願意教我們種茶樹、製茶葉，還幫我們爭取到不少好處。」徐家老大憨笑著，學喬春剛剛的樣子向她彎腰鞠躬致謝。

大夥兒見徐老大這般，也紛紛效法，異口同聲地向喬春致謝。「子諾媳婦，謝謝妳！」

「不用謝！舉手之勞而已，真正要過上好日子，還是要大家不怕吃苦。各位忙吧，我就先回去了。」看著質樸純厚的村民，喬春眼眶微熱，朝他們揮了揮手，轉身離開。

大棚也快建好了，算算日子，如果建好後馬上啟用，育上花苗的話，那等到開春，花苗就能栽到田裡，隔年就可以按季收花，配製花茶了。

茶館、花茶、大量擴種大葉茶……喬春暗自在心裡盤算了一下，突然覺得大齊國首富離自己不再那麼遙遠了。只是，她能做的只是規劃，實行方面還需要經商的有力幫手。

唉，看來這個問題也只能找大哥和三哥商量一下了。

「四妹，原來妳在這裡。」喬春剛走到下圍下的上坡路，唐子諾便有些著急地迎上前來，神色擔憂地看著她。

喬春朝唐子諾柔柔笑了一下，牽過他的手，問道：「二哥，娘醒來了沒有？」

「醒來了。」唐子諾低頭輕輕瞥了他們緊緊交握在一起的手一眼，嘴角逸出一抹安心的笑容。守到林氏醒來，他便到喬氏夫婦房裡跟他們道歉，接著就四處找她，他以為她會躲在某處偷偷哭泣，也擔心她會生自己的氣，如今看來是自己想太多了。

「四妹，對不起！」不需要千言萬語，簡單的三個字，便能讓喬春感受到唐子諾的真心和關心。

「沒事，我也有不對的地方。」喬春和唐子諾兩人肩並著肩一步步朝家裡走去。「二哥，我們在派人尋找豆豆的同時，也該想想要怎麼樣成為大齊國首富了。我不想失信於人，既然我們答應了，就一定要做到。」

雖然她想過平靜的生活，不喜歡爾虞我詐，但是為了豆豆、為了這個家，她願意再入商場。沒有什麼比家更重要，如果連家都散了，哪還會有什麼平靜的生活？

「好！四妹，這次就讓我陪妳吧！我不會再讓妳一個人挑著這副重擔，我是妳的老公，就該為妳披荊斬棘，為妳和家人撐起一片天。以前這些事妳都替我做了，責任也替我擔了，現在該輪到我了。經商或許不是我的專長，但是我可以學，以後妳負責教我好嗎？」

唐子諾停住腳步，將喬春的手拉到自己胸前，深情款款地看著她，緩緩道出自己的決定。

喬春抬起頭，明眸裡流過絲絲感動和心疼，感動他的體貼，也心疼他的割捨。她知道行醫才是他的真正理想，可現在他卻願意為了這個家而捨去理想，怎能讓她不心動呢？

溫柔地看著他，喬春輕輕點了點頭，說道：「好，我教你！二哥，我相信，只要我們夫妻同心，一定能其利斷金。」

「沒錯！」唐子諾朝喬春笑了笑，牽著她的手繼續往前走。「走，我們回家！」

回到家裡，喬春準備先去看看林氏，唐子諾卻拉住了她的手，有些擔心地看著她，說道：「四妹，待會兒要是娘說了什麼不中聽的話，妳可不可以……」

「我明白，你別擔心！」喬春打斷唐子諾的話，看著他輕輕笑了笑。

「娘親，我也去看奶奶。」果果不知從哪裡鑽了出來，揚起稚臉衝著喬春笑，小小的手掌輕輕牽起她的手。

喬春反手握住果果的手，另一隻手則揉了揉他的頭髮，勾唇淺笑道：「好啊！我們一起去。」

果果此刻自告奮勇要陪她，恐怕是因為怕他奶奶再責怪自己吧？喬春想著，推開了房門，牽著果果慢慢朝林氏床邊走去。

「奶奶，我和娘親來看您了，您好點了沒有？」果果進屋後便搶在喬春前頭，甜甜地叫喚著坐在床上的林氏。

林氏微笑著朝果果招了招手，說道：「果果，快點來奶奶這裡。」

她和果果說話時，眼睛自始至終都沒看過喬春一眼。

「哦。」果果軟軟應了聲，卻沒有鬆開喬春的手，而是陪著她一步步向前走。

喬春將果果抱到床沿上坐了下來，低頭笑看著他，道：「果果，你就坐這裡陪奶奶聊聊天。」

「嗯。」果果乖巧地點了點頭。

「娘，您好些了沒有？」喬春溫順地站在床前，露出一抹淺笑看著林氏，輕聲問道。

林氏沒看她，也不回應，而是摸著果果的頭髮，滿臉慈祥地看著他，說道：「果果，晚上吃了飯，早點過來奶奶房裡好不好？」
喬春見她不看自己，也不理自己，心裡不由得嘆了口氣，只能強扯著笑靜靜站在床邊。
「奶奶，今晚我想和娘親一起睡。」嫩眉蹙了蹙，果果有些不悅地看著林氏，問道：「奶奶，我娘親問您身體好點了沒，您沒聽到嗎？」
林氏摸著果果頭髮的手微微頓了一下，隨即恢復如初，答非所問道：「果果今晚不跟奶奶睡？」
喬春臉上的笑容僵住了，她搶在果果前面替他回答：「果果今晚會在奶奶房裡睡。」
「什麼聲音這麼吵？」林氏不悅地皺著眉喝斥道。
「娘，我先出去看一下飯好了沒有？」喬春看到林氏對自己的態度，明白她這次不會輕易原諒自己，怕她氣極上火傷了身子，便找了個藉口準備離開。
喬春伸手揉了揉果果的腦袋，道：「果果，你先在這裡陪奶奶聊聊天，待會兒飯做好了，娘親再過來帶你去吃飯好不好？」
「我……」果果本來有些猶豫，但看到喬春殷切的眼神，隨即點了點頭說道：「好。」
喬春欣慰地笑了笑，對林氏道：「娘，那我就先出去了，您好好休息！」
林氏淨是對著果果微笑，還是沒出聲理她。
喬春暗暗嘆了口氣，轉身離開。
吃完晚飯，喬春幫果果洗漱乾淨後，親自牽著送他到林氏房裡。然而林氏還是不願看她，也不想理她，只是笑著將果果抱進床內側，旁若無人地跟果果說話。

喬春微微搖了搖頭，對林氏道了聲：「娘，晚安！」便離開了她的房間。

看來豆豆一天不回來，林氏就一天不原諒她了。

第一百章　姊妹情深

拉開門，一陣冷風吹了過來，身上頓覺絲絲涼意。喬春拉了拉衣襟，抬眸看到門外的唐子諾、桃花還有喬夏她們一起朝自己看了過來。

儘管心情苦悶，喬春還是對他們淺淺一笑，隨手關上了房門。她走到他們面前，率先打破沈默，邀請道：「大家要不要到我房裡去坐坐？」

幾個人有默契地點了點頭，側開身子讓她走在前面。

「要喝茶嗎？」喬春看著默默圍坐在圓桌邊的人，輕聲問道。

喬夏站了起來，接過她手裡的銅壺，道：「大姊，我來吧！」

「我沒事，你們不用擔心！」喬春坐了下來，看著他們道。

她知道他們是關心她，怕她不開心，所以才會全候在門外等她從林氏房裡出來。

桃花看了唐子諾一眼，微微蹙著眉，帶著濃濃歉意說道：「大嫂，這事是娘不對，妳多給她一點時間吧。」娘親不是個不講理的人，或許這次急壞了，一時之間鑽起牛角尖。

「我明白。」喬春微微勾起嘴角，點了點頭。

「大姊，妳現在有什麼打算？」喬秋直接切入主題，現在她最想知道的是大姊有什麼計劃，她們幾個妹妹又能幫上什麼忙。

「對啊，大姊，妳想過要怎麼成為大齊國首富嗎？我答應二姊和三姊一定要幫忙，大姊有什麼事就出個聲。不管是上刀山還是下油鍋，冬兒都在所不辭！」喬冬用力拍著胸膛，一副很有義氣的模樣。

「噗！冬兒，妳也太能誇了吧？上刀山下油鍋？妳確定妳行嗎？」喬秋忍不住噗哧一聲笑了出來，睜大眼睛看著喬家的奇葩——喬冬。

不就是要她幫忙嗎？搞得像是要上戰場一樣。

喬冬不滿地朝喬秋瞪了一眼，噘著嘴嬌嗔：「三姊，妳這是什麼意思嘛！妳是看不起我嗎？我只是打個比喻，又不是真的上刀山下油鍋。」

三姊一直都愛跟她抬槓，無論她說什麼，她都能挑出毛病來，真沒見過像她這麼愛找碴的人。

喬春看著這兩個愛鬥嘴的妹妹，心裡流過一股暖流，她彎起嘴角笑道：「妳們的心意我接受了，想要成為大齊國首富，不是一件容易的事，等到需要幫忙的時候，我一定不會客氣。」

「還有我，我也要幫忙！」桃花趕緊舉手道。

「大姊，還有我，這事也得算上我一份。」喬夏一邊熟練地撥弄著爐子裡的炭火，一邊自告奮勇地報名。

喬春看了她一眼，忍不住打趣。「妳過不了多久就要成親了，這事妳就別摻和了，還是安心準備做妳的新娘子吧，省得三哥到時埋怨我們。」

「呵呵！可不是嘛，二姊，妳天天都趕著繡嫁衣，我想妳一定等急了吧？」喬冬接過喬春的話，跟著調侃起喬夏。

剛剛她們還在笑自己，現在好機會就擺在眼前，她可不願錯過。

「沒錯，這事咱們就不算上夏姊姊了。」桃花沒意思要笑喬夏，而是真心這麼想。錢府是和平鎮第一大戶，夏姊姊嫁過去就是錢府的少奶奶了，恐怕不可能再像現在這麼自由了。

「嗯，我同意！不然三哥真的會怪咱們。」喬秋促狹地看著喬夏。

喬夏紅著臉急急回道：「不行！這事得算我一份，大不了我不嫁。」

「胡鬧！」喬春生氣地瞪了喬夏一眼。雖是感動她的心意，但她不願看她耽誤自己的終身大事。她和三哥好不容易修成正果，可不能再讓他們的事起波瀾。

「我……」喬夏微紅著眼，有些不知所措地看向喬春。大姊對她們一向和顏悅色，怎麼這回生這麼大的氣？

「這事不用再說了，妳先準備成親的事，也別再說什麼不嫁的傻話了，妳的心意大姊都明白。」喬春嚴肅地看著喬夏。

唐子諾看著她們姊妹，連忙出聲道：「夏兒，這事就聽妳大姊的。家裡有我們在，不會讓妳大姊一個人累著的。」

喬夏這才放寬了心，不再堅持自己的意見。

喬春見喬夏總算聽話，欣慰地點了點頭。她抬眸慢慢掃過眾人，說明自己的計劃。「我準備開茶館，紅茶和普洱茶會是茶館的招牌，只是，我現有的紅茶和普洱茶量不多。」

「茶館？是不是跟酒館差不多的地方？」喬秋好奇地看著喬春問道。

桃花等人也是興致勃勃地望著她。

喬春點了點頭，又搖了搖頭，解釋道：「大致上差不多，但是我的茶館是用來喝茶、吃點心、聽書、聽曲或是談生意的地方，整體來說算是個休閒場所。」

「哇，聽起來好像很好玩！」喬冬一臉崇拜地看著喬春，驚叫連連。又可以聽曲，又可以喝茶、吃點心，真是太棒了，聽得她也心動。

喬冬聽了，迫不及待地說道：「大姊，以後妳開茶館，我去幫忙。」

「妳能幫什麼忙？不會是聽到有吃有喝，才想要幫忙吧？」喬秋冷不防給喬冬澆了一頭冷水。

喬冬站起來探過身子近距離盯著喬秋，氣呼呼地說：「妳看不起我？我就是要做茶館的大掌櫃！以後我要是做成了，妳可別眼紅。」

「行啊！妳就做給我看啊！我怕妳不成？」喬秋瞥了她一眼，口氣涼涼地說道。

喬冬笑了笑，道：「打賭。」

「打就打，誰怕誰？妳說吧，賭什麼？」喬秋不甘示弱地瞪大雙眼，跟喬冬槓上了。

眾人好笑地看著這兩個「好賭成性」的姊妹，忍不住搖了搖頭。

喬冬沈思了一下，眼睛卻依舊瞪得大大的，不願在架勢上輸給喬秋。過了一會兒，她勾起了唇角，道：「如果我贏了，妳就不得出嫁！」

「啊？」眾人看到喬冬嘴角的邪笑，不自覺地叫出聲來。這丫頭唱的是哪一齣啊？怎麼可以跟自家親姊打這樣的賭？

喬秋也不由得愣住了。不得出嫁？這怎麼可以！她還想著以後要找一個像大姊夫愛大姊那樣的愛自己的相公呢！可是……自己剛剛還發下豪語，這會兒怎麼好退縮？喬秋臉上露出了些許為難，可看到喬冬那一臉得志的樣子，鬥志立刻被點燃。

「可以。那如果妳輸了呢？」喬秋應下了，卻是不甘心地想拉喬冬下水。賭就賭，反正自己一定會贏喬冬，根本不會讓這個賭約有實現的機會。

「三姊，我話還沒說完呢，妳是不是答應得太快了？」喬冬的臉上綻放出燦爛的笑容，痞痞地看著吃癟的喬秋，補充道：「如果我贏了，妳就不得出嫁，得娶一個相公回來。」

「什麼？」喬秋這下真的傻了。

「不許耍賴，妳可是當著大家的面答應嘍！」喬冬立刻截下喬秋的話，輕笑著坐回位子上，將空茶杯推到喬春面前，說道：「大姊，幫我倒杯茶吧，說了這麼多話，渴死我了。」

「渴死妳算了，這是哪門子的賭約？」喬春微微蹙眉，將裝滿茶湯的杯子推回給喬冬。

喬冬端起茶杯，二話不說牛飲起來，朝喬春嘻笑著，將空茶杯又推到她面前，扭頭看著還愣著發呆的喬秋，道：「三姊，妳很為難嗎？實在不行的話，現在就認輸也可以喔！」

「哼，誰怕誰？好，我答應了。那要是妳輸了，又怎樣？」喬秋被她說得火冒三丈，不肯認輸地應了下來。

「我要是輸了，就跟妳一樣啊！我也不出嫁，娶相公回來，這樣公平吧？」喬冬低頭咬住杯緣，動作瀟灑地仰頭將杯中的茶湯全喝下肚。

喬秋笑了笑，滿意地點點頭說道：「這還差不多。」

喬春看著喬冬喝茶的動作，腦門突然一亮。她的茶具全講究動作溫柔，她都忘了在二十一世紀還有一種豪邁有氣勢的喝茶方式，就是堪稱一絕的長嘴壺倒茶表演，這個表演還有一個好聽的名字，叫「龍行十八式」。

「呵呵！」喬春想到那倒茶的架式還有氣派，想到這些人見到那場面時吃驚的模樣，不由得笑出聲來。

「大姊，妳怎麼啦？」

「大嫂，妳可是想到什麼有趣的事了？」

喬春從自己的幻想中抽離出來，看著大夥兒關切的樣子，笑道：「沒事！已經很晚了，妳們是不是該回房休息了？明天我還要請妳們幫我一起去把育苗區那些茶樹苗做好防寒措施呢。」

一向語出驚人的喬冬曖昧地看了看喬春，又轉過頭看了看唐子諾，戲謔道：「對，我們還是快點回房睡覺去吧，可別在這裡防礙大姊夫和大姊休……息……」

眾人聽到她故意拉長「休息」的語音，皆是低頭紅著臉，掩嘴輕笑起來。

「喬……冬！妳再這麼皮，我可是會打人的。」喬春聽到她們的笑聲，便能想像到她們腦袋瓜子裡在想些什麼。她不由得伸手朝喬冬頭上拍了一下，佯裝生氣地說道。

喬冬縮了縮脖子，一臉討好地看著喬春，朝其他幾個人招了招手，道：「大姊，妳別生氣。我們這就快快走，絕不打攪妳和大姊夫休息，更不會偷偷躲在窗戶下偷聽。」

「呃……」喬春頓時說不出話，再看看那幾個邊跑邊偷笑的妹妹們，臉上不由自主地飄上兩朵紅雲。喬冬這是什麼意思？什麼叫不會偷偷躲在窗戶下偷聽？難道她們幾個以前幹過這事？

「哈哈哈……」門外響起喬夏她們幾個的笑聲，喬春抬眸看了看唐子諾，臉上更是火燙。

唐子諾溫柔地拉過喬春的手，低聲道：「老婆，我們是不是早點……」

「不要。」喬春想也沒想就一口回絕。剛剛她們說不會在窗戶下偷聽，這擺明了就是要在那裡偷聽的意思。如果他們這麼快就熄燈睡覺，那明天還不得被她們幾個小傢伙給笑死？

在她說完以後，四周頓時一片寂靜。喬春驚覺自己似乎太凶了，便抬起頭看向唐子諾。只見他那柔得可以擰出水來的黑眸緊緊盯著她，眉宇之間含著淡淡笑意，立刻將喬春給融化，兩人就這樣癡癡相望，眼神交纏。

「我是要說，我們是不是早點來想一下開茶館的事。」過了好半晌，唐子諾才挪開目光，嘴角含笑地道出他剛剛被喬春打斷的話。

「啊？」喬春愣愣地看著他。原來是她沒讓人家把話講完，所以會錯意了？天啊，她真是……

唐子諾伸手輕輕一拉，將呆滯中的喬春抱在懷裡，讓她坐在自己腿上。他好笑地看著她發愣的模樣，輕輕在她額頭上留下一吻，笑道：「找豆豆的事情，大哥已經安排下去了。未來的事情，老婆也有了規劃，只是我想知道得更多，好跟妳一起分擔。」

看著喬春微紅的眼眶，唐子諾有些心酸地刮了刮她的鼻子，續道：「妳可是答應了要教我的，從今天開始，妳就是我在這方面的師父了。」

「那你還不快點行拜師禮？你這樣可是一點誠意都沒有哦！」喬春笑了笑，調皮地看著他。

皺了皺眉頭，唐子諾為難地說道：「妳要是真成了我的師父，那我們的關係不是……不是……」

喬春看著唐子諾那結巴的樣子，頓時覺得內心所有煩惱都不見了，只剩下滿滿的幸福和笑意。在他的道德觀裡，似乎容不下師徒戀？

「師父和徒弟也是能成為夫妻啊，楊過和小龍女不就是一對楷模嗎？」喬春淺笑著說道。

「啊？」唐子諾微張著嘴，滿臉不解地看著喬春，好半晌才問道：「楊過和小龍女是誰？我怎麼沒聽說過？」

「小說裡的人物，他們可是武林高手哦！」喬春繼續逗著他。

「小說裡是一個國家嗎？你們那裡的國家？」唐子諾追問道。他還真沒聽說過有師父和徒弟結為夫妻的。

喬春歪著腦袋看著他，認真地想了一下，點了點頭，答道：「算是吧。」小說也是一個國度，一個活在人類腦海裡的國度。

「哦，這樣的國家真好，比你們那個國家還好嗎？」唐子諾認真地問道。

「各有各的好。」喬春覺得有些好笑，他們似乎也離題太遠了，居然扯到小說，還扯到國家的好與壞。

收起玩鬧的心，喬春一臉正色地看著唐子諾，說道：「我剛剛看到喬冬咬著杯子喝茶時，想起我們那裡的長嘴壺倒茶表演。如果將來我們的茶館裡有這個表演，一定會很受歡迎。」

「嗯。」唐子諾輕輕應了聲，示意喬春繼續說下去。

「我們要不要先在京城開一家茶館試試看呢？那裡的達官貴人多，應該比較容易接受這種休閒式的東西。而且那裡還有不少其他國家的人，客流量大，也容易上軌道一些。」喬春說著，看了看唐子諾，無聲詢問他的意見。

「好。」唐子諾點了點頭。這方面他完全是生手，如果喬春已經想得很周到了，他也沒必要特別提什麼意見，往後看多了，他自然能融會貫通，進而有自己的看法。

「那我開始畫一些茶具的草圖，再羅列出開茶館要用的東西出來？」喬春偏著頭問道。

「好。可是，老婆，這個茶館從沒有人開過，我們占的是先機。如果別人也跟著開茶館，那我們不是……」唐子諾輕蹙著眉，說出自己心裡的擔憂。

「呵呵！老公，你太棒了！」喬春經他這一說，腦子裡立刻有了個主意，她開心地在他額頭上猛親了好幾口才停下來，續道：「我們可以申請專利，這事找大哥就成了。以後誰要開茶館，就得到我這裡來加盟。」

唐子諾看著喬春高興的模樣，也跟著輕笑了起來。只是他一直在想，那個「專利」跟「加盟」是什麼東西？

第一〇一章　錯綜複雜

「李兄，有豆豆的消息了嗎？」花架下，皇甫傑抬頭仰望夜空中的皎月，沒有回頭，僅僅是聽到腳步聲，便已知道後面站著的人是誰。

這樣的感覺讓他想起了卓越。卓越和他從小一起長大，彼此熟悉到連對方身上的味道都能聞得出來。只可惜，上次中了恆王的埋伏，卓越為了救他一命，留下來殿後，之後傷重倒地，奄奄一息。

幸運的是，當時笛聲消失後，那些不死士兵終於倒下，讓卓越沒因此喪命，得以讓李然等人救回；不幸的是，因為傷勢過重，至今未能醒過來。

這些日子發生的事情太多了，皇甫傑有時甚至會想，他一味阻止戰爭，真的沒錯嗎？那些枉死的人還有弟兄們，就不能以牙還牙，替他們報仇嗎？

李然看著皇甫傑落寞的背影，嘆道：「我們根本找不到陳清荷的落腳點，她這個人就像是憑空消失了一般。」連暗衛都沒有任何線索，他真的很佩服她的藏身能力。

「繼續找，不管用什麼辦法，都要找到。」皇甫傑的身子微微僵了一下，沈默了一會兒後，說道：「李兄，這幾天辛苦了，你先去休息吧。」

「好！皇甫兄也早點休息。」李然深深看了他一眼，轉身離去。

「嗯。」皇甫傑離開花架以後，先去探望暈迷中的卓越，隨即離開了王府。

媚娘接到信號，便趕到皇甫傑的私人小院，踏進大廳以後，看到坐在主位上的皇甫傑，恭敬地行禮。「主子，您找屬下，有什麼要事吩咐嗎？」媚娘站在皇甫傑面前，低著頭，悄悄瞥了他左手背一眼。

一看，媚娘心中不由得一驚，定眼再次看了過去，卻見他已將手收進衣袖裡。媚娘不禁心生狐疑，上次她明明就看到主子左手背上有一個傷疤，那種程度的傷疤不可能完全消去，可她剛剛在主子的手背上卻沒有看到那個傷疤，這到底是怎麼回事？

難道……這兩次的主子不是同一個人？還是她的主子本來就不止一個人？此刻，任由媚娘再精明，也被弄得有些糊塗了。

「媚娘，傳令下去，幫我找一個人。」皇甫傑沒有漏過媚娘剛剛偷偷打量自己的小動作，只是他不明白，她眼裡的疑惑和失望是為了什麼？難道他不在的時候，還發生了什麼他不知道的事情？

「請主子明示。」媚娘聽到熟悉的聲音，心中的疑惑頓時消除。剛剛一定是自己眼花了，沒有看清楚，或是主子用了什麼去疤的良藥也說不定。

「陳清荷，前陳國公主，『天下第一莊』莊主夫人。查出她的落腳處，切勿打草驚蛇，有任何消息都必須第一時間通知我。」話落，皇甫傑朝她揮了揮手。

「屬下告退！」媚娘領命退了出去，消失在黑暗之中。

走進密室，皇甫傑低頭看著地上那不屬於他的腳印，再次印證自己剛剛的猜測。這個地方的開關只有他和卓越、唐子諾知道，而自己最近一次進密室是在去晉國前。卓越一直跟自己在一起，那就只剩一個可能——二弟在這段期間內到過這裡，而且極有可能冒充自己去見過媚娘。

只是……媚娘注意的是自己的左手，莫非二弟的左手有什麼特別之處？

皇甫傑帶著疑問回到了王府。想起明天要帶杜湘茹去見母后，就有些期待和興奮。他這次回來，把杜湘茹和風無痕一併請到王府作客，如果不是要先把與晉皇談好的事情告知皇兄，他就會先陪湘茹回「天下第一莊」見風勁天，請他把湘茹許配給自己，再回來奏請母后和皇兄。

第二天，皇甫傑一早就上朝，並交代心腹將杜湘茹送到宮門口，他一下早朝就立刻將她接進宮去見太后。

「母后，我今天帶了個人來看您。」皇甫傑不顧眾人的眼光，正大光明地牽著杜湘茹的手笑咪咪地走進靜寧宮。

正在看書的皇太后聽到皇甫傑愉悅的聲音，放下手裡的書，微笑著抬眸。當她看到站在皇甫傑身邊那個笑容可掬的女子時，不由得叫出聲。「月兒?!」

「參見太后娘娘，小女不叫月兒，是湘茹。」杜湘茹微笑著向太后行禮。這些宮廷禮儀是這幾天皇甫傑差王府裡的老嬤嬤教她的，本來她自幼養在深谷，習慣自由自在的生活，很不習慣這動輒就要行跪拜之禮的地方，但是為了皇甫傑，她還是努力克服不便之處。

幸好，太后看起來還滿好相處的。只是……太后看她的眼神像是看到了久違的熟人，而且她剛剛喊自己「月兒」。月兒……？難道太后認識娘親？

太后聽到杜湘茹的話，頓時覺得自己失態。她緩了緩心情，臉上露出了一抹和藹的笑容朝她招招手，道：「姑娘，到我這裡來。」

「是。太后娘娘叫我湘茹就可以了。」杜湘茹甜甜應了聲，慢慢走到太后身前。和皇甫傑在一起的這些日子，她雖然仍沈默寡言了些，但已較剛踏出梅林谷時活潑許多。

皇甫傑怕杜湘茹會不習慣，連忙接下她的話，說道：「對啊！母后別姑娘、姑娘地叫，多生分啊！您就叫她湘茹吧。」母后看杜湘茹的眼神讓他有些不安，像是在看熟人，又像是在探究什麼。

「湘茹？嗯，是個好名字。」皇太后當然聽出自家兒子的緊張，當下溫柔地牽過杜湘茹的手，讓她坐在自己身邊，笑咪咪地盯著她，問道：「湘茹姑娘，不知妳家在哪裡？和傑兒是怎麼認識的？」

聽到太后這麼直白的問話，皇甫傑搶著回答：「湘茹是『天下第一莊』的大小姐，我這次去晉國時遇到了埋伏，幸虧湘茹相救。說起來，湘茹還是我的救命恩人呢！」

皇甫傑的話說得很明白，杜湘茹出身名門，而且還是自己的救命恩人。他相信母后聽到這些應該會對杜湘茹更有好感。雖然他不太明白今天母后怎麼會這麼關心別人的身世？他記得以前她不會這樣。

「遇到埋伏了？你回來以後怎麼沒告訴我？以後，這樣的事情你還是不要親自去了，要是傷了身子，母后可怎麼辦？」太后一聽，立刻著急地絮絮叨叨起來。

接著她握住杜湘茹的手，柔聲道：「謝謝妳，想不到湘茹這般厲害！」

皇甫傑滿意地笑了，眼光柔情地看著杜湘茹。看來湘茹和母后的關係很快就已經建立好了，先是姑娘，再是湘茹姑娘，現在已經是湘茹了。

「謝太后娘娘誇獎，湘茹只是從小隨著娘親學了一些防身功夫還有醫術，並沒有多厲害。」杜湘茹謙虛地說道。

對於杜湘茹的話，太后沒有贊同也沒有否定，而是抓著她話裡的意思，繼續問道：「哦，那湘茹的娘親一定很出色！瞧湘茹長得這般好看，不是說有其母必有其女嗎？不知有沒有機會與妳娘親見上一面？」

「我娘她已經……」杜湘茹眼眶迅速泛紅，低著頭吸了吸鼻子。

太后聽到杜湘茹的話，瞬間明白她娘已經過世了。

剛剛傑兒說她是「天下第一莊」的大小姐，還跟月兒長得幾乎一模一樣，不得不讓太后猜測起一些事。她記得當初月兒生下的是龍鳳胎，只是聽說她後來帶著女兒離開了風勁天，從此杳無音信。難道……湘茹就是月兒當初帶走的女兒？

「湘茹認不認識杜月兒？」皇太后已經沒有耐心再兜圈子了，直接問出自己心中的疑問。

太后果然知道娘親！杜湘茹抬起頭看著太后，問道：「太后娘娘認識我娘嗎？」

「月兒真的是妳娘？妳……剛剛說妳娘已經去世了是嗎？」得到確切答案的太后，這下倒是有點無法接受杜月兒已經不在人世的消息了。

「母后，您怎麼會認識湘茹的娘親？」皇甫傑驚訝地看著太后。

「我們不僅認識，還是老熟人呢。」太后的目光頓時變得悠遠，她緩緩說道：「當年，我陪先皇微服私訪『天下第一莊』，正好遇到武林大會，杜月兒是玄女派的大徒弟，當時陪她師父一起參加武林大會。她一出現，立刻吸引所有男子的目光。的確，她不僅貌美無雙，武功又高，自然令人心動。

「先皇也是，當時便有迎她進宮，納她為妃的念頭。後來，因為宮裡有急事，先皇便先離開『天下第一莊』，但卻留下了諾言，將擇日前去迎接她。不料，緊接著邊關也出了問題，一忙起來，先皇便暫時擱下此事。待日後他準備派人前去迎接時，卻傳來她已經與『天下第一莊』的少主風勁天情投意合，即將成親的事。」

太后說到這裡停了下來，神情浮現出淡淡的憂傷。哪個女子說到自己的相公愛上了另一個女子時，情緒能毫無波動呢？即使他貴為一國之君，後宮佳麗無數，但對她而言，仍是唯一的丈夫啊。

「後來呢？」杜湘茹心急地追問，這些事情她沒聽風無痕說過，她沒想到娘親居然與當年的皇帝有過一段情。

太后淡淡看了她一眼，又看了看神情有些緊張的皇甫傑，自嘲地笑了笑，說道：「那時陳國兵敗，派來使者談和親的事情，先皇一氣之下，便搶在月兒和風勁天成親之前，直接降下指婚聖旨，要風勁天與陳國公主成親。後來聽說月兒生下了一對龍鳳胎，又不願為妾，隻身帶著女兒離開『天下第一莊』。」

太后說完以後，殿內陷入一片寂靜。說故事的人，與聽故事的人，都沈浸在自己的思緒中，直到皇甫傑跟杜湘茹離去前，沒人再開口說話。

從靜寧宮回來以後，杜湘茹就一直不吭聲，直至看到風無痕時，她才對皇甫傑說道：「我明天就跟哥哥一起回『天下第一莊』。」

聽完太后說的事情，她心裡有個很大的疑問，而這個疑問只有她爹——風勁天才能回答她。在此之前，她不知該怎麼面對皇甫傑。

「好啊！我已經飛鴿傳書給爹，他已經在家裡等我們了。」風無痕開心地應道。

微微蹙著眉頭，皇甫傑緊緊盯著杜湘茹，內心同樣感到害怕和不安。她這麼急著回去是為了什麼，他大概也猜得出來。其實聽了母后的話之後，他也充滿疑問。為什麼父皇當年急著要帶杜月兒回宮，還許下承諾，難道杜月兒當初……

「我陪你們一起回去。」皇甫傑無法忽視這個問題的嚴重性，便開口要求與風無痕他們一同到「天下第一莊」。

「不用了，你還有事情沒處理完，我和哥哥回去就可以了。」杜湘茹果斷拒絕了他，轉身離開大廳，直接回房。

風無痕看著杜湘茹的背影，又看了看欲言又止的皇甫傑，不解地問道：「今天進宮發生了什麼事嗎？怎麼你們兩個看起來有點怪怪的？」

「沒事！」皇甫傑只是簡短回了兩個字，也轉身離去。

風無痕怔怔地看著他們一左一右離開，自言自語道：「沒事？這個樣子哪像沒事……」

第二天一大早，風無痕便帶著杜湘茹離開京城，趕往「天下第一莊」，而皇甫傑則向皇帝告假，啟程前往和平鎮。

第一〇二章　豆豆歸

豆豆坐在床上，晴兒手裡則拿著鏡子坐在她面前，讓她可以清楚看到自己臉上的狀況。

豆豆驚奇地看著鏡子裡的自己，不太相信地伸手捏了自己的左臉頰一下。「啊！痛……」

「傻孩子，妳這樣捏自己的臉，怎麼可能不痛？」晴兒輕笑著，伸手幫她揉了揉微微泛紅的左臉頰。

豆豆身上的痂已經脫落，算正式恢復健康了。也不知是不是這段時間因為生病，淨吃一些清淡的食物，豆豆圓嘟嘟的臉頰居然消瘦了下去，現在是相貌清秀，僅略帶了些嬰兒肥的漂亮丫頭，而她右嘴角上的梨渦也更明顯了。

豆豆忍不住再將臉往鏡子前湊近了些，伸手摸摸自己的臉頰，一臉不可思議地說道：「我這張臉跟哥哥可真像，現在應該不會再有人說我和哥哥不像雙胞胎了吧？哥哥看到我，一定會被嚇一大跳的！」

晴兒看著開心的豆豆，也不由自主地笑彎了嘴。自從豆豆來到這裡以後，不僅自己笑口常開，就連主子整個人也變得溫暖不少，不再陰晴不定、喜怒無常。

只是，晴兒常常在想，就這樣分開豆豆和她的家人，真的可以嗎？她一直告訴豆豆，她是來養病的，病好了就可以回家了。現在她已經康復了，如果她說要回家，自己又該怎麼解釋？

「晴兒姑姑，妳看，豆豆身上的紅點已經好了，明天妳可不可以送豆豆回家？豆豆好想回家哦，也想親親和爹爹，還有哥哥、姥姥、姥爺、奶奶、姑姑跟阿姨……唉！」豆豆列出一堆想念的人，末了，長長嘆了口氣，雙手托著腮幫子，滿臉期待地眨巴著眼望向晴兒。

晴兒眼神閃躲地避開豆豆的目光，她站起來將鏡子放回梳妝檯上，說道：「晴兒姑姑說過等妳好了，就帶妳出去玩。要不，明天姑姑就帶妳出去玩好不好？」小孩子都愛玩，還是先分散她的注意力，慢慢沖淡她想要回家的念頭吧。

豆豆為難地看著晴兒，搖著小腦袋道：「不玩了，豆豆想先回家。以後我再讓親親帶我和哥哥一起來這裡找姑姑玩，好不好？」

誘惑當前，豆豆卻絲毫不為所動。在她心裡，沒有什麼比回家跟親人在一起更重要。

「呃……」晴兒沒有想到豆豆居然一點也不心動，還將問題丟回給自己。她靜靜看著豆豆，輕聲勸道：「豆豆就安心在這裡住下來好不好？妳不是說長大後要做個懸壺濟世的女大夫嗎？妳知道大姑姑很厲害，就在這裡跟大姑姑學醫術，好不好？待妳學會了醫術再回家，好嗎？」

豆豆乾癟著嘴，瞇著眼打量起晴兒，突然像是想明白了似的，哇的一聲哭了起來。她一邊哭，一邊拉扯著晴兒的衣襟道：「晴兒姑姑騙人，您不會送豆豆回家對不對？親親……豆豆在這裡，您快點來接豆豆回家！爹爹……豆豆在這裡，在這裡……」

晴兒柳眉緊皺，明眸中閃爍著心疼，手足無措地看著嚎啕大哭的豆豆，沒料到豆豆居然這麼容易就看出她們的意圖。看著哭得如此淒慘的小人兒，晴兒的心也微微刺痛起來。若不是顧及主子，晴兒恨不得馬上就送豆豆回山中村。

此時豆豆忽然翻身下床，鞋也不穿就往房外跑去。

「豆豆，妳要去哪裡？」晴兒嚇了一跳，衝著豆豆喊道。

房門驟然打開，陳清荷皺著眉站在房門前，攔住了豆豆的去路，她低頭看著淚流滿面的小人兒，微微不悅地問道：「這是怎麼回事？豆豆，妳想去哪裡？」

「大姑姑討厭！晴兒姑姑也討厭！妳們都騙我，妳們為什麼不讓豆豆回家？豆豆要親親、要爹爹……嗚嗚嗚……」豆豆抬起淚痕斑斑的臉，憤憤瞪著陳清荷，大聲指責著她們的不是。

「我可從沒說過要送妳回去，如果妳沒學會我的醫術，妳娘親也沒成為大齊國首富，誰都別想帶妳離開這裡。」陳清荷也不再當豆豆是三歲孩子，直接跟她挑明了說。

豆豆聽到陳清荷的話後，停止了哭泣，愣愣地看著她，見她不像說謊，心裡更是害怕。當她眼尾餘光注意到陳清荷身側的空隙時，突然加大馬力衝了過去。

「啊！」豆豆尖叫起來。

這麼做的結果，就是她像老鷹捉小雞似的，被陳清荷一把抓住衣襟懸在半空中，任她怎樣扭動身子，也無法掙開。

「放開我，大姑姑妳是大壞蛋，放開我！」豆豆一邊掙扎，一邊怒瞪著陳清荷罵道。

晴兒看到主子的眸子愈來愈陰冷，忍不住心驚膽顫，就怕她情緒失控，將豆豆從手中給甩出去。她緊張地扭著手指，跺了跺腳，對自家主子勸道：「主子，您先把豆豆放下來吧。她只是一個小孩，說話不算數的。」

晴兒一邊勸陳清荷，一邊朝豆豆拚命眨眼睛，暗示她快點向主子軟言求和。

她知道主子雖然不承認，但是豆豆在她心裡已經有了不一樣的地位，這是不爭的事實，她騙得了別人，也騙不了自己。只要豆豆放軟態度，也許事情還有轉機。

豆豆接過晴兒的暗示，慢慢停了下來，眼神卻很不屑地看著陳清荷，說道：「放我下來，這般以大欺小，傳出去也不怕丟人？」

陳清荷微微愣住了，她眼眸裡燃起一簇簇火苗，將豆豆放了下來，居高臨下地看著她說：「我已經放妳下來了，省得妳說我以大欺小。」

豆豆見自己成功激起了她的火氣，內心不由得一喜，繼續佯裝不屑地說道：「本來就是愛以大欺小，我還不到三歲，就強迫我做您的徒弟，還逼我娘親做事，傳出去不怕被人笑掉大牙？您以為我娘親不能做到您說的事嗎？那您就錯了，我娘親可是無敵的女超人。」

「什麼是超人？」陳清荷咬著牙，從牙縫裡擠出自己的疑問。

豆豆賞了她一個大白眼，一臉不可思議地說：「超人您都不知道？也太落伍了吧？」

「妳……」陳清荷眼中的怒火燃燒得更旺了，她雙手緊握，睜大眼睛瞪著豆豆。

豆豆見她如此，內心更加開懷。她裝作無奈地搖搖頭道：「超人就是專門打怪獸的英雄。」

打怪獸的英雄？她的意思是自己是那等著挨打的怪獸？真是豈有此理！

陳清荷剛想發火，豆豆的聲音又涼涼地傳了過來。「大姑姑，您怕不怕輸給我親親？」

「那是不可能的事。」她怕輸？真是個笑話！

「是您不可能輸給我親親，還是我親親不可能輸給您？」豆豆緊緊盯著她，步步進逼。

「我看大姑姑一定是怕輸，所以不敢跟豆豆打賭。」

「放肆！我怎麼會輸？我只是不跟三歲小孩打賭。」陳清荷不屑地撇過了頭。

豆豆點了點頭，贊同道：「原來大姑姑也知道我是三歲小孩，既然您瞧不起三歲小孩，為什麼要強迫我當您的徒弟？」

「妳……」陳清荷被她質問得說不出話，她可真是萬萬沒想到這小丫頭片子的嘴巴竟然這麼厲害。

她不願被豆豆看不起，於是沒有多想便道：「打賭就打賭，我一定不會輸給妳娘親的。說吧，賭什麼？」

豆豆見小計初成，心中大喜，她上下打量了陳清荷一番，說道：「賭我親親三年就能達到您的要求，如果我贏了，您就收回我做您徒弟的打算；如果我輸了，我馬上就隨您學醫術。」

「這個……」陳清荷猶豫了一下。她怎麼覺得不管輸贏，豆豆都是個大贏家？

豆豆見她猶豫了，心中一急，打鐵趁熱地說道：「大姑姑不會是怕輸吧？還有，大姑姑難道不覺得我六歲才適合學醫術嗎？到了那時，我一定會乖乖當您的徒弟，不再反抗。」

陳清荷怔怔地看著豆豆，沒有答應，也沒反對。

一旁的晴兒早已驚訝得說不出話來。她真沒想到豆豆這般厲害，口才、心計都不像是三歲孩童。她開始想見見傳說中的茶仙子了，有其母必有其女，能教出這樣的女兒，做娘親的一定很出色。

「主子，豆豆說得不無道理。反正主子一定會贏，到時您不僅可以名正言順收下豆豆這個徒弟，豆豆也會心甘情願拜在您門下。再說，喬春一定會很努力達到主子的要求，即使她會輸，也能給予風家相當的打擊，這樣不是很好嗎？」

晴兒表面上完全替陳清荷著想，其實不過是順著豆豆的意思幫忙勸解主子。見了豆豆這番表現，她完全相信喬春一定能在三年內成為大齊國首富。自己雖然也喜歡豆豆，但她不願看豆豆不能在家人的關愛中長大。

豆豆見陳清荷還在猶豫，想了想，又道：「豆豆每年來陪大姑姑住一個月，行不行？」

「妳真的這麼想？」陳清荷有些驚訝地看向豆豆，不太確定地問道。

豆豆重重地點了點頭，眉眼彎彎地說道：「豆豆說過，以後會負責疼愛大姑姑，不會再讓大姑姑的心生病。可是如果現在豆豆不回家的話，我親親跟爹爹的心也會生病。」

「好，我答應妳，不過妳也要記得妳說過的話。」陳清荷微微頷首，算是敗給豆豆這個小丫頭了。

「好！我就知道大姑姑最好了。」豆豆抱住陳清荷的腳，抬起頭看著她，笑道：「大姑姑是最漂亮、最好的人了，豆豆好愛您哦！」

「噗！剛剛是誰哭著罵我是騙子，是大壞蛋的？嗯？」陳清荷彎腰將豆豆抱了起來，輕笑著捏了捏她的鼻子，揶揄道。

這個孩子是個貼心的寶貝，她每句話都讓她的心變得更柔軟。到了這會兒，她覺得如果自己不按照她說的去辦，倒像是個拆散人家母女的大惡人了。其實她本來也不介意成為大惡人，可是，不知為何，她就是不想被豆豆討厭。

豆豆飛快地在陳清荷的額頭上親了一口，窘迫地撓著頭，說道：「忘了，忘記誰說過這話了，嘿嘿……」

「大姑姑現在就送妳回家好不好？不過，豆豆千萬不能忘記答應大姑姑的事情。」陳清荷完全被豆豆收服，只想取悅她，又怕她不守承諾。

「好，咱們來打勾勾。」豆豆淺淺笑道，伸出了手。

「打勾勾？我……我不會。」陳清荷微微有些窘迫。

「就是這樣，把我們的小指勾起來，等我說完話以後，再用大拇指用力蓋章。」豆豆將自己的小指輕輕勾上陳清荷的，然後一邊拉一邊說道：「打勾勾，一百年不許變！」

「就這樣？」陳清荷不是很能理解這個儀式的意思。

「嗯，這樣就可以了，豆豆一定不會忘記自己說過的話。」

「好！」

「親親、爹爹，我回來啦！」豆豆踮著腳，用力敲打著房門。

寂靜的夜裡，唐家院子裡突然響起急急的敲門聲，緊接著傳來軟軟的女娃聲。轉眼間，唐家大院好幾個房間亮了起來，大夥兒都匆匆地趕了出來，看著那站在月光下的小人兒。

「豆豆，我的寶貝，妳終於回來啦！」喬春光著腳站在門口，流淚接過被唐子諾一把抱在懷裡的豆豆。她剛剛模模糊糊聽到豆豆的聲音，還以為自己在作夢，後來被唐子諾搖醒，才驚覺這一切是真的。

「豆豆，妳回來啦？來，讓姥姥抱抱！」雷氏淚流滿面地跑了過來，激動地熊抱喬春和豆豆，探過頭對豆豆的小臉蛋一陣猛親。要不是喬梁現在人有點不舒服，正在房裡歇著，他一定會再把她們幾個全摟在他懷裡。

桃花和喬夏她們抹了抹眼淚，笑著圍了過來，大夥兒魚貫而入，跟著喬春走進親子房裡。

當大夥兒看清燈光下的豆豆時，紛紛驚叫了起來。

「豆豆，妳怎麼變瘦啦？」

「哇，豆豆現在跟果果長得一模一樣了。」

「豆豆，我可憐的豆豆，她們是不是不給妳東西吃啊？怎麼瘦成這樣呢？我可憐的豆豆啊……」就在大家讚嘆豆豆那清秀的臉龐時，雷氏卻大哭起來，心疼豆豆的遭遇。

豆豆忍不住笑了起來。「姥姥，您想太多啦！大姑姑和晴兒姑姑對我很好，哪會不給我東西吃？」

姥姥也太誇張了吧？如果人家要虐待她，幹麼送她回來？想起剛剛姑姑們送她回來時，那依依不捨的樣子，豆豆就覺得有些愧疚。她一定要遵守約定，每年固定去大姑姑那裡陪她一段時間。

豆豆想著，伸手從衣袖裡抽出一封信遞到喬春面前，說道：「親親，這是大姑姑要給您的信。」

「大姑姑？」喬春接過豆豆手裡的信，雷氏則順手將豆豆抱進懷裡，走到圓桌前坐了下來。

桃花等人笑著圍了過去，看著清瘦的豆豆，一個個都忍不住伸手往她的臉上捏了捏，像在確認她臉上的肉是不是真的少了。

「啊！痛……姑姑、阿姨妳們怎麼這樣？會痛耶！」豆豆摸著自己的臉，不悅地皺眉道。

姑姑跟阿姨們真是的，就算她現在變漂亮了，也不能動不動就捏人家粉嫩的臉蛋吧？

「妳們幾個幹麼?瞧,豆豆的臉都被妳們捏紅了!」雷氏聽到豆豆的喊痛聲,趕緊抱著她轉了個方向,扭過頭喝斥道,呵護和疼愛之情溢於言表。

「呵呵,娘,哪有那麼誇張?我們只是輕輕摸一下而已。」喬冬看著自己撲了個空的手,嘻笑著澄清。

喬秋也是呵呵直笑,摸著自己的手,說道:「就是啊,我們只是輕輕、柔柔地摸一下下。豆豆的臉哪有紅?如果真有那麼一點紅,那也是因為我們豆豆天生麗質,氣色好!」

桃花和喬夏飛快地相互對視了一眼,看到對方眼底的笑意,雙雙低下頭,肩膀不停聳動。

唐子諾和喬春則是拿著信走到書桌前,細細讀完信的內容,抬眸相視一笑。

陳清荷在信裡寫下和豆豆的賭注,以及豆豆答應以後每年都會陪她小住的事,至於她的落腳處卻隻字不提,只說時間到了她就會來接豆豆。

勾了勾唇角,唐子諾淺笑看著喬春,閃亮的眸子像是在說:瞧,我女兒可真厲害,小小年紀就能自己想辦法脫身。

喬春回以一笑,驕傲地看著他,無聲地回了一句:也不看看是誰教出來的?

「親親,大姑姑有沒有說打賭的事?還有,我答應大姑姑以後每年會去陪她住一段時間哦。」坐在雷氏懷裡的豆豆扭過頭,看著正在用眼神對話的爹娘,大聲問道。

喬春抽回目光,慢慢朝豆豆走了過去,揉揉她那柔軟的頭髮,微笑道:「豆豆好厲害哦！娘親都不知道豆豆已經長大，可以自己保護自己了。」

「呵呵呵……那是親親教得好啊！」豆豆格格笑了起來。

「哈哈哈！」眾人皆被豆豆的話逗得樂開懷，這些日子以來氣氛一直很沈悶的唐家，頭一次充滿了笑聲，就連平日不苟言笑的暗衛們也不禁笑了起來。

「豆豆回來啦？我好像聽到豆豆的聲音了……」林氏由廖氏攙扶著走進親子房，看到被眾人圍住且面容清秀的豆豆，一時之間愣住了，站在原地不動。

身上穿著單衣的果果從她們身後跑了過來，看到雷氏懷抱裡的豆豆時，先是愣了一下，隨即喜出望外地跑過來，拉著豆豆的手笑道：「豆豆，妳變漂亮了哦！真的是妳嗎？」說著伸手用力地捏了那酷似自己的臉一下。

果果現在有種照鏡子的感覺，這種感覺真是太奇妙了！明天他就帶豆豆一起到老屋坪壩前玩遊戲，看其他人敢不敢笑豆豆是肥妹，說他們不是真正的雙胞胎?!

「好痛哦！哥哥，你怎麼也是一來就捏人家的臉？」豆豆嘟著嘴瞋了他一眼，伸手來回撫摸自己的臉。

果果看著豆豆微紅的臉，不好意思地笑著說：「嘿嘿，我太激動了，我還以為妳不是豆豆呢！」

「哥哥屁股上有一個紅色的痣，對不對？」豆豆看著果果那副激動不已的樣子，賞了他一個大白眼。為了證明自己真的是豆豆，她當眾說出了果果的隱私。

大夥兒有默契地偏過頭看著果果，隨即紛紛掩嘴輕笑。

果果的臉頓時紅得像蘋果，他窘迫地掃了眾人一眼，又將眼光鎖向豆豆，埋怨道：「好啦，妳真的是豆豆，可是，妳以後能不能別到處說這件事？妳這麼說，人家多沒面子啊！」

大家一聽，更是笑得前俯後仰。

此時喬春看了看仍舊站在原地的林氏，連忙從雷氏身上抱下豆豆，笑道：「豆豆，快去喊奶奶。妳不在家的時候，奶奶因為擔心妳，都生病了。」

「啊？奶奶生病啦？」豆豆一聽，連忙朝林氏跑了過去，站在她面前看著林氏和廖氏道：「奶奶、廖奶奶，豆豆回來了。」說著，她牽過林氏的手，續道：「奶奶，您好些了沒有？走，到那邊去坐好不好？」

林氏抽回自己的手，朝房裡的眾人看了一眼，隨即又低下頭，眼眶泛紅地看著豆豆說：「奶奶想回房去睡覺了。豆豆回家，奶奶就安心了。今晚豆豆就和哥哥一起在這裡睡，好不好？」

豆豆並不知道自己不在家的時候，奶奶打罵了娘親，基於愧疚所以不願在這裡逗留。但是她聽林氏這麼一說，也覺得病人應該多休息，便微笑道：「奶奶，晚安！生病了要好好休息哦！」

「好、好、好！真乖！」林氏說完，抬眸飛快朝喬春瞥了一眼，便離開了親子房。

大夥兒大概能猜出林氏離開的原因，一時之間歡樂的氣氛消失無蹤，取而代之的是淡淡的壓抑。

雷氏無奈地看了喬春一眼，伸手朝姑娘們揮了揮手，說道：「豆豆剛回來，就讓他們一家四口好好享受一下天倫之樂吧。咱們都回房去睡，明天還要早起呢。」

喬春朝雷氏淺淺笑了笑，隨即和唐子諾、果果、豆豆四個人緊緊相擁，慶祝這得來不易的重逢。

第一〇三章　認義父

一大早，唐家大門外就響起馬蹄聲，大夥兒還沒來得及出去迎接，皇甫傑便和錢財風塵僕僕地走了進來，他們身後還出現了一張眾人熟悉的面孔。

「大哥、三弟，你們怎麼這麼早就過來了？」唐子諾站起來朝他們迎了過去。當看到他們背後的人時，忍不住驚訝地喊了出來。「百川也回來啦？」

「百川？」眾人吃驚地看向皇甫傑身後的人。經過幾個月軍營生活，鐵百川的臉已經由原來的麥色變成了黝黑，眉宇間也散發出不同於以往的堅毅和自信。

大夥兒開心地看著鐵百川，桃花卻整個人呈現呆滯的狀態。

雷氏用手肘頂了頂站在自己身邊的喬秋，笑著張羅道：「秋兒，妳進去拿幾副碗筷出來，他們應該還沒吃過早飯。」說著，她又轉過頭看著喬冬，道：「冬兒，妳去喊鐵伯伯過來吃早飯，跟他說百川哥哥回來了！」

「大哥、三哥、百川，快坐下來吃早飯！」喬春微笑招呼道。

暗衛們則是整齊地向皇甫傑行禮。「屬下參見王爺！」

「各位兄弟不必行此大禮，快快起來。你們現在是唐家的家丁，以後就像喊唐大哥那樣，喊我皇甫大哥就可以了。」皇甫傑笑著朝他們揮了揮手。別說他從來不看重這些虛禮，就是這些年下來，也早已厭煩這番動輒下跪的禮儀。

「這個……」暗衛們猶豫了一下，低著頭飛快交換了個眼神，接著唐家偏廳裡便響起音量破瓦而出的回應。「是！屬下遵命！」

皇甫傑無奈地搖了搖頭，怎麼又是「屬下遵命」？看來，一時半刻之間他們還是沒辦法改口。

「夏姊姊，我們進去再加幾個菜吧？」桃花紅著臉從鐵百川身上收回視線，扯了扯喬夏的衣角，低聲說道。

喬夏見桃花那副模樣，忍不住對她眨了眨眼，伸手牽過她往後院走去。這姑娘見到心上人就臉紅成這樣，待會兒到廚房可得好好糗糗她。

唐子諾看著目光一直盯著後院拱門的鐵百川和錢財，忍不住笑道：「三弟、百川，你們不坐？還是……」

黝黑的臉上浮現出了可疑的暗紅，鐵百川不自覺伸手撓了撓頭，向錢財說道：「錢大哥，請！」

「好，百川也坐。」錢財點了點頭，挨著皇甫傑坐了下來。

喬父笑得合不攏嘴，滿意地點了點頭，對身旁的雷氏說道：「孩子她娘，妳去溫幾壺酒過來。」

「一大清早就喝酒？要不中飯再喝吧？」雷氏微微蹙眉，側目看著喬父。自從前段時間他受了傷之後，身子骨也沒以前那麼好了，喝酒這事，她可是一直嚴格把關。

喬春看到喬父開心的模樣，又看了看雷氏擔憂的神情，說道：「娘，您就溫幾壺酒過來吧，爹心裡有數的，我們別讓他們喝多了就行。再說，今天爹真的很高興，您就依著他吧。」

喬父一聽，頓時哈哈大笑起來，伸手拍了拍柳如風的肩膀，自豪道：「還是我閨女懂我的心。柳兄，你知道嗎？當年我們喬子村的都在背後說我喬梁斷了喬家的香火，可是他們不知道，在我眼裡女兒更是寶！人死之後哪知道會去哪裡，人生在世，最重要的是活在當下。」

喬父停頓了一下，抬眸看著淚眼婆娑的雷氏和淺笑吟吟的喬春，續道：「我這四個閨女在我心裡比什麼都寶貝，只要她們幸福，我就快樂。那些只當兒子才是香火的蠢傢伙，哪會知道女兒的好？」

話落，他轉過頭看著一旁連連拭淚的雷氏，催促道：「孩子她娘，妳怎麼還不去溫酒？」

「你這老頭子，酒還沒喝就說起醉話來了，真是的。」雷氏抹了抹眼淚，含笑瞋了他一眼，轉身往後院走去。

喬春看著雷氏那幸福的嬌羞模樣，忍不住打趣起喬父。「爹，您看娘她臉紅了，這模樣真好看！難怪娘年輕的時候是喬子村最漂亮的。」

雷氏的腳步頓了頓，嘴角高高翹了起來，正欲舉步向前走，耳邊就傳來了喬父那渾厚的聲音。「閨女這話說得不太對，妳娘可是整個和平鎮最漂亮的。」說著，他朝雷氏的背影看了一眼，柔聲補上一句：「在我心裡，她則是全世界最漂亮的。」

眾人聞言，不由得大笑起來。

雷氏紅著臉快步走向後院的廚房，心裡甜滋滋的。這老頭子今天怎麼嘴巴這麼甜？都一大把年紀了，還說這些肉麻的話，也不怕被年輕人笑話。

眼簾低垂，柳如風既是羨慕喬氏夫婦的感情，又是苦澀地憶起自己那份早逝的感情。但柳如風很快便收拾好情緒，笑著抬頭看向喬父說道：「喬兄好福氣，這四個閨女可都不比男兒差，真是讓人欣羡啊！」

「過獎了！不過柳兄，我有件事一直想講，卻找不到比較適合的機會，今天趁大夥兒都在，我就說了。就讓子諾認你為義父吧！」喬父說著，暗中對唐子諾使了個眼色。

對唐子諾來說，柳如風亦師亦父，若正式認了親，柳如風就不會再四處雲遊了。喬梁始終相信，一輩子未成親的柳如風，肯定喜歡這個充滿愛與溫暖的家。

雖然他的興趣是雲遊四海，但是再堅強的人，也有脆弱跟疲倦的時候，需要一個港灣停泊，唐家會是他最好的選擇。

唐子諾看了喬春一眼，見她微笑著點了點頭，便牽著她的手來到柳如風面前跪了下來。錢財則是替他們沖好兩杯茶，笑著遞到他們手裡。

「師父，其實徒兒心中也早已有此想法，今天我帶著媳婦一起來向師父敬一杯認親茶。」唐子諾抬起頭看著柳如風，眼眶微微濕潤，他扭頭和喬春對視了一眼，兩人齊聲道：「請義父喝茶！」

柳如風沒有立刻接茶，而是愣了好一會兒，眼眶發酸，喉嚨像是梗住了，好一會兒才緩過來。

「好，好，好！」柳如風欣慰地笑了，輪流接過唐子諾和喬春手裡的茶，仰頭一口喝下。

喝完認親茶，柳如風感動不已，聲音略顯沙啞地說道：「你們快點起來吧！」

「我們也要給柳爺爺敬茶！」不知何時，一直在林氏房裡陪她的果果和豆豆已經站在他們身後，笑嘻嘻地看著柳如風。

錢財和皇甫傑喜出望外地看著果果身邊的豆豆。他們一大早趕過來，本來是想商量一下尋找豆豆的事，卻沒想到豆豆已經安然無恙地回來了，想來是二弟跟四妹一家人還顧著高興，忘了給他們捎個消息。

眼前的豆豆比過去消瘦了不少，現在她和果果站在一起時就像照鏡子似的，唯一的區別就是兩個人的頭髮和衣服。

「豆豆，妳什麼時候回來的？」錢財快步走了過去，伸手將豆豆抱進懷裡。

豆豆下巴抵在錢財的肩膀上深深吸了一口氣，笑道：「三舅舅，昨晚大姑姑送我回來的。」

「大姑姑？」錢財微微推開豆豆，滿臉疑惑地看著她，不明白她口中的「大姑姑」是誰。

豆豆點了點頭，緩緩解釋道：「嗯，大姑姑幫我治好病，然後送我回來。」

這番話只說明了過程，卻沒回答錢財的問題，讓他一時之間陷入了沈思。

「三舅舅……」豆豆輕聲喚道。

「啊？豆豆有什麼事？」錢財猛然回過神來，笑看著她問道。

豆豆從錢財腿上跳了下來，輕笑著在他眼前轉了個圈，滿臉期待地問道：「三舅舅，豆豆好不好看？」

「好看！」錢財由衷地點點頭。

豆豆笑得更開心了，她咬了咬嘴唇，輕聲問道：「有沒有大阿姨好看？」

「啊？」眾人吃驚地看著豆豆，唐子諾更是緊張起來。她不是已經退出那段「三角戀情」了嗎，怎麼現在又說起這種話了？

錢財汗涔涔地看了眾人一眼，再彎腰與豆豆平視，伸手揉了揉她的頭髮，道：「一樣漂亮，不過，豆豆比大阿姨可愛。」錢財站了起來，對自己的回答很是滿意。說她可愛，應該不會有錯吧？小孩子都很可愛，尤其是豆豆。

突然間，錢財的袍角被一隻小手給牢牢抓住，他愕然地低下頭，看著豆豆嘟著嘴，滿臉委屈的樣子。頓時只覺二哥的眼光狠狠朝他射了過來，活像要在他身上射幾個窟窿出來似的。

錢財頭皮發脹，蹲下身子看著豆豆，關切地問道：「豆豆怎麼啦？三舅舅說錯話了嗎？」

「這是怎麼啦？豆豆是什麼時候回來的？」得到喬冬通知的鐵龍欣喜地望了鐵百川一眼，隨即又驚訝地看著已經回家的豆豆。只是……錢財和豆豆之間的氣氛似乎有點怪異？

喬春抿嘴笑了笑，說道：「沒事！鐵伯伯到這邊坐吧。」

呵呵，三哥可是不小心踩到豆豆的地雷了。回答兩個一樣漂亮，不就行了嗎？偏偏要自作聰明加上一句「豆豆比大阿姨可愛」。

「三舅舅覺得豆豆沒有大阿姨漂亮。」紅著眼隨時準備掉淚的豆豆，終於擠出了這麼一句話。

錢財吃驚地看著豆豆，澄清道：「沒有啊，三舅舅明明就說一樣漂亮啊！」

「可是，你後來又說了豆豆沒大阿姨漂亮。」豆豆不依不饒地抱怨。

錢財看大夥兒都是一副看戲的表情，而且喬夏和桃花也端著飯菜從後院走了進來，額頭頓時布滿細汗。他看著豆豆，神情堅定地說道：「我沒有這樣說，我只是說豆豆比大阿姨可愛。」

喬夏和桃花皆咬著唇不讓自己笑出聲來，一臉同情地看著錢財，好像對他說，錯的就是這一句。她們都知道可愛就是不漂亮的意思，因為喬春一直灌輸豆豆這個觀念，她們也就記下來了。

「看吧，你明明就說了，還說沒有！」豆豆側過臉，皺了皺鼻子，一副「我以後都不理你了」的模樣。

錢財一聽覺得自己更冤，明明就沒說，偏偏咬定他說了。唉，他是有理也說不清了！他抬起頭向喬春丟出求助的眼神，現在恐怕只有喬春才能搞定這個小傢伙了。

喬春彎起嘴角淺淺一笑，倒了兩杯茶端過來，看著果果和豆豆道：「果果、豆豆，你們不是也要敬茶嗎，還不快點過來？記住哦，現在開始不要再叫柳爺爺了，直接叫爺爺吧。」說著把茶杯遞到他們手裡。

錢財感激地朝喬春點了點頭，總算脫離豆豆的拷問。

「知道了。」果果和豆豆乖巧地應了聲，學起剛剛喬春和唐子諾的樣子，跪在柳如風面前，舉起手裡的茶杯，聲音軟軟道：「爺爺請喝茶！」

「乖，乖，乖。」柳如風的眼睛笑成了一條線。在他一杯接一杯地喝下果果和豆豆奉的茶之後，突然站了起來，說道：「你們先吃，我去去就來。」說完就快步走向後院。

不一會兒，柳如風拿著兩塊玉珮走了進來，將玉珮分別掛在果果跟豆豆胸前。

唐子諾和皇甫傑飛快對視了一眼，看出了彼此眼底的驚訝，隨即又同時看向柳如風。這兩塊玉是柳如風的師父留下來的，說是玉，其實是打開蘭谷的鑰匙。這個秘密除了唐子諾和皇甫傑，就只有柳如風和當今太后知道了。

柳如風當然看出皇甫傑他們眼底的疑問，他微笑著朝他們點了點頭，表明這是他的決定。

喬春看了果果和豆豆胸前的玉珮一眼，對他們說道：「還不快點謝謝爺爺？」

「謝謝爺爺！」果果和豆豆齊聲道謝。

柳如風笑著捋了捋鬍子，道：「不用謝！這是爺爺給你們的信物，記得要收好，不能離身，明白了嗎？」這兩塊玉自是丟不得，但他也不是隨便給的。

「知道了。」果果和豆豆柔順地應了下來，低頭愛不釋手地把玩著玉珮。

喬父端起了酒杯，對大夥兒笑道：「來來來，吃菜，喝酒！」

一頓早飯因為各種原因耽擱了很久，不過幸好菜都還沒完全涼透，加上眾人心情又好，一樣吃得津津有味。

第一〇四章　擴展商業版圖

此刻，喬春他們四個義兄妹、喬父、柳如風、鐵氏兄弟以及鐵百川，一起圍坐在唐家大廳圓桌前。

皇甫傑放下茶杯，看著唐子諾問道：「二弟，豆豆是怎麼回來的？」他這麼一問，其他不知情的人也朝唐子諾看了過來，等待他的回答。

「豆豆是昨天夜裡由陳清荷送回來的。」唐子諾輕聲回答，想起陳清荷信中的內容，不由得輕笑了起來。

皇甫傑看著唐子諾嘴角的笑意，繼續問道：「你看到陳清荷了沒有？」

「沒有，昨日午夜過後，豆豆敲門，我們才知道她回來了。」唐子諾搖了搖頭。家裡有武功高強的暗衛，又有他和師父在家，可卻誰都沒有發現有人潛進來，看來陳清荷的武功已經到了出神入化的境界了。

皇甫傑聽到唐子諾的話，也是一陣愕然。沈默了一會兒，他抬眸看向柳如風，問道：「柳伯伯，陳清荷是您的小師妹，那您聽說過杜月兒嗎？當年她和我父皇、風勁天之間，到底是怎麼一回事？」

「杜月兒？」柳如風搖了搖頭，道：「當時我人不在大齊，關於他們的事情，都是聽來的，所以不是很清楚。」

柳如風不是很懂為何皇甫傑會問起此事，但他腦中靈光一閃，似乎想到了些什麼，有些不確定地問道：「阿傑，難道你懷疑杜姑娘是……」

雖然皇甫傑沒說出太后告訴他的事情，但聽到這裡，喬春和唐子諾已經明白皇甫傑的懷疑是什麼了，內心不由得起了波瀾。想不到這件事情還牽扯到先皇，複雜程度遠遠超過他們的想像。

皇甫傑苦澀地點了點頭，沒再多說什麼。這事畢竟與自己的父皇有關，實在不宜在這麼多人面前談起。

一時之間，大廳裡靜悄悄的。

「大哥，我有事想跟你商量一下。」過了一會兒，喬春率先打破沈默。

皇甫傑重新提起精神，看了她一眼，問道：「四妹，有什麼事？」

「晉國那邊有沒有什麼新消息？」她現在想知道晉國茶樹苗和育苗師的情況，因為她的時間不多，只有短短三年，所以許多她以前不願去想去做的事情，現在也得開始著手了。

深邃的黑眸中閃過一道精光，皇甫傑的手指輕輕敲打著桌面，道：「恆王前天畏罪自殺了，晉國使者已經在路上，兩國即將和親，屆時那些茶樹苗和育苗師會一起送來。」

他是在前往和平鎮找錢財時收到消息的，除了震驚，沒有別的詞能形容他當下的心情。

「恆王畏罪自殺？」喬春提高了聲音。她可不認為恆王是個會畏罪自殺的人，這中間會不會是晉皇派人做的手腳？

皇甫傑看到喬春的神情，自然明白她的懷疑。他聽到這個消息時，不但意外，也不相信，可是依據目前的消息，恆王確實是自殺，但是不是畏罪，就難說了。

「是自殺，不過原因就不太清楚了。」他能說的也只有這些了。

喬春輕輕點了點頭，又道：「大哥，能不能請晉國明年開春時再送那些茶樹苗和育苗師來？」

「我試試。」皇甫傑應了下來。這件事他太過大意了，竟然忘記要開春以後才能種茶樹，如果茶樹苗提前運來，又恰逢寒冬，照顧方面的確是個難題。

「大哥，昨天陳清荷讓豆豆帶回了一封信。」唐子諾插話道。他覺得接下來的事需要皇甫傑和錢財幫忙，畢竟春兒是一介女流，而他又從未涉及商業上的事情。

「內容是……？」皇甫傑問道。剛剛他還在納悶陳清荷怎麼會輕易送豆豆回來，看來這事果然還有下文。

錢財也不禁挺直了腰，眼睛一眨也不眨地看著唐子諾。

喬春清了清嗓子道：「這事還是我來說吧。她在信裡說，以後每年會來接豆豆陪她小住一段日子，還說，豆豆和她打賭，我會在三年之內成為大齊國首富。如果豆豆贏了，就不用再做她的徒弟；如果她贏了，豆豆就要在三年後正式拜她為師。」

皇甫傑的嘴角逸出一抹笑意。真虧豆豆想得出來！這賭讓她既能回家，又可以贏得自由。只要熟知喬春的人，就知道這個賭注喬春贏定了。

「那四妹準備怎樣成為大齊國首富？需要大哥的地方，儘管開口。」皇甫傑豪氣地說道。

「算上我一份，雖然我的能力有限，但是我也希望可以為豆豆的自由出一些力。」錢財自告奮勇道。

喬春和唐子諾感激地朝他們點了點頭。有他們這兩個強力助手幫忙，自己的心裡也會踏實點。

「我準備開茶館，製作花茶、紅茶還有普洱茶。我想請大哥在京城幫我們找一個合適的鋪面，還有一些細節方面的事情，恐怕要麻煩大哥動用一些權力。」

皇甫傑勾了勾唇道：「只要用得上。」

他一向不太動用自己的權力，但是正如錢財所言，他也希望能為豆豆的自由出一分力。

喬春回了他一抹溫暖的淺笑，紅唇微啟。「我要寫一份專利書，需要朝廷蓋章。以後如果有人想要開茶館，必須經過我的同意，否則官府可以查封，而且這個專利不僅在大齊國有效，其他國家也一樣。像這種專利的文書，之後會陸續增加，因為我會為自己的東西都申請專利。這件事大哥能幫忙嗎？」

不管是現代還是古代，跟風是種傳承已久的「文化」，如果她不事先做好防範，那她就會淪到為他人作嫁衣的地步。陳清荷說不能倚靠皇族的力量，但她只是透過大哥合法保障自己的權益，並無不可。

皇甫傑沒有立刻回答，而是低著頭，手指又是一下一下的敲著桌面。

其他人不由得將目光集中在皇甫傑身上——雖然他們都不懂「專利」是什麼東西。

過了好一會兒，皇甫傑才抽回手指，抬頭看著喬春說道：「好，我應下了。」

喬春開心地笑了起來。既然大哥答應了，就一定有辦法。只要有專利傍身，以後做起事來會方便很多，也可以省去很多麻煩。不過，她現在可得開始設計一個專屬自己的圖騰，好呈現在所有商品上。

「四妹，我沒有聽說過有人經營『茶館』，妳打算怎麼做呢？」錢財提出自己的問題。

「你們等一下。」喬春笑了笑，轉身回房。

她昨天已經擬定一份詳細的計劃書，還有長嘴壺的草圖，趁錢財在這裡，正好讓他幫忙看看，一同商議。

目送喬春離開以後，皇甫傑看著錢財問道：「三弟，你和夏兒的婚事準備得怎樣？」

「咳咳……」錢財脹紅了臉，不好意思地輕咳了幾聲，舉目看向喬父，見他也是笑呵呵地看著自己，便清清嗓子說道：「這事我爹娘在操辦，前幾天我問了一下，大致都差不多了。就……就等日子了。」

「嗯，是下個月十八吧？」皇甫傑接過唐子諾遞過來的茶杯，輕聲問道。

錢財點了點頭，眉宇間洋溢濃濃的幸福，微笑道：「是，大哥可一定要抽時間來喝喜酒。」

「好。」皇甫傑笑著點了點頭。

「我來了！」喬春揚著手裡的紙，笑著從後院走了進來，她好奇地看著眾人，問道：「你們在說什麼？」

唐子諾接過她手裡的紙，遞到皇甫傑面前，說道：「大哥在問三弟成親的事情。」

「哦，三哥還沒跟大哥說過呢，是該問問。」喬春坐了下來，見皇甫傑和錢財都聚精會神地看著她寫的東西，便朝坐在對面的鐵百川問道：「百川，你這次回來是探親呢？還是……？」

鐵百川坐直了身子，直視喬春道：「皇甫大哥已經革了我的軍籍，我以後會待在山中村。不知有沒有我能幫忙的地方？」

這些日子鐵百川在軍營接受訓練，也隨皇甫傑前往大齊國與晉國兩國邊境駐紮，不僅身體變得結實，眼界也寬了。如今大齊正朝強國之途邁進，關鍵就在喬春的茶業推廣，看清了這一點，鐵百川忽然明白，原來報效國家並不一定要從軍，而是盡一己之力，從最有效的地方著手。一想到山中村有家人，還有桃花在等他，他就決定回來幫忙了。

「行啊！我看百川在軍營一段時間，也鍛鍊了不少，又上過學堂，就先跟著我學作帳吧，其他的大嫂再慢慢教你。」喬春看鐵百川成熟了不少，欣喜地應了下來。

鐵百川不僅憨厚老實，人也聰明，假以時日，一定能獨當一面。

「要不，讓百川先到我那裡去，我讓錢歸教他。」錢財一邊翻看計劃書的內容，一邊頭也不抬地拋了一句話出來。

行商重在實踐，親身體驗可比紙上談兵要強很多。當然，他並不是看輕四妹的能力，她的能力很強，甚至比他高很多，可是她現在畢竟沒有鋪面可以培訓百川。她能教的，僅僅是紙面上的東西，不如實做來得快。

「可以啊，就先讓百川跟錢歸學學。三哥，你可記得要付工錢哦。」喬春感激地看著錢財。他的想法她也明白，商場如戰場，靠的是真槍實彈，不是花拳繡腿，更不是紙上談兵。

錢財依舊目不離紙地回了她一句：「那有什麼問題？」

「大哥，我要一份大齊國的商規，還有排在前十名的富商資料，愈詳細愈好。」喬春向皇甫傑提出了自己的要求，因為她知道大哥能不費吹灰之力就將那些人的身家資料全部蒐齊。

俗話說，知己知彼，百戰百勝。她要超越他們成為第一，就必須熟知這些人的發家史和現況，從成功的人身上探索成功的經驗，可以少走許多冤枉路。再說，以後她要行商，大家總是要碰面打打交道的，早點從紙上認識他們也好。

皇甫傑一口就應了下來。「妳什麼時候要？」

「愈快愈好。」

「好，我知道了。」

唐子諾愣愣地看著喬春，慢慢消化她說的話。心思如此縝密，只怕不是一天、兩天能造就的，她以前一定很累吧？

過了很久，皇甫傑和錢財才從喬春那疊計劃書中抬起頭來，不禁想為她的完美計劃鼓掌。計劃如此周詳嚴密，那些商業鉅子可得小心了。

「花茶和紅茶的週期比較短，普洱茶就需要多些時日了。所以我目前的重點在於擴種大葉茶，等過幾天大棚建好後，馬上就開始育花苗，明年開春種下。還有，大葉茶得種在一定高度的山上，開荒起來不僅費時，還需要大量人力。只不過，現在全村都在為明年開春種茶樹做準備，大家已經無暇自顧了。」

喬春看著大夥兒，說出自己目前遇到的難題，向他們徵求意見。

鐵龍率先開口道：「我已經跟村民說好，過段時間等大家的地都翻好後，就幫你們家把田給翻了。開山的話，恐怕沒那個人力和時間，而且山上樹高叢密，也只有健壯的漢子才吃得消。」

鐵龍的話，讓大家又沈默下來。

「我們是不是可以到其他村找些人手？」鐵成剛想起以前喬春剛開始翻地準備種茶樹的事。現在正是農閒時節，其他村一定有閒著的人，只要給的工錢合理，就一定有人願意出工。

錢財點了點頭，附和道：「鐵叔這個辦法行得通，要不，我明天就以鎮長身分通知各村村長，讓他們問問有沒有人願意出工，有的話，就到妳這裡來報名。四妹，妳看這樣行不行？」

秀眉輕蹙，喬春靜靜思考此一辦法的可行性。過了一會兒，她緩緩說道：「照道理說，這是一個很好的辦法，可是那些人不是山中村的人，我們自然得提供吃住，按家裡目前的狀況來說，吃不成問題，住就是一個大難題了，畢竟我們家已經沒其他空房子。」

喬春長長吁了口氣，提出她的分析與看法。

「這倒是個難題。」鐵龍沈吟著。

大夥兒沈默了一會兒，鐵成剛突然出聲道：「要不，讓他們臨時睡在有空房的村民家裡？」

「不行。」喬春、唐子諾、皇甫傑和錢財異口同聲地否定了這個想法。

等等，空房子?!喬春回想了一下，腦海裡突然閃過一道亮光，她猛然抬起頭看著鐵龍道：「鐵伯伯，我倒是想到了一間很大的空房子。」

鐵龍看著她，隨即反應過來，道：「春兒，妳指的是村裡的老屋？」

「嗯。」喬春歡喜地點著頭。

唐子諾看著喬春，不太樂觀地說道：「可是，老屋是全村共用的，怕是大夥兒的意見不一致。」

凡是涉及共用的東西，處理起來就雜亂了。村裡的人雖然和氣，但是未必每個人都抱持著同樣的想法。

鐵龍抽出插在腰間的旱菸桿，俐落地上了菸絲，點燃以後，吞雲吐霧了起來。

鐵成剛看著自家大哥那樣子，明白他正在思考。其實他也贊同子諾的說法，人是自私的，雖然大家都用不上，卻未必願意騰出來給別人用。

「大哥，你看這事……」鐵成剛實在忍不住了，看著鐵龍問道。

鐵龍慢慢將抽完的菸灰倒掉，抬頭掃過眾人，道：「這事我待會兒去跟村民說，晚點給你們答覆。」

第一〇五章　選址種茶

喬春等人站在挨著清水山的牛頭山上，幾個人並肩朝村莊的四周望了過去。山中村是一個群山環繞的盆地，四周都是層巒疊嶂、雲霧繚繞的山。

秋風吹來絲絲涼意，喬春深深吸了一口氣，頓覺大腦思維變得清晰無比。

「鐵伯伯，山腳的地用來種小葉茶，上面開始到這個位置我想開出來種大葉茶，可以嗎？」喬春偏過頭看著鐵龍，伸出手指比劃了一下。

喬春在吃完午飯後，就建議大家一起出門找座適合種大葉茶的山。種茶的山也不能隨便開，必須靠近水源，還得尋個樹木沒那麼茂盛，土石子也沒那麼多的地點。

牛頭山比清水山大上兩倍，也高出許多。山下就是河，而且這山的樹木沒那麼茂盛，土質也多是黃泥沙土，極少石頭。最重要的是，這山是鐵龍家的，基於這點，喬春不必擔心別人願不願意讓她種大葉茶。綜合各方面的需求，目前牛頭山就是最適合種大葉茶的地方。

鐵龍望著山下那一層層梯田，又望向清水山那一排排茶樹。他彎起嘴角，轉過來看著喬春笑道：「沒有問題，這山能種茶樹，當然再好不過。」

「那我們就真的要開始找工人來開山了。」喬春笑咪咪地環顧周遭的地勢。牛頭山海拔夠高，但地勢並不算陡，開起山來會比較容易。

錢財接過她的話，攬下找工人的活兒。「這事交給我來辦。」

「那我們就下山吧。」唐子諾走到喬春身邊，牽緊她的手下山。

眸底淌過暖流，喬春抓緊了唐子諾的手，微笑著點頭，隨著他的腳步往山下走去。

半路上，喬春習慣性地四處張望，眼睛忽然瞄到路邊那掛滿枝頭的褐色圓果子，頓時停下腳步，看著唐子諾道：「二哥，你可不可以幫我摘一些那樹上的果子？」

幾年過去了，她當初要問錢財的事，早就被自己拋到九霄雲外。在二十一世紀，茶油可是好東西，既可當作食用油，也可以運用在藥學上。

只不過，要作為藥用，需要透過精密的設備提煉，在古代來說是不可能的事。但是，如果能將它榨出來當食用油，也是對身體益處多多，絕對是個大商機。

「那不是咱們院子裡的茶花果嗎？」唐子諾順著喬春手指的方向望過去，頓覺眼熟，細看之下，發現那就是他們家院子裡有的東西。

喬春點了點頭，說道：「它叫油茶果。你先去摘一把過來，我要用。」

「好，我這就去摘。」唐子諾不再多問，鬆開她的手轉身就往油茶樹下走去。而走在前面的柳如風等人，則站在原地等他們。

不一會兒，唐子諾便摘了一大把油茶果回來，喬春便用手絹把它們包好。她看著走在前面的錢財，問道：「三哥，咱們鎮上有榨油的工坊嗎？」

「榨油的工坊？」錢財停下來，轉身輕蹙著眉，看著她說：「四妹指的是榨菜籽油的地方嗎？」

「沒錯、沒錯，就是它！」喬春猛點頭，喜出望外地看著錢財。

她來這裡幾年了，一直沒見過有人家種油菜，平常家裡食用的都是動物油，她還以為這地方根本沒有植物油，所以就把茶油這事給拋諸腦後了。

錢財的眸子黯了下來，看著喬春說道：「我見過，可是我們這裡沒有。我以前待過西部，那裡的人家都是自己種油菜來榨油的。」

「西部？」喬春驚訝中略帶失望地喊出聲。西部不就是靠著晉國的地方嗎？她忍不住心情低落。

唐子諾看著喬春那張頓時垮下去的臉，搖了搖頭，道：「我們可以派人去學啊！四妹不會是想拿這個油茶果去榨吧？」

唐子諾這一問，剛剛開始繼續往山下走的人又全部停了下來，很有默契地轉過身子，眸光閃亮地看著喬春。

「我的確是這麼想的。」喬春點了點頭，道：「這東西榨出來的茶油可是好東西，不僅營養價值高，還可以用在醫學上。」

柳如風興趣勃勃地問道：「它有什麼作用？」

「茶油有清熱化濕、殺蟲解毒的作用。經常服用，能抑制衰老，對慢性咽炎和心血管系統疾病有很好的療效。總之它對人體好處多多就是了，如果能把它們榨出油來，絕對是個掙錢的好東西。」

柳如風聽完後，久久無法出聲。他抬頭看了看那樹上的褐色果子，隨即又抽回目光看向喬春，不太相信地問道：「它真的有那麼多好處？」

如果真的像春兒說的那樣，那這茶油還真是好東西。不僅對健康有益，商機更是無限。

「嗯，錯不了！」喬春肯定地點了點頭。

錢財也從驚訝中回過神來。雖然喬春的話裡有些地方讓他不太明白，但整體意思倒是懂了。

想到這裡，錢財迫不及待地說道：「我回去就差人到西部去學習，再從那邊購置工具回來。四妹，採摘油茶果的事情和其他相關細節，就由妳負責。」既然是賺錢的東西，他當然不會放過機會。畢竟想要用三年的時間換回豆豆的自由，也不是件容易的事，只不過，他們還是得秉持良心做生意，不能走邪門歪道。

「沒問題，明天就開始，反正這東西榨油前還有許多事情要做。」喬春開心地應了下來，低頭看了看手絹裡的油茶果，忍不住彎起唇角，彷彿已經看到一箱箱銀子放在她面前。

為了豆豆，她這次是豁出去了！

當天晚上，唐子諾便到林氏的房裡與她長談，並將豆豆與陳清荷打賭的事情全盤告訴她。

「娘，春兒全心全意在外打拚，都是為了這個家。這些年來，我不在您身邊，您應該比我更清楚。這些日子她心裡很苦，可不可以請娘不要再計較了？咱們一家人開開心心的不好嗎？」

唐子諾一邊替林氏按摩著頸椎，一邊敘述喬春這些年的付出。

林氏閉著眼睛享受著兒子的貼心，腦子裡則是不斷重複這些年和喬春一起生活的點點滴滴。她不是不知道喬春的好，也不是不念著她的付出，只是現在兒子都回來了，她一個女人家還拋頭露面，她看著心裡總是不太舒服。

如今唐家也算得上有些家業了，但血脈卻稍嫌單薄。在林氏的觀念裡，有這般家業，就該多生幾個孩子，喬春作為兒媳婦，理應把家業全部交給唐子諾，自己就安心地多生幾胎，為唐家開枝散葉。

其實原本林氏已經習慣兒媳在外奔波，但豆豆急病當晚的情景卻深深烙印在她心裡。孩子痛苦的時候，只念著她這個娘親，然而她非但不能陪著孩子，還讓孩子被擄走，好一陣子才回來。關於這點，她實在很難原諒喬春。

沈思了半晌，林氏才開口道：「她一個女人家就該多生幾胎，把家裡的產業都交給你，畢竟你才是一家之主，怎麼能一直讓她一個女人當家作主呢？」

唐子諾不禁啞然，他現在才算真正明白了娘親為難四妹的原因，看來她對四妹的誤解可不是一般的深。

先不說自己對行商不感興趣，就算喬春把擔子交給他，他也未必擔得起來。現在唐家有的茶葉、茶具，以及未來的花茶、茶油、茶館，沒有一樣是他熟悉的，也沒有一樣是他能獨立處理的。娘親一定以為是四妹死抓著家業不放，所以才會對她有諸多不滿。

「娘，您誤解春兒了。她沒有不肯把家業交給我打理，她這是心疼我。」唐子諾解釋道。

林氏忽然抓住唐子諾的手，扭頭看著他，輕蹙著眉梢道：「心疼你？我看是你在幫她開脫吧？」

唐子諾坐到林氏身邊，握住她的手，直直看著她的眼睛說道：「我沒有幫她開脫。春兒一直獨自挑著這個家，是因為她知道我對這些不感興趣。她幫我開設義診館，是因為她知道我喜歡行醫救人。」

微微頓了一下，唐子諾看著林氏，意味深長地說：「如今為了豆豆，她更是沒日沒夜地規劃怎麼讓唐家成為大齊國首富。娘，您清楚她的為人。現在她需要的是我們家人的支援，哪怕是一句鼓勵的話。」

「可是，她一個女人家……」林氏已經被唐子諾軟化，但是她還是有些在意。

「娘，我已經決定要好好跟著春兒學習行商，以後我會跟她一起擔這個責任。至於生孩子這事，隨緣就好。孩子和父母也需要緣分，緣分到了，自然就有了，強求不得的。」唐子諾笑著拍了拍林氏的手，又加了一句：「要不，我努力一點？」

「噗！」林氏被唐子諾逗得笑了起來，伸手朝他頭上敲了一下，道：「你這臭小子，居然跟娘開起玩笑來。」

「唉，痛啊！娘……」唐子諾吃痛地摸著頭，嘛著嘴可憐兮兮地看著林氏。

林氏輕笑了一下，說道：「晚了，你回房去睡吧。你說的話，娘都記住了。」

唐子諾聞言，喜悅地站起身來說道：「娘，晚安！」

「嗯，晚安！」林氏應了聲，看著他的背影，突然喊道：「欸，等等。」

「娘，怎麼啦？」唐子諾停住了腳步，轉身疑惑地看著她。

林氏有些窘迫地看著他，暗示性地提醒他。「你要記得你說過的話。」

「什麼話？」唐子諾不解地問道。

林氏瞪了他一眼，咬牙切齒地說：「你說，要努力一點的。」

微微愣了一下，唐子諾看著林氏那副模樣，忍不住哈哈大笑起來，轉身一邊走一邊擺手道：「知道啦！不會忘記的。」

「呵呵，這個臭小子。」林氏不禁搖了搖頭。

坐在書桌前的喬春聽到開門聲，猛地抬起頭看向唐子諾，急切地問道：「怎麼樣？都跟娘解釋清楚了嗎？她有沒有生氣？她說了些什麼？」

唐子諾關上門，好笑地看著一張嘴問個沒完的喬春，一步步朝她走了過去，緩緩說道：「老婆，妳好像很緊張？妳一下子問這麼多問題，我要先回答哪個？」

喬春不滿地瞋了他一眼，噘著嘴道：「你現在是在嫌棄我問題太多嗎？還是在暗示我太囉嗦了？」

唐子諾失聲笑了起來，伸手揪著她嘟起的嘴唇，輕輕搖了搖。「為夫哪敢？我可是個對老婆唯命是從的好老公，老婆說一，我絕不說二；老婆說向東，我絕不往西；老婆說……」

「停。」喬春伸手搓了搓手臂，表情嫌惡地看著他說：「你能不能不要這麼肉麻？」

「老婆說停，我絕不喊停；老婆說不要肉麻，我絕對要肉麻；老婆說……」唐子諾一副若無其事的模樣，繼續說著繞口令。

喬春被他繞得頭皮發麻，忍不住站到凳子上，伸手揪著他胸前的衣服，道：「不是說我說一，你絕不說二的嗎？為什麼我叫停，你就絕不喊停？我說不要肉麻，你就絕對要肉麻？」

剛剛還在說什麼對老婆的話唯命是從，怎麼下一瞬立刻就變了？她倒要看看他還能說出什麼話來？

唐子諾委屈地拉開她的手，說道：「因為我一停就不能再說肉麻的話了，我一不說肉麻的話，老婆就會不開心了。」說著還可憐兮兮地瞅著她，彷彿在控訴她的無情。

「我什麼時候喜歡聽肉麻的話了？」喬春無視他的委屈，其實心裡已經笑翻了。她沒有生氣，純粹是順著他一起鬧著玩，也許這就是人家說的拿肉麻當有趣吧。

唐子諾拉著她的手放在自己肩上，伸手摟著她的腰，探頭過去俯在她耳邊柔聲說道：「妳不喜歡聽肉麻的話，那咱們就改成做些肉麻的事好不好？」

隨著他一番話呵出來的氣吹到耳邊，酥酥癢癢的，讓喬春不由得輕顫了一下。她將下巴抵在他肩膀上，說道：「你還沒回答我剛剛那些問題呢！」

「我回答完，咱們是不是就可以開始肉麻了？」唐子諾眼賊賊地討價還價。

這段時間實在太忙，他已經好久沒有吃過「肉」了。現在香噴噴的肉就擺在眼前，不吃太對不起自己了。

喬春輕輕點了點頭，想了一下，又道：「不過，如果你的答案讓我不滿意，我有權拒絕。」

唐子諾聽了，立刻苦哈哈地驚叫道：「不會吧？」

「難道娘還是生我的氣？你到底是怎麼說的？早知道我該自己親自去跟她解釋！」喬春聽到唐子諾的口氣，頓時著急起來，不禁後悔自己沒有親自去林氏房裡。

喬春想著，猛然推開唐子諾的身子，瞪著他說：「男人要是信得過，母豬都會上樹。」

唐子諾深邃的黑眸中閃過一道光，看著她道：「老婆，妳傷到我的心了。妳難道對我這麼不信任？妳必須跟我道歉，否則我就真的不告訴妳了。」

說著，唐子諾把嘴巴嘟得高高的，湊到喬春面前，意圖很明顯。

「你逗我玩的是不是？壞蛋，你這個大壞蛋！」喬春輕輕捶打唐子諾的胸膛，接著伸手圈住他的脖子，忽然往上一跳，一雙修長的腿緊緊圈在他腰上。

唐子諾笑著接住了她，柔聲道：「妳親我一口，我就告訴妳。妳一定不會吃虧的，相信我。」

喬春聽了，飛快地在他額頭上親了一口，有些緊張地看著他道：「親都親了，還不快點說？」

「這裡。」唐子諾不滿意地嘟起嘴。

喬春賞了他一個大白眼，重重往他嘴唇上撞了過去。

「好痛！你的門牙是大暴牙嗎？」或許是用力過猛，兩個人牙齒相撞，痛得他們忍不住倒吸了口氣。

唐子諾看著喬春吃痛的模樣，心疼地說道：「妳張開嘴，我檢查一下。」

「啊……」喬春很是大方地張開了嘴。檢查她的牙齒？保證她一口白牙會閃瞎他的眼睛！

「還不錯，整齊潔白。」唐子諾點了點頭讚道。

喬春神氣地努了努嘴，道：「你的，張開。」

「我的也要？」唐子諾微怔了一下，問道。

喬春點了點頭。「要，肯定要。」接著又用懷疑的眼光看著他。「別廢話那麼多，你不會是剛剛看了我的牙齒，現在自卑了吧？」

「啊……」聞言，唐子諾氣呼呼地張開了嘴。

喬春裝模作樣地看了一下，點了點頭道：「嗯，是沒有我的白，沒有我的整齊，沒有我的漂亮。這牙論長相、論氣質、論角度，確實不如我的牙齒。」

唐子諾聽了，不由得發愣。他可沒聽說過牙齒還要論長相、論氣質、論角度的，這是比牙齒，又不是在比美！

唐子諾看著喬春眸中的笑意，突然張開嘴對著她的脖子咬了下去。

「你幹麼？」喬春失聲叫了起來。

「咬妳。」

「喂，停下來。」

「妳的牙不是論長相、論氣質、論角度都比我的牙好嗎？我現在就跟妳論力度……」

「啊！你別咬……癢啊！呵呵！停下來……」

「太遲了，停不下來。」

「啊……」

不一會兒，房間裡燭光忽滅，人影交疊，一個旖旎的夜就此展開。

第一〇六章　榨茶油

吃過早飯以後，喬春便帶家裡一批娘子軍和鐵嬸子、虎子媳婦等人，一同去採了些油茶果回來，之後喬春陸續花錢請人四處採摘，以便為將來榨油做準備。

在合理的工錢面前，上山採摘油茶果的熱潮風靡了整個山中村，乃至全和平鎮、平襄縣，唐家的暗衛們也被喬春派到各地去收購油茶果。最後，錢財足足騰出錢府兩個院子和廂房來堆放那些從各地收購回來的油茶果。

做完了事前的準備工作，等錢財的人從西部學了榨油技術、購買器具回來以後，喬春天天都在錢府和唐家之間來回奔跑。在大夥兒的努力下，終於將那些油茶果全都榨成一桶桶金黃色的茶油。

錢家的倉庫裡，喬春、錢財、柳如風以及唐子諾等人看著那整齊擺放的木桶，回想起這些日子的忙碌，都露出了興奮又滿足的笑容。

喬春伸手撫摸那一個個嶄新的木桶，滿心喜悅道：「真像在作夢，現在我還覺得不太真實。我們居然在這麼短的時間內就摘光了整個平襄縣的油茶果，會不會太猛了一點啊？」

錢財含笑和唐子諾對視了一眼，說道：「不是作夢，是真的。四妹，妳可真不簡單。」

「不，這個功勞是大家的，靠我一個人怎麼可能弄出這些茶油來？」喬春連忙擺了擺手，看了看茶油，又看向錢財，問道：「三哥，這些茶油你準備怎麼出售？」

錢財輕輕笑了幾聲，轉眸看著她，道：「這些油是妳的，妳負責處理。」

喬春微微一愣，看錢財一臉認真，便知他不是在開玩笑。她沈思了半晌後，答道：「這些油不能低價賣。要不這樣，我回去設計一個包裝方案出來，我們再商量出售計劃。這些茶油還是當作兩家的產業一起處理吧。」

她涉水未深，一時之間不能太過招搖，目前步步為營才是真理。現在真正能露出水面來的，也只有還沒有人開設過的茶館。

「四妹，妳申請專利的圖騰有眉目了嗎？」錢財看了倉庫裡的茶油一眼，挑了挑眉問道。

什麼專利、方案、包裝，這段時間錢財從喬春嘴裡聽到不知多少遍。以前覺得她像個謎，現在則覺得她根本就是個深不見底的洞，或許……喬春真的是茶仙子下凡？

喬春立刻明白錢財的意思，她點了點頭說道：「我回去一併處理好，也該讓大哥幫忙了。不過三哥，再過十天，就是你和夏兒成親的日子了。要不，這些事等你成親後再處理吧？」

「沒關係，趁還有時間，把能做的事情處理一下也好。」錢財微微一笑。

柳如風打開了一個木桶蓋，俯首認真端詳著桶裡的油，說道：「春兒，這些油燒一些瓷器來盛可好？最好是送到京城去賣，那裡達官貴人多，我只要將它的益處散布出去，準會被一掃而空。」

喬春驚訝地看著柳如風，笑道：「義父，我正有此意呢，沒想到我們想到同一個地方去了！反正，京城那些達官貴人有的是錢，而且，有柳神醫背書，他們定是搶著要的。」

「哈哈哈！」柳如風捋了捋鬍子，仰頭哈哈大笑起來。

錢財贊同地點了點頭，說道：「這事就這麼定了。四妹，明天就把盛油的瓷器草圖給我吧，找人燒製需要一點時間。」

「這個我來負責。」一直都搭不上話的唐子諾將設計的活兒給攬了下來。

淺淺一笑，喬春看著他點了點頭，表示同意。

她也是近期才發現唐子諾的設計能力很強，一些存在她腦子裡的圖案，她只須大概跟他形容一番，他就能勾勒出來，而且還有他自己獨特的風格。

把這事情交給他，她放心！

唐子諾輕輕吹乾了宣紙上的墨印，將草圖挪到喬春面前，輕聲問道：「老婆，妳看看這盛油壺行嗎？」

由於兩個人都需要用書桌，所以他們在房裡加了一張書桌，兩張桌子合併在一起，面對面而坐。

喬春仔細看著草圖——白底的油壺身上勾畫著栩栩如生的山茶樹，樹枝上還結滿紅色的油茶果。這模樣很清新也很合適，讓人一看到外面的圖時，就能知道這東西是用什麼製成的。不過……好像少了點什麼？

瞇著眼認真地審視了一會兒，喬春終於知道少了什麼了。她抬眸看著唐子諾，伸手指著壺頸處說：「我們是不是可以在這個位置加一個壺耳？這樣倒油的時候會比較方便。」

唐子諾點了點頭，伸手接過草圖，平放在桌面上。他單手撐頭，眼睛一眨也不眨地盯著草圖，過了好久才提起筆，替油壺增加了兩個造型和線條都優美的壺耳。

「老婆，妳看這樣行嗎？」

目光一接觸到草圖時，喬春便立刻被唐子諾的設計給震得五體投地。她緩緩豎起了大拇指，笑道：「完美，既精緻又實用。老公，你簡直就是設計界的天才，要是在我們那裡，一定是大師級的人物！」

「呵呵！過獎了，妳才是真的厲害。」唐子諾笑著將宣紙挪到一邊，等它完全乾透。

之後兩個人不再說話，各忙各的活兒。

過了一陣子，喬春放下筆，站起來伸了伸懶腰，一邊甩著手腕，一邊隨意問道：「老公，你覺得我們的專利該用什麼圖騰？」

她想了好多圖案，可都不太滿意。

「春。」唐子諾輕輕吐出一個字。

喬春沒有聽清楚，問道：「什麼？」

唐子諾看了她一眼，隨即抽出一張紙，在紙上寫下一個形狀有些可愛的字，再將紙挪到她面前，說道：「就用春字。」

喬春怔怔地接過紙，看著紙上那個「春」字，突然明白了他的意思。她輕輕點了點頭，溫柔地看著他道：「好，就用這個字。」

春，一年之計在於春；春，寓意希望；春，也是喬春。

「我先把油壺的草圖送去給三弟，妳出去走走，不要一直坐著。要不，妳跟我一起去鎮上？」唐子諾站起來將油壺草圖收了起來，看著喬春問道。

喬春搖了搖頭。「我不去，我要去找夏兒。最近忙得腳不著地，趁現在還住在一起，想去跟她聊聊。」

這一個月來，她一顆心全放在茶油上，不管是長輩、小孩或自家姊妹，她都忽略了。現在也該抽出一些時間，好好陪陪他們了。

「好吧！我先走了。」唐子諾輕輕點了點頭。

喬春朝他揮了揮手，出聲叮嚀：「路上小心點。」

送走了唐子諾，喬春站在窗前，做了一會兒伸展運動，又重新坐了下來，迅速將她腦子裡的行銷計劃寫了下來，這才起身去找喬夏。

第一〇七章　喬春有喜

「嘔……」剛剛嚼嚥下的肉還沒進到肚子裡，喬春就乾嘔了一聲，隨即瞪大雙眼，丟下碗筷捂著嘴跑向後院。

唐子諾看著那道急促的背影，連忙放下碗筷跟了過去。「四妹，妳怎麼了？」

雷氏和林氏的眼神交會，眼裡同時閃過一道亮光，異口同聲道：「不會是有了吧？」

「有了?!」眾人不由得驚呼，眼底浮現出期待和喜悅。

唐子諾著急地跟著喬春跑進浴間，神色擔憂地幫她拍著後背。「老婆，好點了沒？是不是吃錯東西了？待會兒我幫妳看看。」

「嘔……」喬春無暇回應唐子諾，她俯身半趴在洗手檯上，膽汁都快吐出來了，好不容易停了下來，整個人已有些頭重腳輕。喬春手撐在洗手檯上，抬起蒼白的臉看著唐子諾道：「老公，我沒事，休息一下就好了。」

微瞇著眼，審視她蒼白如紙的臉蛋，唐子諾蹙緊了眉，柔聲說道：「走，我先扶妳回房休息一下。」

待會兒他得好好替她把一下脈，這一個月來為了茶油的事天天忙得不可開交，哪吃得消？自己真該快點上手才是，好多替她分擔一些。

「我自己進去就可以了。二哥，你還是先去吃早飯吧。」走到房門口，喬春攔住唐子諾，抬眸朝他淺笑。

唐子諾推開房門，扶著喬春朝裡面努了努嘴道：「我先幫妳把脈。」

喬春看他一臉嚴肅，無奈地搖了搖頭，乖乖靠在他身上踏進房裡，內心洋溢著滿滿的幸福。

「到床上躺著。」唐子諾看著在桌邊停下腳步的喬春，很是堅持地說道。

喬春蹙著眉安撫道：「我坐一下就可以了，沒那麼嚴重，你別這麼緊張兮兮的，自己嚇自己。」

不就是嘔吐嗎？又不是吐血，真不知他幹麼這麼嚴肅？

「到床上躺著，這樣我才放心。」唐子諾淡淡說道，語氣不容拒絕。

喬春拿唐子諾沒轍，又想讓他安心，便不再堅持，柔順地走向床邊。

躺在床上，喬春抬眸看到唐子諾瞇著眼專心把脈，被他俊逸的臉龐、專注的神情給牢牢吸引，移不開自己的眼睛。專心做事的男人，真的很有魅力啊……

唐子諾反反覆覆診脈，直到確定每次結果都一樣以後，表情更為嚴肅了。他眼睛定定看著喬春，看得她心裡不由得七上八下，忍不住懷疑自己是不是得了什麼不治之症。

喬春只覺喉嚨乾渴，整顆心都提到了嗓子眼。她艱難地嚥了口口水，清清嗓子，看著他問道：「老公，我怎麼啦？很嚴重嗎？」

「嗯，很嚴重。」唐子諾望著她，深深地凝望著那雙讓他著迷的明眸。

喬春緊張地抓著他的手，焦急問道：「有多嚴重？你跟我說實話吧，我挺得住。」

「關乎人命。」唐子諾看著一臉緊張的喬春，也不想再逗她了。只是她的身體還沒調養好，這個時候懷上孩子，真不知該喜該憂。女人懷孕需要精血，她現在就吐得這麼厲害，實在讓人擔心。

孩子雖然重要，但他更在乎她。現在看來得跟義父商議一下，設法把她的身子骨養實一點。

「關乎人命？」喬春眉頭皺得緊緊的。完了，難不成她真的要……

「妳有喜了。」唐子諾見喬春一臉苦惱，不禁責怪自己剛剛起了逗弄她的心思。這會兒她一定被嚇壞了吧？

唐子諾不禁在心裡狠狠斥責自己，他緊緊握住喬春的手，柔情款款道：「老婆，以後妳別再這麼操勞了，把事情都交給我吧。妳指揮，我行事，咱們聯手做一對橫掃商場的夫婦，好不好？」

喬春久久沒從剛剛的驚嚇再到驚喜中回過神來，她愣愣地看著他，像是在確認唐子諾說的話是不是真的。

「你說的，是……真的嗎？」喬春猶豫了半晌，才緩緩開口。

「如假包換，妳真的有喜了。」唐子諾直直看著她，肯定地說道。
喬春眨了眨眼，一個翻身坐了起來，看著他緊張地問道：「我真的懷孕啦？」
唐子諾這才發現喬春似乎有點不太高興，而且滿困擾的樣子，他皺著眉問道：「老婆，妳是不是不高興？」
「沒有，我只是在想，孩子如果等三年後再來就更完美了。」喬春搖了搖頭，輕聲說出自己的想法。
現在正是創業初期，要做的事情太多，如今又懷了孩子，她擔心會影響事業擴展進度，賠上豆豆的自由。
不過，有了孩子畢竟是件開心的事，因為這是她和唐子諾愛的結晶，這點不會有錯。眸中閃爍著喜悅，喬春深情地看著唐子諾說道：「老公，我很開心。我一定會好好吃飯、睡覺，絕對不會虧待孩子的。」
「老婆，我也很開心！」唐子諾一掃內心的擔憂，開懷地說道。
喬春幸福地微笑著，忽然覺得有些睡意，便道：「你先去吃早飯吧，我睡一下。」
唐子諾點了點頭。「好，我會順便告訴大家這個好消息。妳先好好休息一下，待會兒我會讓人到鎮上買些水果回來，妳要是吃不下油膩的飯菜，就多吃些水果，等害喜這段時間過了，胃口就會變好。」
「我知道了。」對於唐子諾的細心，喬春很是感動，不過她也打趣道：「這方面我比你有經驗，你不用擔心我。」

唐子諾笑著捏了一下她的鼻子。「那我先去吃早飯。」

「去吧。」喬春揮著手，只想催唐子諾出去，好讓自己能快點休息。

輕輕蹙著眉，唐子諾看著喬春那副趕蒼蠅的架勢，語音拉得長長地問道：「那我真的走啦？」

「噗！你再說下去，我就別想睡了。」喬春看唐子諾那委屈的神情，忍不住笑出聲來。

「好吧，我這就去。」

「嗯。」

轉身關上房門，唐子諾臉上堆滿笑容，眉宇之間滿滿都是幸福。他才剛踏進偏廳，大夥兒便整齊地朝他望了過去，投以期待的眼光。

林氏緊張地看著唐子諾，迫切問道：「春兒呢？她是不是有喜啦？」

嘴角高高翹起，唐子諾點了點頭，嘴角帶笑地證實道：「一個月了。」

「感謝菩薩保佑，感謝菩薩保佑啊！」林氏雙手合十，滿心喜悅地感謝上蒼。

全家人聽到這個消息，一個個笑得比花還燦爛，頓時對未來充滿了更多期盼。

大棚裡的花苗已經育上，種大葉茶的牛頭山還在開墾，喬春害喜的這些日子，唐子諾都是一個人忙進忙出。

「回來啦？最近辛苦你了。」喬春走到唐子諾身後，看他正俯首勾畫牛頭山的茶園區域圖。

唐子諾放下筆，轉身笑吟吟地將喬春的手包在手心，暗暗用內力幫她暖手。「手怎麼這麼冰？妳天生怕冷，記得多穿件衣服。妳現在可不是一個人，小心一點。」

喬春噗哧一聲笑了出來。這人怎麼愈來愈囉嗦了，像個老媽子似的。不過，那源源不斷的熱能，不僅熱了她的手，也暖了她的心。

微微垂首，喬春看著唐子諾明顯的黑眼圈，不禁心疼道：「黑眼圈都跑出來了！晚上早點睡，資料別看太久。」

唐子諾為儘快上手，最近白天在外奔波，晚上則在房裡翻看各種資料。一開始喬春還以為他會覺得這些東西了無趣味，誰知他竟像上了癮似的，翻開了就不願再合起來，不僅細細研究，還能悟出一套自己的想法。

唐子諾抿唇一笑，順手將喬春抱進懷裡，讓她坐在自己腿上。他摟緊她，深深吸著她身上淡淡的幽香，頓覺所有的壓力、疲憊消失得無影無蹤。

「我不累，妳能堅持的事情，我也一定可以。」說著唐子諾頓了頓，突然把嘴巴湊到她耳邊低聲說道：「如果妳要我上床抱著妳睡的話，我一定遵從。」

「呵呵，我正好缺個暖爐！」喬春勾了勾唇角笑道。

這些天他都是等她睡著了以後才上床抱著她睡的，等她醒來時，他早已起床，讓她很是不習慣。

唐子諾將喬春摟得更緊，低頭在她髮間輕輕落下一吻，柔聲輕喚：「老婆。」

「嗯。」喬春輕輕應了聲。

高高翹起嘴角，唐子諾有些喜不自勝地說道：「老婆，告訴妳一個好消息，我們的茶油三天就被一搶而空，最後一天價格還翻了三倍。」

「哦。」喬春的聲音聽起來很淡然。

唐子諾吶吶地看著她，聽到這件事，不是應該會很驚喜嗎，她的反應也太平淡了吧？她是沒聽清楚自己說的話嗎？

「老婆，我們的茶油三天就被一搶而空，最……」

「最後一天價格還翻了三倍。」喬春很順地接下他的話，又道：「如果這麼好的東西不賣光，那就是我們有問題了。」

「哦。」唐子諾悶悶地應了聲。

喬春轉過頭親了他一口，說道：「二哥，我好開心哦！」看著他愕然的表情，喬春好心地解釋：「我不是不開心，而是我一開始就知道結果會是這樣。不過……最後一天怎麼才翻了三倍？」

翻了三倍還嫌少？唐子諾怔怔地看著她，他記得她以前不是那麼愛錢啊？

「老婆，翻了三倍已經很多了。」唐子諾好笑地看著喬春。

喬春噘起嘴，理直氣壯道：「一點都不多，那些人根本就不在乎這些錢，你不宰他，他也會到處揮霍。不如給他們機會做好事，為豆豆的自由貢獻一點力量。」

京城中凡買得起茶油的人都是達官貴人，那些人平時就已揮霍成性，不差這一點錢。

「老婆，妳有沒有想過，想要換得豆豆的自由，也許還有其他辦法。」唐子諾知道喬春不喜歡再走行商這條路，也覺得應該還有其他辦法，他不太明白為什麼她甘心放棄自己理想中的生活。

「身教重於言教。」喬春淡淡說道。

她要讓果果和豆豆明白什麼是誠信守諾，要讓他們知道答應別人的事情，就要全力以赴。

唐子諾一聽，將喬春摟得更緊了。有她在，自己真的可以少操很多心，果果和豆豆如今這麼懂事體貼，都虧她教導有方。感謝老天將她送到他身邊，這輩子有她，他什麼都不缺了。

第一〇八章　喬夏成親

這一天，唐家到處掛著紅綢和燈籠，貼著大紅囍字，一片喜氣洋洋。一大早，家裡就熱鬧滾滾，孩子們開心地穿梭在院子裡，鄉親們幫忙的幫忙，觀禮的觀禮。

喬春早早就來到喬夏的房裡，只見喬夏端坐在銅鏡前，身上穿著大紅色繡著金絲鳳凰的喜服，一雙晶眸水靈靈的，嬌美的臉蛋上塗上了淡淡胭脂，蔻丹點出令人銷魂的紅唇。

喜婆站在喬夏身後，放下她一頭烏髮，拿起一把木梳緩緩地從髮端梳到髮梢。喜婆一邊梳著，一邊聲音嘹亮地喊道：「一梳梳到尾，二梳白髮齊眉，三梳兒孫滿堂。」

喬夏看著鏡子裡的眾人，想到自己就要離家出嫁，眼眶微微發紅地說道：「大姊、秋兒、冬兒，以後爹娘就勞妳們多照顧了。」說著，眼角溢出了晶瑩的淚珠。

「唉唷，剛上好了妝，新娘子可千萬別哭花了臉。」喜婆著急地看著喬夏，轉過身看著喬春等人說道：「姊妹們勸一下吧。」

喬春走過去，抽出手絹溫柔地幫喬夏拭去眼角的淚水，彎唇淺笑道：「夏兒，別哭啦！今天是妳的大喜日子，要開心一點，妳要是哭得眼睛腫腫的，就不漂亮了。鎮上到這裡不遠，我們要過去也很容易，妳的房間大姊會幫妳留著，妳隨時都能回來。」

「嗯。」喬夏點點頭，鼻音濃重的應了聲。

看她止住了淚水，大家開始說說笑笑，看著喜婆熟練地幫喬夏梳起複雜的髮型，再配戴上各種飾物。

也不知道過了多久，外面開始變得人聲鼎沸，打扮完成以後到床沿上端坐著的喬夏，一顆心不禁怦怦怦亂跳動，像要從嗓子眼跳出來似的。

「來了！大阿姨，三舅舅來接妳了！」豆豆從外面跑進喬夏的房裡，喘著氣說道。

當豆豆走近床邊，看到一身盛妝打扮的喬夏時，又是羨慕又是驚訝地稱讚：「哇，大阿姨，妳今天好漂亮哦！」

「豆豆，妳的意思是大阿姨就今天漂亮，以前不漂亮嗎？」喬冬笑著逗起豆豆。

豆豆想也沒想便應道：「以前也漂亮，不過，今天最漂亮。」

大夥兒聽了都開懷大笑，眼睛整齊劃一地看向喬夏。

喬春注意到喬夏一雙手放在膝蓋上，手指緊緊絞在一起。她一定很緊張吧？不過，這會兒也該是最幸福的。守得雲開見月明，馬上就要嫁給相愛的人了，自然緊張又幸福。

「新郎來接新娘子了！」站在門邊張望的果果高興地跳起來鼓掌。

喬夏聽到果果那歡快的聲音，不由得更緊張，想抬頭看門口，又害羞地垂著頭，生怕會惹來桃花她們笑話。

雷氏從外面走了進來，臉上帶著笑容，滿意地看著喬夏道：「夏兒，來，讓娘親送妳出閣。」

「娘。」喬夏看著笑容滿面的雷氏，喉嚨突然一緊，水氣驟凝，淚水毫無預警地掉了下來。

雷氏的眼淚也掉了下來，她隨手擦了擦，說道：「夏兒，快別哭了，要是把妝哭花了，就不好看了。」說著連忙抽出手絹，輕柔地幫她擦拭眼淚。

「快點把蓋頭蓋好吧，可不能誤了吉時。」喜婆急聲催促道。

雷氏笑看著喜婆替夏兒蓋上喜帕，拭乾眼淚，滿意地點了點頭。女兒能嫁給一個彼此相愛的人，她真的很高興！

「夏兒，娘這就牽妳出去，親手將妳交給妳的良人。娘祝你們白頭偕老，兒孫滿堂。」話落便和喜婆一人一邊扶著喬夏走出房間，慢慢走向大廳。

「新郎進門啦！」隨著一聲吆喝，院子裡響起噼哩啪啦的鞭炮聲，隨之而來的是陣陣嗩吶聲。

錢財滿臉欣喜，他有些迫不及待地朝拱門方向望去，只見伊人一身火紅喜色，頓時一顆心被滿滿的暖意給包裹住。

錢財看到在雷氏和喜婆牽引下，緩緩走過來的喬夏，嘴角不禁高高揚起。雖然此刻看不見她的面貌，可他知道那紅蓋頭下的玉容肯定無比嬌美。

錢財覺得自己的心快要跳出來了，他好害怕自己的心疾會在這個時候復發。站在他身旁的皇甫傑和唐子諾感受到他的緊張和不安，分別伸手拍拍他的肩膀，無聲給予他力量。

「姑爺，您快牽著新娘子的手啊！」喜婆看到錢財高興得整個人都呆住了，趕緊輕聲提醒他。

錢財這才如夢初醒，伸手接過喬夏那柔軟無骨的小手，感覺全身有如被電擊一般，微微發顫。

夏兒輕輕將自己的手交付到那寬厚暖和的大掌中，內心覺得很是踏實溫暖，方才那股緊張頓時消失得無影無蹤，嘴角忍不住浮現出一抹笑容。

村裡的大夥兒隨著迎親隊伍，紛紛擠進唐家大廳，一時之間人頭攢動，熱鬧不已。

剛剛牽著喬夏出閨房的雷氏，這會兒已經笑咪咪地和喬父一起端坐在主位，等待新人拜禮。

「吉時到！」隨著一聲吆喝，院子裡又響起鞭炮聲和嗩吶聲。

「行禮！拜別父母！」

在喜婆和錢財引導下，喬夏跪下和爹娘拜別。

雷氏再也忍不住，眼淚撲簌簌地掉了下來。她走過去緊緊握住喬夏的手，交代道：「以後要好好做錢家的媳婦，記得要孝順公婆。」說著頓了頓，紅著眼看向錢財道：「錢財，我把我家夏兒交給你了。」

「娘，您放心，我一定會好好愛護夏兒的！」錢財堅定地說著，他握著喬夏的那隻手更緊了，這輩子，他不會輕易放開她。

唐家一片喜氣洋洋，眾人目送新人離開。

錢府

相較於前院的人聲鼎沸、座無虛席，錢財居住的「水榭閣」則顯得寧靜許多。屋簷走廊上掛滿紅燈籠，窗戶上到處貼著大紅囍字，新房裡不時傳來愉悅的笑聲。

喬夏端坐在床沿，頭上的紅蓋頭在送入洞房後就被錢財掀了開來。想到那個一身喜服，眉眼含情的人如今已是她的夫君，喬夏心裡就有說不出來的滿足。那個她默默愛慕數年的男子，終於回應她的情感，也讓她走進他的心裡。

「二姊，妳的樣子好像是……少女懷春啊。」喬冬從桌邊跳到床邊，像是發現新大陸似地盯著眉眼含笑的喬夏，撓著頭想了好久，才吐出後面四個字。

聞言，喬夏微張著嘴，愣愣地看著她，整個人傻住了。

喬秋則是沒好氣地瞪了喬冬一眼，看著又是愕然又是羞澀的喬夏，走過去賞了喬冬一記爆栗，怒道：「平時叫妳多讀些書，偏偏就是愛玩。不會說話就到一旁待著去，別在這裡鬧二姊。」

說完，她轉眸笑嘻嘻地看著喬夏說道：「二姊，妳還記得巧兒姊姊成親的時候吧？那時我們玩得可開心了！」

喬夏抬眸羞答答地瞥了喬秋一眼，輕聲道：「三哥身體不太好，還是別太鬧了吧？」

「不行！」屋內眾女異口同聲反對。

大腹便便的巧兒反應更是激烈，這麼不公平的事，她可是一千個、一萬個不同意。想當初她們怪招盡出的鬧洞房把戲，可是把錢歸折騰得不輕。現在好不容易風水輪流轉了，她可不願錯過這齣好戲。

巧兒清了清嗓子道：「我們這些個好姊妹，以後不管是誰成親，都必須按上次妳們鬧我洞房的標準來玩，只許甚之，不可遜之。」

眾人不約而同將眼光投向巧兒，見她笑得不懷好意，未成親的姑娘們一個個都渾身冒冷汗。

喬春優雅地轉動手裡的空茶杯，抬頭看著她們，語氣懶懶道：「我同意巧兒的意見，湘茹，妳呢？」

「好啊！」杜湘茹不作細想，爽快地應了下來。

杜湘茹今天很開心，畢竟這是她第一次看到新娘子，也是第一次參加婚禮。至於她這麼開懷的真正原因，是因為知道自己和皇甫傑並不是同父異母的兄妹。

之前聽太后說起上一輩的事情，嚇得她和大哥馬不停蹄趕回「天下第一莊」去向風勁天求證真相。風勁天很是嚴肅地告訴他們，她和風無痕都是他的親生骨肉，跟皇室一點關係都沒有。只不過，當他聽說杜湘茹和皇甫傑的事情後，似乎不是很樂見其成。

杜湘茹為此有些悶悶不樂，而風無痕見她在「天下第一莊」過得不是很開心，又收到皇甫傑傳來的信，說是他的三弟成親，想請湘茹過去參加，風無痕便勸服了風勁天，親自將她送到逍遙王府。

為了紀念杜月兒，風勁天並未要求杜湘茹改姓風，而是讓她繼續姓杜——想到這些，杜湘茹有些感慨。爹娘相愛卻不能相守，只能怪命運捉弄，但在機緣巧合之下，她卻和皇甫傑雙雙動了心。現在她只希望爹爹能真心同意他們，也願有情人都能終成眷屬。

說到鬧洞房一事，在梅林谷長大的杜湘茹根本就不知道是什麼意思，不過喬春做事向來可靠，對自己也很親切，她便憑直覺應了下來。如果她當初見過錢歸的慘狀，只怕她不會答應得這麼爽快。

彎起唇角，喬春朝杜湘茹點頭笑了笑。

真好，又拉了個人下水。以後湘茹和大哥成親時，她們就可以理直氣壯地鬧洞房了。只許甚之？哈哈，她有千千萬萬個捉弄人的好點子！

「好啦！這事就這麼定了。」喬春朝巧兒眨了眨眼，笑道。

巧兒明白了她的意思，也彎唇輕聲笑了起來。

喬春輕輕摸了摸肚子，看著喬冬笑道：「冬兒，妳們的主意都想好了嗎？今晚妳們玩就好了，我有些累，在旁邊看就好。」

喬冬一聽，連忙轉身看著桃花和喬秋問道：「我們今晚玩些什麼好呢？」

「大姊，妳不參加？」喬秋沒有回答喬冬的話，而是轉眸看著喬春。她那夾帶著失望的眼神，彷彿在說：妳不參加，那多沒勁啊！

喬春點點頭，道：「不了，我有些累，想坐著。」

她才沒那麼傻！錢財一定會事先請唐子諾要她別鬧，與其讓他囉嗦，她還不如提前退出。有時坐著看戲，遠比自己演戲要有意思多了，她相信喬冬她們不會讓她失望的。

「哦。」喬秋不大情願地應了聲，接著便轉身，幾個人圍在一起嘰嘰咕咕商議著。

過了半晌，喬夏坐立不安地看著她們，正準備求饒時，她們就轉過身，眼神賊亮地看著她，有些不懷好意地笑道：「二姊，待會兒妳可得好好配合，不能因為心疼二姊夫，就罔顧咱們的姊妹情。」

這事要是得不到喬夏的配合，可不容易進行。

「妳們想要做些什麼？可……可……可不能太過了哦。」喬夏驚疑不定地問道。她們的眼神和笑容讓她有種毛骨悚然的感覺，可想而知，她們一定是想到什麼捉弄人的主意。

亮晶晶的大眼睛眨巴了幾下，喬冬噘起嘴，瞅著喬夏不滿地說道：「二姊，妳可真不念姊妹情誼，現在剛成親，就整顆心都放在二姊夫身上。我們還沒開始呢，妳就心疼了，這可真讓姊妹們心寒啊！」

說著，喬冬雙手撫著胸口，一副傷心欲絕的模樣。

眾姊妹見喬冬如此，隨即有默契地配合她，一個個都蹙緊秀眉，埋怨中帶著指責地看著喬夏。

喬夏進退兩難地看著她們，伸手揉了揉眉心。她不過就是提出一個小小的請求，不答應就罷了，怎麼她們一個個看她都像是她幹了什麼十惡不赦的事情一樣？

「好吧！妳們待會兒要做什麼我都配合，絕不說二話，這樣夠意思了吧？」喬夏無奈地雙手一攤，輕輕嘆了口氣。

「嗯，二姊果然最講義氣！」眾姊妹紛紛點頭如搗蒜，十分滿意喬夏的回答。

巧兒站起來向喬冬等人招招手，說道：「走，我帶妳們去準備東西。」

眾人聞言魚貫而出，紛紛摩拳擦掌。

喬春搖了搖頭，暗道：可憐的三哥，就算我不摻和，她們也不是吃素的啊，你就自求多福吧！

過沒多久，巧兒便帶著幾個姑娘們樂呵呵地回到新房，把那些神秘武器全都藏在廳裡。

就在她們齊齊盯著房門時，錢財在皇甫傑、唐子諾和錢歸的陪同下，身子微晃地走了進來。

「呃……」錢財一踏進新房，看著對他點頭微笑的女眷們時，頓覺背脊冰冷，眸中浮現濃濃的防備，他的目光一一掃過每個人，問道：「妳們不是回去了嗎？」

「二姊夫，這麼不喜歡看到我們？」喬冬表情很是受傷地看著錢財。

「這……」錢財看著她們不懷好意的笑容，臉上布滿黑線，額頭上也沁出細密的汗珠。

「二姊夫，今天是你和二姊的大喜日子，眾姊妹們是特地來向你們表示祝賀的，但你這副神情，怎麼像是見到了瘟神一樣？」勾了勾唇角，喬冬看著一臉惴惴的錢財，像是受了天大委屈似地說道。

「哪有這種事情？我……我這是高興！嗯……很高興。」錢財口是心非地應道，心中不禁嘀咕：妳們這樣子，擺明了就是不懷好意啊……

錢財遠遠望了正端坐在床沿上的喬夏一眼，又抽回目光看著喬冬等人道：「祝福我收了，心意我領了，妳們是不是……」說著他輕輕用手肘碰了唐子諾一下。

「咳咳……」唐子諾輕咳了幾聲，朝喬春走過去，溫柔地看著她道：「四妹，妳累了一整天了，咱們回去休息吧。」

喬春了然地看著他笑道：「好不容易盼到湘茹和大哥來，咱們今晚就在錢府住下了，待會兒咱們幾個好好敘敘舊。」

唐子諾果然如她所料來說服她了，不過，想支開她，可沒那麼容易。

錢財又用手肘碰了碰皇甫傑，皇甫傑會意過來，連忙走到杜湘茹身邊，含笑看著她道：「湘茹，我們跟二弟他們去外面敘舊吧？」

杜湘茹臉上逸出一抹輕柔的笑容，微微搖頭道：「桃花要我等她們，我們決定晚上一起聊聊姑娘家之間的話。」這意思再明白不過：桃花她們不走，我就不走。而且，要走也不是跟你一起走，我已經有約在先。

喬春朝杜湘茹丟了一個「妳很上道」的眼神，再偷偷朝喬冬眨了眨眼。

「二姊夫，你就這麼不歡迎我們嗎？一開口就趕我們走！我看你根本就不高興我們來這裡。」喬冬接過喬春的暗示，抑鬱不歡地看著錢財。

「呵呵！真的沒有！」錢財無奈得很，硬是扯出一道比哭還難看的笑。

「那……妳們想怎樣？」錢財心知今晚她們不會輕易放過自己了，乾脆開門見山地問道。

喬冬眼眶紅紅地看著他，吸了吸鼻子道：「你要賠償我們的心靈受傷費。」

「好，我賠。」錢財點了點頭，默默在心裡補上一句：只要妳們快點離開，別做什麼捉弄人的事，我什麼都可以補償。

喬冬聽完後，一掃剛剛的鬱悶，臉上綻放出燦爛的笑容。「趁著今天這個好日子，我們來玩個小遊戲，可以嗎？」

能不可以嗎？到了這個地步，他哪敢再說個「不」字？錢財點了點頭，一副豁出去的樣子，說道：「妳們想玩些什麼，就開始吧。」

「呵呵，冬兒，妳們快點，我在這裡等著。」喬春牽著杜湘茹坐了下來，兩個人開始愜意地品茶。

唐子諾和皇甫傑好氣又好笑地對望了一眼，兩個人有默契地朝錢財看去，眼中有笑意、有同情，更多的，是無可奈何。

方才喝了那麼多酒，他們也想坐下來喝茶了。於是唐子諾跟皇甫傑兩人輕掀長袍，優雅地坐了下來，錢歸也走到巧兒身邊站著。

不一會兒，喬冬和喬秋就拿著工具走了進來。

錢財緊擰眉梢，看著喬冬和喬秋手裡的東西，不禁額頭冒汗。這個裝菜用的盤子還有那新娘穿的喜裙，是要用來做什麼的啊？

喬冬笑嘻嘻地拿著手裡的盤子，對冷汗涔涔的錢財笑道：「二姊夫，你和二姊走到房間中央來。」

「這個是什麼？」錢財吃驚地看著喬冬。她們到底要玩什麼啊？

喬冬像是看怪物似地瞪著他，說道：「盤子。」

「做什麼用的？」錢財挑了挑眉，白了喬冬一眼。他當然知道這是盤子，他是問要用它來做什麼。

喬冬滿臉黑線地看著錢財，不禁懷疑他到底是不是她以前所認識的三哥？她忍不住火大怒道：「盤子當然是用來裝菜的啊！」

「我是問妳拿它準備做什麼？」錢財比她還火大，一向克制力很強的他，居然在新婚之夜被自己的小姨子破了功，因為喬冬正用像是看白癡一樣的眼光盯著他。

喬冬忍不住縮了縮脖子，語氣緩和了不少，道：「你和二姊走到房間中央來，不就知道了嗎？」

錢財無奈地走到房間中央站定，看見喬夏正慢慢朝自己走過來，他的眼神不由得變得溫柔，內心的鬱悶也一掃而空。

好吧，為了不辜負良辰美景，他豁出去了，就陪她們玩吧！

喬冬從桌上拿了一塊桂花糕，從中間掰開，放到盤子中間。她嘴角含笑，走到他們中間說道：「我端著盤子站在中間，你們兩個人各自用嘴吹一塊桂花糕到對方嘴裡。」

看到錢財和喬夏愣愣的模樣，喬冬好心解釋道：「吹到盤子邊緣時，你們用嘴接著，由另一個人把糕點吹進去就行啦。」說完便忍不住笑了出來。

唐子諾和皇甫傑飛快對視了一眼，看著已經面對面站好的錢財和喬夏一臉尷尬，忍不住輕笑起來。

「這個很容易對吧？」喬冬邀功似地說道。

容易？確實太容易了一點，不如收手別玩了吧？錢財在內心吶喊著。

喬冬當然沒聽到錢財的內心話，她看了他們一眼，抿嘴輕笑。「二姊夫、二姊，來吧。」

說完她轉過頭看向喬秋，道：「三姊，妳來數數，要是數到五十下，他們都沒有將盤裡的桂花糕吃下肚的話，就讓二姊夫穿上妳手裡的裙子，為漂亮的新娘子跳一支舞。」

錢財只覺頭頂飛過一群烏鴉。要他當著眾人的面穿裙子跳舞？天啊，誰來救救他！

喬夏聽到喬冬的話也是很吃驚，一臉不可置信的看著她。早知道遊戲規則這麼苛刻，她說什麼都不會與她們同流合污。

喬夏抬眸滿懷歉意地看著錢財，正好錢財也低頭朝她看了過去。當他瞧見她眼底的歉意時，內心不禁流過一股暖意。他勾了勾唇，逸出了一抹「沒關係」的笑容。

其實這個遊戲無傷大雅，反正大家都是自己人。反正這裡還有好幾個沒成親的，他自有機會捉弄回去。

喬冬感覺到一抹不懷好意的眸光朝自己射了過來，心中一驚，連忙甩了甩頭，清脆地喊道：「開始！」

喬夏和錢財對望，互相給對方一個鼓勵的眼神。接著鼓起腮幫子，用力吹起盤子上的桂花糕。

「一、二、三……四十八。」喬秋目不轉睛地看著錢財和喬夏，眼看就要數到五十時，卻看到盤子裡已經空空如也。她看著同樣一臉錯愕的喬冬，吶吶地問道：「吃下去啦？這麼快？」

喬冬失望地點了點頭。唉，失算了，早知道就數到三十！

唐子諾和皇甫傑看著女眷們一臉失落，忍不住輕笑起來。

喬春倒是不喜也不憂，她的眼光不停在喬夏和錢財身上來回打量，看到他們夫妻同心，她也感到很欣慰。

第一關的失敗直接決定第二關沒得玩，玩心重的喬冬等人不禁覺得有些掃興。慫恿大家一起笑鬧著讓新人玩吃蘋果的遊戲後，便退出了新房，把時間跟空間留給了這對有情人。

錢財目送她們離開後，轉首情意濃濃地看著喬夏，牽著她舉步走到桌邊，拎著酒壺，倒了兩杯酒。他輕笑著將酒杯遞到她手裡。「娘子，咱們來喝交杯酒吧。」

「嗯。」夏兒聽著錢財那聲溫柔的「娘子」，頓時猶如置身雲端，整個人都輕飄飄的。她低聲應了一下，便接過酒杯，兩個人手臂交叉喝下這杯交付彼此未來的交杯酒。

「夏兒，對不起。」坐在新床上，錢財怔怔地看著喬夏美麗的臉龐，輕聲道歉。

喬夏心中一驚，滿臉錯愕地看著錢財。他這個時候說對不起是什麼意思？難道……

「妳別亂想，我是指對不起，讓妳等了這麼久；對不起，之前傷了妳的心。」錢財深情款款地看著喬夏，緩緩吐露自己的心聲。他看見喬夏頸間那抹白皙細膩的肌膚，喉結不由得輕輕上下滾動。

「夜深了，娘子，咱們還是早點歇息吧。」錢財溫柔地說著，伸手輕輕挑開喬夏喜服上的盤扣。

隔著厚厚的衣裳，喬夏仍舊能感覺到錢財那雙手很炙熱，她不禁緊張地扭絞著手指頭，臉上熱辣辣地燒了起來。

忽然間，錢財的吻鋪天蓋地地落了下來，掃過喬夏的額頭、眉毛、臉頰、耳垂、紅唇、頸脖、鎖骨……

喬夏緩緩閉上眼睛，靜靜承受錢財的唇落在她每一寸敏感的肌膚上，感受陌生的激流在體內流淌。她忍不住顫抖著迎合，輕喚他的名字……

新房內，龍鳳燭仍在燃燒，紅羅帳卻已垂落了下來。兩道交纏的影子映在帳上，那樣的纏綿蝕骨……

所有的一切，都在這一刻得了綻放和昇華。

出了新房以後，幾個姑娘便回房休息去了，留下喬春跟唐子諾，還有皇甫傑與杜湘茹這兩對在涼亭裡小聊片刻。

夜風吹過，喬春不禁顫抖了一下，她伸手攏了攏身上的披風，看了皇甫傑和杜湘茹一眼，關切地問道：「湘茹，妳的事情都確認了嗎？」

不用問得太清楚，杜湘茹也能立刻明白喬春的意思。她輕輕地點了點頭，眉目含笑的偏過頭看了皇甫傑一眼，說道：「我爹說沒有我們擔心的事情。不過……」

「不過什麼？」喬春一臉著急地看著杜湘茹。

杜湘茹用眼尾餘光覷了皇甫傑一眼，眼底噙著笑意說道：「不過，我爹說了，皇家男子非良人，他說他會幫我找一個值得託付終身的人。」

「想都別想。」皇甫傑雙眸一沈，倏地站了起來。

杜湘茹瞥了他一眼，淡淡道：「婚姻大事，向來都是父母之命，媒妁之言。」

「我這次回去就奏請皇兄賜婚。」皇甫傑聽到杜湘茹的話，勾了勾唇笑了。

以前他總不願皇兄為他賜婚，不過現在既然她要父母之命、媒妁之言，那他就請旨賜婚。反正，不管用什麼辦法，他都要娶她為妻。

杜湘茹看著湖面，眼神悠遠，不知在想些什麼。過了半晌，她才輕嘆了口氣，幽幽道：「我爹說，他和我娘的幸福就是毀在皇家那無比榮譽的賜婚中。」

如果不是先皇指婚，或許她娘就不會抑鬱而終，她爹娘就能是一對神仙眷侶，她和他……也不會有所交集。

如今與他這段相遇，再回想起往日爹娘的不幸，杜湘茹不知自己應該感謝先皇，還是要恨他？

「湘茹，給我時間，我一定會給妳想要的生活。」皇甫傑握住杜湘茹的手，緊緊包在手心裡。

他知道上一輩的愛恨糾葛一定會影響他們，而她也一定不會喜歡皇家生活。幸好他早已有了歸隱的打算，只是那樣的生活需要時間來達成。

杜湘茹聞言一愣，眸中迅速染上水氣，柔情款款地望向他，皇甫傑亦同。他們兩個人就那樣情不自禁，旁若無人地將眼神交纏在一起。

喬春和唐子諾只是靜靜看著，沒有出聲。此時湖面上一陣冷風吹來，喬春不禁縮了縮脖子，將披風拉得更緊了一些。

「走吧，這裡風大，我們回房休息。」唐子諾牽過她的手站起來，沒有跟皇甫傑打招呼，便牽著喬春默默離開了涼亭。

第一〇九章　深情呼喚

日子一天天過去，轉眼間，冬天降臨了。

喬春拉開房門，冷風迎面吹來，讓一向怕冷的她打了個冷顫，她伸手裹緊衣服，往前院走去。寒流來臨，她得去檢查一下育苗基地的茶樹苗和大棚裡的花苗。

走出大門，喬春習慣性地抬頭望了望天。雖說現在才剛過晌午，可太陽卻不知躲到哪裡去了，整個村莊被薄霧籠罩，灰濛濛的。

喬春大步往後山的育苗基地走去，一邊走嘴裡一邊碎唸道：「真冷！」

一路上看到已經翻理好的田，喬春的嘴角不禁高高翹了起來。等到開春，就要種下各種花苗了，等到植株成熟，花期來臨，山中村一定轉變成一片花海，美得像是人間天堂。

想到這些，喬春的笑意更濃了。

不知不覺間，她就走到了育苗基地。地裡的茶樹苗已經做足了防寒措施，喬春慢慢走到那塊用扦插法育苗的地裡，仔細觀察那些茶樹苗的長勢。

扦插育苗和茶籽育苗兩者相比較，不得不說前者的長勢和育苗期都占有很大的優勢，只是茶葉的品質卻暫時無法得知。等開春晉國的育苗師來了之後，自己或許可以向他討教一番。

從育苗基地回來，喬春並沒急著回家，而是前往大棚看花苗的長勢。這些花苗她每天都會去看一次，檢查一下濕度和溫度。這裡畢竟不存在現代科技，所以除了澆水、滅蟲，其他的就只能看天了。

拉開大棚的門，只覺一股暖氣撲面而來——大棚內的溫度遠比外頭要高出許多，營造出適合花苗生長的環境。喬春舉目望去，只見大棚內的花苗已是綠茵茵的一片，一株株生機勃勃地挨靠在一起生長。

正在大棚中間檢查花苗的中年男子聽到聲響，頭也沒抬便開腔問道：「春丫頭，妳來啦？」

「嗯，我來看看。東方大叔，辛苦您啦！」喬春微笑道。

眼前這個中年男子是皇甫傑在錢財和喬夏成親時，從京城帶過來幫她一起照顧花苗的。剛開始，喬春還以為他是皇宮裡的人，後來聽他的嗓音並不尖銳，還和柳如風很是熟稔，這才知道他是大齊國有名的花匠——東方寒。

說起東方寒，也是個怪人，除了吃飯、睡覺，其他時間就全待在大棚裡，喬春從沒見過對花草如此癡狂的人，而且還是個男人。

喬春慢慢朝東方寒走了過去，蹲在他身邊，看他小心翼翼地照料著花苗，忍不住偏過頭細細打量他。

從側面看去，東方寒的輪廓立體，不難看出他年輕時也是個俊逸的男子。他的雙眼炯炯有神，但是在看花苗的時候，又會變得迷離，彷彿在凝視自己的愛人。

「春丫頭，妳再用這樣的眼神看我，難保待會兒子諾看到了不會打翻醋罈子。」東方寒突然說道。

沒來由的一句話，讓喬春微微一愣，隨即輕笑了幾聲，道：「呵呵，他才不會呢！」

東方寒是個不拘小節的人，且和柳如風是多年老友，所以他一直稱呼喬春為春丫頭，對於唐子諾，也是直呼名字。

「誰不會什麼啊？」大棚門口傳來唐子諾輕快的聲音。

說人人到！喬春站起身，看著從大棚門口走過來的唐子諾，柔柔地笑了。「二哥，你回來啦！」

這些日子唐子諾經常在外尋找一些燒製瓷器方面的人才。自從大夥兒看到她送喬夏的那件禮物後，大家都鼓動她開一間專賣一些瓷器玩物的鋪子。

原本喬春不想讓手邊的事情愈來愈繁雜，不過想到茶具的燒製量愈來愈大，而且大齊國幾乎沒有比較出色的瓷器產品，這讓喬春萌生要建立一條從設計到燒製再到出售完整的生產線，正式涉足工藝品產業。

喬春的腦子裡裝了許多圖案，而唐子諾也是個出色的設計師，放著這些有利條件不用，實在對不起自己。

「嗯，剛回來。在家裡沒看到妳，就猜妳一定在這裡打擾東方大叔。」唐子諾邊走邊說道，眉眼間的笑意盛滿柔情。

他剛剛一下馬車就跑進房裡，結果沒看到她的人影，轉念一想，就往這裡來了。她是個閒不住的人，儘管現在懷有身孕，還天生怕冷，仍舊每天都冒著寒風到大棚裡看花苗。

「可不是嗎？春丫頭真是不善解人意，每天都來打擾我和花兒們培養感情。」東方寒輕輕搖了搖頭，嘴角卻是微微咧了開來，緊接下了唐子諾的話，含笑打趣起喬春。

喬春聽他們你一言、我一語地調侃她，忍不住噘起嘴，不滿地說：「東方大叔，你這話是不喜歡我來這裡的意思嗎？」

「沒錯，幸虧妳還聽得懂我的意思。」東方寒點頭如搗蒜，臉都快碰到花苗了。

喬春不由得被他的話堵住了嘴，她轉看向唐子諾，只見他抿緊著嘴，眸光閃爍，一看便知在極力忍著笑。

不滿地瞪了唐子諾一眼，喬春再次低頭看著東方寒，說道：「東方大叔，這些是花苗，你要培育感情也是跟花苗啊，哪來的花兒？」

喬春抓出東方寒的語病，好心地提醒他。

東方寒輕輕拍了拍手，站起來定定看著她，道：「妳看它是花苗，我看它卻是花兒。同樣的東西，在每個人眼裡看來，都不一樣。」

說完，東方寒轉身走向另一塊地，輕輕丟下了幾句話。「算了，妳的境界還不夠高，悟性也不夠，還是回家去吧。」

喬春徹底傻住，怔怔地看著東方寒，一句話也說不出來。他的意思是她還太嫩，看東西太膚淺，還需要好好鍛鍊嗎？

她怎麼覺得東方寒的話像是從得道高僧的嘴裡說出來的一樣？就像有人要去山上當和尚，方丈卻搖著頭對他說：「你的塵緣未了，悟性也不夠，還是回家去吧。」

喬春不由得搖了搖頭，又點了點頭，看著東方寒的背影喊道：「想不到東方大叔還有做寺廟方丈的慧根！阿彌陀佛，善哉善哉。」話落，還不忘學和尚做了個手勢。

東方寒聞言，腳底一滑，險些跌倒在花田裡。他若無其事繼續往前走，嘴角卻是忍不住微微咧開。他輕輕搖了搖頭道：「這個丫頭真是！」

「噗！」唐子諾顯然定力沒那麼好，直接噴笑了出來。他寵溺地看著喬春，伸手揉了揉她的頭髮，道：「真調皮！走吧，咱們回家。」

喬春白了他一眼。「我頭髮會亂的。」

「放心，我不會嫌妳醜的。」唐子諾牽緊她的手，慢慢往外走。

喬春聞言，忽然停下腳步，抬頭看著唐子諾，一臉嚴肅地說：「你把腰彎下來一點，把身子往下蹲。」

唐子諾奇怪地看了她一眼，但還是微笑著彎下腰，問道：「老婆是要吻我嗎？可是這裡……會不會不太方便？」說著，眼睛意有所指地瞄向東方寒。

看到喬春嘴角抽搐，唐子諾迅速隱去眼中的笑意，將臉湊到她面前，一副壯烈犧牲的模樣。「好吧！老婆需要的，我就一定會滿足。」

喬春微微抖了抖身子，嘴角狂抽了幾下，眸中閃過一道惡作劇的光芒，快速伸手用力揉亂了唐子諾的頭髮，她摸著下巴，上下打量了他一眼，點頭道：「放心，我不會嫌你不夠帥的。」

說完便不再理會他，舉步向大棚外走去。轉過身背對唐子諾時，喬春已經笑得眉眼俱彎，眸中閃爍點點星光。

「哈哈！」不遠處傳來東方寒的笑聲，唐子諾回頭望了他一眼，轉身朝喬春追了過去。

「等等我，小心地滑！」唐子諾喊道。

忽然間，棚頂傳來乒乒乓乓的響聲，走在前頭的喬春收住了腳步，豎直了耳朵細聽周遭的動靜。

東方寒停住了笑，一臉嚴肅地聽著棚頂的聲音，唐子諾也是。

棚頂上的聲音愈來愈大，頻率也愈來愈密，似乎有要砸開棚頂的趨勢。

喬春心裡有了不好的預感，她拉起裙襬準備到外面去看個究竟，突然間耳邊颳過兩道冷風，唐子諾和東方寒已經如飛燕般躍向門口。

「四妹，妳待在裡面，先不要出來。」唐子諾撇下一句話，人便已到大棚門口。

喬春聽到棚頂上面傳來的聲音，內心很是不安，突然又聽到遠處傳來雷聲，此時她腦子裡閃過一道亮光，不禁微微張開嘴，衝著唐子諾的背影喊道：「二哥，外面是不是下冰雹了？」

沒錯，外面一定是下冰雹了，否則好好的，怎麼會從天上砸東西下來？只是自己來這裡這麼多年了，從來就沒碰過下冰雹的狀況，怎麼在這個關鍵時刻下起冰雹來了呢？

一般冰雹比較常出現在對流旺盛的夏天，但若是冬天有比較強烈的寒流來襲，也可能下冰雹，但相對來說比較少見，更何況是這麼大顆的冰雹?!現在她的茶業正要大展鴻圖，可不能栽在這罕見的天災上啊！

喬春聽到棚頂傳來的聲音，想到地裡的茶樹和茶樹苗，不禁焦急不已，連忙快步走到唐子諾身邊，眼睛朝外面看去。

外頭除了正在下大雨，田裡還有一顆顆如乒乓球般大的冰雹，而且還下得很密，落在地上立刻就砸一個坑出來。

喬春呆呆站在原地，身子忍不住搖晃了一下。她伸手緊緊抓住唐子諾的手臂，腦子裡全是那些茶樹和茶樹苗一棵棵被砸斷枝葉的畫面。

「二哥，怎麼辦？那些茶樹和茶樹苗怎麼辦？」

唐子諾緊緊握住了喬春的手，柔聲安撫道：「別想這麼多，也許等一下就停了。」

「天災誰也避免不了，幸好這個大棚的頂端是用木板蓋的，不然，這些花苗估計全沒了。」東方寒抬頭看著用厚實的木板蓋的大棚頂，眉頭稍稍鬆了些。

喬春和唐子諾聽到東方寒的話，雙雙抬頭看了看結實的棚頂，不禁慶幸當初沒採用乾草來鋪蓋屋頂。只不過，花苗依然需要陽光，因此周圍的架子都用較透光的布圍了起來。

喬春一雙眼睛緊緊盯著那依舊猛下的冰雹，心急如焚地想要甩開唐子諾的手，衝到育苗基地去看看有沒有辦法避免茶樹苗被砸毀。

「救命啊……」此時耳邊突然傳來呼救聲，東方寒和唐子諾對視一眼，點了點頭，雙雙躍進冰雹之中。

喬春回過神來，大聲喊道：「你們小心一點！」

「四妹，妳不要出來，先在那裡避一避。」唐子諾隔空丟下一句話，轉眼間就消失在喬春的視線裡。

這個時候，喬春哪還能穩住自己的心情？但是冒著這麼大的冰雹出去，她一定會被砸傷。她著急地跺了跺腳，轉過身子往大棚裡掃視了一圈。

喬春的目光瞄到大棚角落裡一堆方形木板，眼前不禁一亮，連忙走過去，挑了塊不大不小、剛好能擋住身體的木板。

喬春雙手舉起木板，咬著牙衝進冰雹雨裡，任由冰雹砸在木板上砰砰直響，砸著自己露在木板外的手指，穩穩踏著大步往家裡走去。她要回去看看家裡的情況，她要想辦法去救那些茶樹苗！

「大姊?!快點、快點！」喬春剛走到通往家裡的小路口時，站在大門口屋簷下的喬秋等人，就已經開始大聲呼喊著她。

林氏和雷氏也站在那裡，見喬春狼狽地頂著木板回來，兩人不禁緊緊握住對方的手，又喜又氣地跺了跺腳。

待喬春走到家門口時，她們不約而同地說道：「謝天謝地，總算是平安回來啦！」

此時林氏低頭看向喬春的手，不禁嚇了一大跳，大聲驚呼：「春兒，妳的手指是怎麼啦？」

眾人一聽，立刻圍了過來，看到喬春那又紅又腫的手指頭，滿臉緊張和心疼。

雷氏馬上拉著喬春的手臂。「走走走，快點進屋去。」說著，轉過頭看著一旁的喬秋，又道：「秋兒，快點找些藥過來！」

走進大廳，喬春沒看到果果和豆豆，立刻緊張地看著眾人，問道：「果果和豆豆呢？」

「他們在廖大娘房裡。」桃花答道。

「那就好。」喬春鬆了一口氣，繼續問道：「我爹呢？還有王林他們呢？」

林氏輕聲回答：「不用擔心他們，妳爹在妳鐵伯伯家裡，王林他們剛剛被子諾喊去幫忙救一些村民了。」

喬秋拿著藥瓶，走到喬春面前。「大姊，妳先坐一下，我來替妳上藥吧。」

屋頂上不停傳來冰雹砸在瓦片上的聲音，偶爾還會聽到冰雹砸碎瓦片，瓦片從屋頂滑落到地上的聲響。

冰雹還在下，屋裡的氣氛愈來愈沈悶，誰都沒再開口。

「啊……！」

忽然間，屋頂上的瓦片動了一下，一個圓滾滾的冰雹赫然從上方掉到圓桌上，再滾落到地上。坐在圓桌旁發呆的眾人，全都被嚇得跳了起來，抬頭吃驚地看著屋頂上那個小窟窿。

冰雹居然破瓦而入？那不就代表在家裡待著也不安全了嗎？

喬春率先回過神來，看著不知所措的眾人，說道：「妳們先靠牆站著，我去看看外面的冰雹是不是又下大了？」

她得去確認一下，是因為剛好頭頂上這個地方的瓦片稍微單薄了一點，還是冰雹下得更大了。思及此，喬春一顆心不停往下沈。

「大嫂，還是我去吧？」桃花喊住了喬春。

喬春朝桃花笑了笑，叮嚀眾人道：「不用，我去看才會更清楚，妳們待著別動。」

快步走到門口，喬春仔細看了看地上的冰雹，再抬頭望著從空中落下來的冰雹，眉頭皺得死緊。

她記得剛剛看到的冰雹大小差不多，但是很密；現在的冰雹則是大小不一，但量少了很多。如果瓦片單薄的地方正好掉了個較大的冰雹，那麼像剛剛那樣破瓦而入的情況很難避免。

「啊！」大廳裡又傳來眾人的驚叫聲。

喬春連忙走了進去，看著地上又多出來的兩個冰雹，不禁著急起來。怎麼辦？誰也不能預測大冰雹會落在哪個位置，而家裡又沒有什麼禁得起冰雹狠砸的地方……

「砰！」又一個冰雹從屋頂上落了下來，慢慢滾到喬春腳邊。

喬春睜大雙眼，猛然看向那張又大又圓的桌子，扯著嗓子對眾人喊道：「大家都躲到桌子下面去，快點！」

大夥兒立刻明白了她的意思，一個個毫不猶豫地鑽進桌子底下，一動不動地蹲在那裡。

喬春迅速轉身跑回門口，拿起她剛剛用來擋冰雹的木板，返回大廳喊道：「妳們不要出來，我去看看果果他們。」

現在她真的好害怕，害怕果果和豆豆他們會被冰雹砸傷。

喬春腳步如飛地跑向後院，背後傳來雷氏關心的聲音。「春兒，妳小心一點……」

用力推開廖氏的房門，門檻下靜靜躺著幾個圓滾滾的冰雹。

喬春心中大驚，舉目朝房間裡望去，看到果果和豆豆窩在角落，被廖氏緊緊摟在懷裡，見他們毫髮無傷，心中的大石總算放了下來。

「親親，您終於來啦！豆豆好害怕！」豆豆激動地看著喬春，彷彿見到了救星。

果果眼裡也是閃過一道喜色，隨即看向淚眼汪汪的豆豆，輕聲安撫：「豆豆，妳別哭啦，紅鼻子真醜！」

勾了勾唇角，喬春迅速走過去，伸手抱過豆豆，一把將她推進桌子底下，扭頭看著果果道：「快點躲到桌底下去。

「大娘，您也進去躲著，小心別被冰雹砸傷了。」

「哦，好。」廖氏應了一聲，連忙躲進桌底，緊緊擁住兩個小傢伙。這冰雹太嚇人了，她活了大半輩子也沒見過這樣的東西，居然連瓦片都能砸碎。

喬春衝著桌子底下的果果和豆豆笑了一下，正欲彎腰鑽進桌底，突然想起地上很冷，而且蹲久了腳會麻。她連忙轉身，走到床邊伸手抱起床上的被子，準備鋪在桌底的地面上。

「娘親，您快點進來，外面危險。」嫩眉緊蹙，果果看著從屋頂又掉下一個冰雹，稚臉上流露出濃濃的擔憂，連聲催促著喬春。

「春兒，快點進來。」廖氏也是緊張催促道。

「好，馬上就來。我給你們鋪上又軟又暖的被子啊！」手裡抱著棉被的喬春，剛轉過身子，話還未說完，便被從天而降的冰雹給狠狠砸中了額頭。

「娘親！」

「親親！」

「春兒！」

桌下三個人全都睜大了眼，大聲喊道。

被子落到地上，喬春伸手捂住了傷口，臉色蒼白地對著他們笑了笑，說道：「你們千萬別出來。我沒事……」

喬春說著，忍不住晃了晃身子，只覺頭重腳輕。她強忍著不適，扯起嘴角，續道：「娘……親，沒……事！」

「啊，血！親親，您頭上流血了！」豆豆瞪著眼睛指著喬春的額頭，又是擔心又是害怕地哭了起來。「嗚嗚……好多血！親親，好痛！」

「春兒！」廖氏驚慌地從桌底下爬了出來。

喬春只覺一股溫熱的液體從額頭上順著臉頰流了下來，流到嘴角，她竟不自覺地伸出舌頭舔了舔，微甜、微腥——原來這就是鮮血的味道。

身子又不受控制地晃了晃，喬春用力睜大眼睛，看著桌下的人，說道：「你們千萬不要出來，我沒事，真的……沒……」

忽然她眼前一黑，身體軟綿綿地倒在地上。

最後映在喬春眼瞳裡的，是果果和豆豆滿臉驚恐的模樣。

「老婆，快醒過來好不好？妳已經睡了很久了，妳不是說要跟我一起過幸福的生活嗎？

「老婆，妳說過要去雲遊四海，還要一輩子牽手的……妳說過不離不棄、生死相依的……自己說過的話，妳都忘記了嗎？

「……老婆，我愛妳！妳說過的話還有好多沒有實現呢！妳快點醒過來，好不好？」

唐子諾邋遢地坐在床邊，英俊的臉孔黯然失色，雙眼布滿了血絲，下巴冒出了雜亂的鬍子，神態呆滯的他失魂落魄地看著眼前這個躺在床上沈睡不醒的人兒。

整整三天了。她睡了三天三夜，卻依舊沒有任何要醒過來的跡象。

除了外傷，他和義父都診不出她有其他症狀，可她人卻是一睡不醒。

這三天來，他寸步不離守在床邊，就是希望她醒過來後，第一眼看到的人是他，可是她卻始終沒睜開過眼。

唐子諾好害怕喬春會這樣一睡不醒，再也不會跟他說一句話，再也不會唱歌給他聽，再也不會……

握住喬春的纖纖玉手，輕輕覆在自己臉上，唐子諾閉上眼睛，用心感受她的存在，嘴裡不停重複著這幾天說過的話。

突然間，床上的人兒眼角落下一滴淚水，似乎是聽到了他深情的呼喚。

喬春慢慢睜開眼，既是感動又是心疼地看著眼前這個頹廢的男人，動了動手指，輕輕擦拭著他臉上的淚水。

自己到底睡了多久？他居然能邋遢成這個樣子？

唐子諾猛然睜開眼，欣喜若狂地看著她，語無倫次地說道：「老婆，妳醒啦？妳真的醒啦？太好了，真的太好了！」

喬春順著唐子諾的輪廓輕輕撫摸著，手指來回摩挲他下巴上的鬍子，白了他一眼，道：「你真吵，害人家想要好好睡一覺都不行。還有，這是什麼？」說著拉了一根他的鬍子，輕輕扯了一下。

「啊……痛！」唐子諾誇張地叫了起來，一臉委屈地看著她道：「老婆，我很嚴肅地告訴妳，這是妳老公的鬍子。鬍子，懂嗎？一個男人成熟的標誌，魅力的泉源。」

喬春賞了他一個白眼。「我也很嚴肅地告訴你，我不管這是不是什麼成熟的標誌，也不管它是不是魅力的泉源，我只想說我真的不喜歡！還有，我再非常嚴肅地告訴你，我不喜歡大叔！」

唐子諾怔怔地看著喬春，不自覺地伸手摸了摸自己的鬍子。大叔？她的意思是，蓄了鬍子的男人就是大叔？

唐子諾飛快地在喬春的額頭上親了一口，看著她傻笑道：「老婆，妳真的醒了。妳的確是我老婆，沒有被冰雹砸傻。」

他太高興了，能用這樣的言語跟語氣說話的人，放眼天下，也就只有他親愛的老婆一人。

被冰雹砸傻？喬春無語地看著他，內心卻被感動得一塌糊塗。

此時唐子諾忽然一聲不吭地站了起來往外走，讓喬春不禁感到疑惑。

「你要去哪裡？」她不解地問道。

唐子諾回眸一笑，朝她拋了一個大大的媚眼，說道：「我去洗漱一下，把自己洗得香香的送過來給妳聞。」頓了頓，他曖昧地看了她一眼，嘴角勾起一抹邪魅的笑。「還有，我去把這鬍子給刮了。」

「呵呵！真是的。」喬春抿嘴輕笑，看著他離開房間。

「娘親，您醒啦！」

「親親！」

果果和豆豆從門邊伸出了小腦袋，驚喜地看著坐在梳妝檯前正在梳頭髮的喬春，小臉蛋立刻綻放出燦爛的笑容。

喬春笑著朝果果和豆豆招了招手，柔聲道：「寶貝們，進來吧。」

說著，她放下手裡的梳子，溫柔地將那兩個小傢伙摟在懷裡。她閉上眼睛深深呼吸，貪婪地聞著孩子們身上的香味，這種熟悉的味道讓她心中一片寧靜。

「親親，您睡了好久哦，我好害怕，爹爹也哭了。親親，您的頭還痛嗎？」微微蹙著嫩眉，豆豆那鼻音濃厚的聲音中夾帶了深深的擔憂。她好害怕親親會永遠都醒不過來了，那天看著親親指縫裡流出來的血，她都嚇哭了。

這三天以來，她和哥哥每天都會來陪爹爹一起守著親親，跟著爹爹一起流淚、呼喚親親。現在親親終於醒過來了，她真的好開心！

喬春輕輕鬆開他們，伸手揉了揉他們柔軟的頭髮，微笑道：「果果、豆豆，對不起！娘親讓你們擔心受怕了。」

果果連忙擺手，嘴角彎彎露出了右嘴角上的梨渦，他聲音軟軟地道：「娘親，不用對不起，只要娘親醒過來就好了！」

「果果和豆豆也在這裡啊！」桃花端著熱氣騰騰的飯菜走了進來，看著久睡方醒的喬春，淺淺一笑道：「大嫂，剛剛大哥說妳已經醒了，要我送點吃的過來。」

果果和豆豆看著桃花端來的稀飯和青菜，動手拉了拉喬春，連聲催促道：「您快點吃吧！」

「大嫂，妳要是再不醒來，我大哥準會成為蚊子們的公敵。」桃花一邊擺放碗筷，一邊笑道：「大哥說妳剛睡醒，不能吃太油膩的東西，所以我就熬了點稀飯，炒了點青菜。大嫂，妳快點吃吧，要不待會兒就涼了。」

這幾天大哥不吃不喝、寸步不離地守在大嫂身邊，把自己弄得邋裡邋遢，看得她心都疼了。剛剛他出去告訴大家，大嫂已經醒過來時那高興的樣子，就像尋到最珍貴的寶物，就只差沒手舞足蹈了。

喬春微微愣了一下，疑惑地看著桃花，問道：「為什麼會變成蚊子的公敵？」

「噗！」桃花笑著瞋了她一眼，咧著嘴道：「呵呵，因為大哥全身都臭烘烘的，還不把蚊子都給熏死了呀！」

「呵呵！」喬春跟著笑了幾聲，心裡滿是心疼和感動。

此時她突然想起之前下的大冰雹，有些著急地看著桃花問道：「桃花，大家都沒事吧？家裡那些茶樹苗和茶樹，還有大棚裡的花苗如何？」

桃花將盛著稀飯的碗遞到喬春手裡，眼神微微閃躲，嘴角露出一抹淡淡的笑，道：「大嫂，妳不用擔心。大棚裡的花苗一點事都沒有，東方大叔現在還在大棚裡呢。」

「那茶樹苗和茶樹呢？妳老實說，別瞞我。」喬春看桃花的眼神閃躲，心中頓覺不安。那些冰雹連瓦片都擊破了，那些剛剛長出來的茶樹苗肯定凶多吉少。

那些茶樹才剛有收穫，她還指望用它們來增加財富，陳清荷只給她三年，她沒有時間再等新種的茶樹長大、收成。

桃花擔憂地看著她，知道這事瞞得了初一，也瞞不過十五，於是硬著頭皮如實說道：「育苗基地裡的茶樹苗剩不到一半，另外一半還有一些損了點枝葉的。至於茶園裡的茶樹，除了枝頭上的嫩枝葉折損了不少，其他的都好。」

話落，看到喬春表情沈重，桃花連忙安撫道：「大嫂，妳別難過。只要咱們精心照料那些茶樹，它們一定會重新長好的。」

「我沒事。村裡受傷的人多不多？」喬春輕輕拍了拍桃花的手，臉上扯出一抹淺笑，繼續問道。

自己家的瓦房都抵擋不住冰雹的攻勢，更何況村裡一些人家的茅草房子？而且大部分人家的房子年分都算久，就算是瓦屋，承受力恐怕也很薄弱。

「村裡近百人受傷，因為是冬天，田地裡已經沒有農作物了，只是毀了些菜。這幾天大哥已經交代王大哥他們去買來青瓦幫鄉親們修屋頂了，柳伯伯則是忙著替傷患療傷。」桃花將自己知道的事情一一告訴了喬春。

談話間，一碗熱粥已下肚，喬春放下碗筷說道：「我吃飽了，妳幫我照顧一下果果和豆豆，我去育苗基地看看。」

她還是去看一下比較安心，親眼看過了，才知道該怎麼補救。

桃花連忙站起來說道：「大嫂，要不我陪妳一起去吧？妳等我收好碗筷。」

「不了，我只是去看看，妳就在家幫大嫂照顧一下果果和豆豆吧。」喬春搖搖頭，看著果果和豆豆道：「你們在家不要亂跑，要聽姑姑的話，娘親出去看一下就回來。」

「知道了！」小傢伙們笑著應道。

第一一〇章　遇刺

喬春看著路兩旁的菜園裡那被冰雹砸成「殘骸」的菜，不禁加快腳步，想快點看到那些茶樹苗，只不過心裡著實有些害怕。害怕自己的茶樹苗也只剩一地「殘骸」，害怕往日的心血全都泡了湯。

舉目望去，喬春遠遠便看到喬父帶著喬秋她們正在地裡忙著，心中驟暖，衝著他們喊道：「爹、娘，我來啦！」

大夥兒聞聲，立刻停下手裡的活兒，直起身子看著一步步往這邊走來的喬春，臉上露出了驚喜的笑容。

「大姊！」喬秋和喬冬朝著喬春跑了過來，邊跑邊喊，笑臉上流下了兩行清淚。

跑到喬春面前，喬冬微微喘氣，看著她笑道：「嘿嘿，大姊，妳終於醒了，擔心死我們啦！」

喬秋賞了她一個白眼，伸手親暱地拉過喬春，邊走邊說：「大姊，妳別相信冬兒說的，她天天好吃好睡的，哪像是擔心的樣子？」

喬春聞言一笑置之，並不準備加入她們倆的口舌之爭——那個被她們稱之為「拌嘴」的親密行為。

果然，沒什麼定力的喬冬一聽，立刻就不開心了，嗆道：「我好吃好睡，也好過某人作夢還流口水吧？大姊，妳不知道吧？這幾天我們都擔心得吃不下、睡不香，可三姊她居然天天都早早進了房，根本就沒有什麼姊妹之情。」

喬冬得意洋洋地說著，跑到喬秋身邊，三人並行，眼睛不時瞄向她。

喬秋根本就不看她，而是輕輕搖晃著喬春的手臂，撒嬌似地說道：「大姊，大姊夫已經找到了製瓷器的師傅，聽說已經挑好日子，準備在這山腳建燒瓷場。」

喬春見喬秋意猶未盡的模樣，便知她還有下文，於是拍了拍她的手背，輕笑道：「妳是想去學製瓷器嗎？」

喬秋微怔了一下，吃驚地看著喬春道：「大姊怎麼知道？」

「因為大姊是妳肚子裡的蛔蟲呀。」喬冬對於大姊和三姊無視於她的行為表達了抗議，說話的語氣也是涼涼、酸酸的。

蛔蟲？喬春輕輕抖了抖身子，這傢伙竟然拿蛔蟲來比喻自己的親姊姊！她停下腳步，伸手賞了喬冬一記爆栗，沒好氣地說：「哪有人這樣形容自己大姊的？妳不嫌噁心，我還討厭呢！」

說著，喬春看向喬秋。「只要妳喜歡學，一切都沒問題。」

喬冬伸手摸著腦門，噘起了嘴，委屈地說：「大姊，妳偏心。」

偏心？喬春笑看著她說道：「冬兒，妳倒是說說看，大姊哪裡偏心？如果妳也想學，我保證一視同仁，絕不偏袒。」

「我才不要學。」喬冬不屑地看向喬秋，突然神秘兮兮地附到喬春耳邊說道：「我要去當瓷器店的大掌櫃，行不行？」

喬春聽了不由得一愣，眼光直直看進喬冬的眼底，見她沒有絲毫開玩笑的意思，語重心長地說道：「沒有問題，但是妳得讓我知道妳的能力。那可不是件簡單又容易的事，妳確定妳能吃苦嗎？」

看樣子喬冬對當「大掌櫃」特別感興趣。之前她才和喬秋打賭，說自己一定會當上茶館的大掌櫃，不然自己就不嫁人，而是娶個丈夫回來，現在茶館的大掌櫃還沒當上，就又想當瓷器店的大掌櫃了。不過喬春不是很在意，小孩子的心思本來就改變得快，只要她有心、能專一，做哪邊的大掌櫃都行。

喬冬一臉堅定，點頭如搗蒜，重重地應了一聲。

「只要用心，大姊相信妳一定可以的。」喬春的語氣堅定，無形中傳達了一股力量到喬冬心裡。

雷氏站在地裡，看她們姊妹許久未動，像是在討論什麼，便扯開喉嚨喊道：「妳們幾個怎麼還不過來？在說些什麼呢？」

「我們馬上就過去。」三姊妹對視一笑，異口同聲地應道，大步向地裡走去。

喬春站在育苗地邊，心痛地望著眼前的茶樹苗。桃花說還有一半，現在看來也就只剩三分之一了。

望著正彎腰檢查、扶正茶樹苗的喬父，喬春頓時覺得心裡暖烘烘的，她感動地說道：

「爹、娘，辛苦啦！」

她剛剛來這裡之前，還在想他們怎麼一個個都不在家，原來他們是在地裡幫她拾掇茶樹苗。有他們這樣的家人陪在自己的身邊，難怪自己才會一直都覺得那麼幸福。

「不辛苦，我們也就只能幫妳弄弄這個，其他的，就是想幫也幫不上。」雷氏邊說邊上下打量起這個閨女，見她氣色已經好了許多，這才放下心中大石。

喬父抬頭看了喬春一眼道：「妳娘說得沒錯，我們也就只能為妳做這些了。一家人別老是謝來謝去，別忘了，我們可是妳的爹娘。」說完，又重新彎下了腰，繼續檢查起茶樹苗。

「嗯，知道了。我也來！」喬春點點頭，往地隴裡走去。

這些茶樹苗修補起來也得花些時日。算算自己在家也待不了幾天了，因為皇上和晉國公主成婚的日子即將到來，他們又得準備上京城了。

「我們也來。」喬秋和喬冬笑著重新下地，繼續她們剛剛的工作。

官道上，一輛馬車徐徐而行。

喬春閉著眼睛，慵懶地斜坐著，腦袋靠在唐子諾胸前。因為村裡還有許多村民沒有康復，鄰村也有很多受傷的村民前往義診館看診，所以柳如風這次就不陪他們上京城了。

其實喬春明白，有個原因是，皇上並沒有邀請柳如風參加。

紅唇微微輕啟，喬春想不透地問道：「二哥，為什麼皇上不邀請義父參加他和晉國公主的婚禮呢？他們之間是不是有什麼問題？」

她之前就發現皇上好像對義父有些成見，後來覺得這是別人的私事，不太好開口相問，又怕是自己的錯覺，所以就保持緘默了。可這次，她已經確認她之前的感覺是其來有自。

她想不通，大哥和義父情同父子，可同是一母所生的皇上，對義父的態度卻與大哥有天壤之別。

唐子諾搖搖頭輕聲道：「這件事我也不明白。唉，不過我猜應該是因為太后與義父以前的關係吧？」

喬春聽到唐子諾的話，不禁啞然失笑。這算什麼理由？太后與柳如風是同門師兄妹，關係上理應更親才是啊，怎麼會產生成見呢？

突然間，喬春腦門一亮，她睜大了眼睛，嘴巴微微張開看著唐子諾，眸底浮現出絲絲意外和不確定。她微微再啟紅唇，語氣夾帶著吃驚和無措低聲道：「難道他是義父的……」

唐子諾低頭看到喬春驚訝的模樣，隨即搖搖頭，否認道：「有可能是皇上自己有這方面的懷疑，但是我相信義父。如果他們之間真有如此深的關係，義父一定不會放任她嫁給別人。儘管皇室子弟地位崇高，義父也絕不會讓這種事發生。」

一起生活了幾年，義父的性子他很清楚。四妹懷疑的事情絕對不可能，肯定是皇上作繭自縛，想得太多。

喬春聽了，也就不再多說。上一輩的恩怨她算見識得多了，也不再那麼稀奇。至於他們這些晚輩心裡怎麼想、怎麼認定，根本無法一一探究，活得自在最重要。

一路上，因為下雨，他們只有日夜兼程，才能及時趕去參加皇上和晉國公主的成婚大禮。黑夜裡趕路，又逢下雨天，行速也相對慢了下來，幸好此時雨勢漸漸停了，才不至於讓馬車完全陷入泥濘之中，動彈不得。

馬車內，喬春靠在唐子諾懷裡，甜甜地睡著了。

唐子諾低頭柔情地看著她，怔怔發呆，好像怎麼看也看不夠。想起那些天她沈睡不醒的煎熬，環在她腰上的手不自覺地緊了緊。

至今想起那些天的情景，他的心都還會隱隱作痛，無法想像如果沒有她，日子該怎麼過下去。

突然間，馬兒鳴起了受驚的長嘯聲，馬車劇烈地顛動了幾下後，驟然停了下來。

唐子諾心中暗叫一聲不好，看來他們八成是遇到了埋伏。

「怎麼啦？出什麼事啦？」喬春被馬車顛醒，睜開惺忪的睡眼，迷迷糊糊看著唐子諾問道。

唐子諾摟緊了喬春，揉揉她的肩頭，道：「不知道，妳在這裡待著，千萬不要出來，我出去看看。」

就在此時，外面響起了打鬥聲和王林著急的聲音。「唐大哥，你保護好夫人，我們遇到埋伏了！」

心猛地一沈，唐子諾低頭看著喬春，一臉凝重地問道：「四妹，妳會害怕嗎？」

喬春搖了搖頭。「不會！你忘了我是你的徒弟嗎？我有太極拳傍身，你別擔心我，快點出去幫王林吧。不到萬不得已，我一定不會踏出馬車半步。」

「好！妳小心一點。」唐子諾的手從喬春肩膀上移開，隨即從馬車上跳了出去，加入廝殺的行列中。

馬車外傳來刀劍相觸的碰撞聲和一聲聲中氣十足的怒吼，喬春豎著耳朵仔細聆聽，發現腳步聲凌亂，聽起來敵方似乎來了不少人。

想到外頭只有唐子諾和王林，喬春頓時心急如焚。她連忙跪坐在小木窗下，瞇著眼嘗試在黑暗中觀看廝殺的情況，當她依稀看清敵方的人數時，內心不由得大驚。

好傢伙，這些人也太看得起他們了吧，竟然出動了十多人，分成兩隊纏住了唐子諾和王林。

雖然唐子諾和王林的武功都是頂尖的，可畢竟敵眾我寡，幾十個回合下來，他們也漸漸陷入下風。那些人明顯很適應在黑暗中廝殺，武器都是利劍，招招陰險，直刺對方要害。若不是王林和唐子諾身手矯捷，恐怕早就命喪在他們劍下。

唐子諾從敵方那裡奪了一把劍，一邊躲一邊尋找縫隙攻擊敵人。黑衣人不時倒下，可其他人眼看同伴陣亡，卻沒有絲毫怯意，反而愈挫愈勇，緊纏著唐子諾和王林，不讓他們有任何機會跳出他們的包圍。

「啊！」唐子諾吃痛地叫了一聲，擰著眉怒瞪著對方，咬著牙抵禦敵人的進攻。剛剛對方趁著他不注意時從後方劃破了他的手臂，險些讓他手裡的劍滑落。

喬春再也看不下去了，唐子諾和王林的處境，以及那些好像永無止境的廝殺聲，對她而言都是折磨跟煎熬。

「砰！」用力推開馬車門，喬春怒目圓瞪，眼光死死瞪著剛剛傷了唐子諾的那個黑衣人。

好，很好，真的很好！她不露一手，他們都當她是個擺設了，小意思，待會兒就讓他們嘗嘗太極拳的厲害！

馬車外的黑衣人被她氣勢超強的出場方式給怔了一下，但他們隨即回過神來，兩個黑衣人舉著劍同時向她刺了過去。

唐子諾看得心驚膽顫，連忙解決著緊黏在他周圍的黑衣人，偶爾眼神擔憂地瞄向喬春那邊。廝殺中，他忍不住朝她喊了句：「四妹，小心一點！」

「知道啦！」喬春應了一聲，連忙輕輕躍下馬車，跳到一旁的空地上，除了顧念自己懷有身孕，也不想讓一輛好好的馬車被砍到全毀。

黑衣人撲了個空，見她跳到空地裡，眼神中流露出更多不屑，緊跟了上去。

這個女人應該就是主人要的人了，不能傷不能殺，這是主人的要求。現在看來，這女人手無寸鐵，又不見有什麼深厚的內力，要生擒她，簡直是易如反掌。

喬春靜靜站在空地裡，轉身一動不動地看著緊追而來的黑衣人，眼看著他們距離自己只有十步之遙時，紅唇這才微微輕啟。「站住！」

「妳要幹麼？」黑衣人急急煞住腳步，雙腳像是穿著旱地溜冰鞋，硬生生在濕軟的泥地裡劃出一條深深的小溝。

他們輕蔑地看著喬春，眼神中充滿了自信與志在必得的決心。沒有武功又手無寸鐵的女人，對他們來說實在不構成任何威脅。

喬春強忍住心中的怯意，努力讓自己看起來更淡定。她勾了勾唇角，朝他們丟了個鄙視的眼神，說道：「兩位大哥，你們是武林高手，又是俠義之士，這樣以多欺少似乎不太光明，而且我還是個手無寸鐵的女人，要是傳到江湖上去，恐怕會影響兩位大哥的英名。」

兩個黑衣人第一次聽到有人稱他們為武林高手還有俠義之士，一時之間沾沾自喜起來。其中一個人咧開了嘴，看著喬春開心地說：「算妳有點眼力。現在要怎麼辦？不然妳乖乖地跟我走一趟吧，省得受皮肉之苦。」

無意之中，他們向喬春透露了一個訊息，那就是對方不會殺她，意在生擒。

有了這個意識，喬春嘴角的笑意深了些，紅唇再度微微輕啟。「那可不行！我輸，也要輸得心服口服，大哥你們贏，也要贏得光彩不是嗎？這樣才是江湖兒女的氣派！」

「對，沒錯！」兩個黑衣人互看了一眼，對喬春的話深表贊同，一起猛點頭。

唐子諾和王林見喬春那邊沒有打起來，耳邊依稀傳來喬春說的話，他們也就漸漸安了心，專心解決其他黑衣人。

喬春心中大喜，沒想到這兩個黑衣人居然這麼好唬弄，於是神情淡然地提出自己的要求：「那我們一對一打，不能用武器。」

兩個黑衣人疑惑地對望了一下，沒有出聲。

「難道兩位英武神勇的大俠還怕我一介農婦不成？」喬春根本就不打算給他們時間考慮，連捧帶嗆地讓那兩個黑衣人陷入為難之中。

英武神勇的大俠？這個倒是說得一點都沒錯。

兩個黑衣人的尾巴翹了起來，整個人有些輕飄飄。他們直到今夜，才曉得自己在江湖中也算個人物。兩個人又迅速對視了一眼，不再猶豫，由其中一個人代表發言。「好吧，就按妳說的辦。不過，我們哥兒倆也不願讓江湖上的兄弟在背後說我們的不是，所以，待會兒我們會各讓妳三招。」

「多謝兩位大俠。」喬春一臉平靜地說著，心底卻早已樂翻了。這兩個傻瓜居然要讓自己三招，看來待會兒自己得使出渾身解數，好好「招呼」他們一下。

喬春擺好了架勢，望著他們說：「兩位大俠誰先來？」

「我。」一位黑衣人鼻孔朝天地站了出來，只是簡單地紮著馬步，伸手指了指自己的胸膛，道：「來吧，本大俠就讓妳三招。」

喬春故意做出拚盡全力的樣子，大叫一聲拔腿衝過去，軟綿無力地在他胸前拍了一下。她的身子往後退了幾步，微微一怔，讚道：「大俠好生厲害。」

「哈哈哈！一招了，再來。」黑衣人仰頭大笑，那神情跟語氣就像隻驕傲的孔雀。

他原以為喬春多少有些武功，可是剛剛那一拳根本就是在幫他搔癢，他現在可真是一點都不擔心了。

喬春輕輕勾了勾唇，心中冷哼：傻子，如果我一招就用力的話，你們還會給我機會嗎？我要的就是你們放鬆再放鬆，最後我再拚盡全力使一招就成了。

喬春再次大叫著衝上前，用了比剛剛稍大一點點的力量拍在黑衣人胸前。

黑衣人伸手拍了拍胸前的衣服，笑道：「哈哈哈！兩招了，只剩下最後一招嘍，待會兒妳可別說我們欺負妳。」

他背後的黑衣人也咧嘴笑了起來，看來根本輪不到他上場了。一個既無武功又沒武器的農婦，實在不值得放在眼裡。

「我……我……我來啦！」喬春的語氣有些顫抖，讓人聽起來感覺她既沒自信，又對對方的實力感到害怕。

黑衣人瞥了她一眼，笑道：「我什麼我？妳倒是快點啊，別說我們不給妳機會。這次要是不用盡全力，就是對不起妳自己。」想想再過一招後，他就可以親自將這女子綁回去給主人，如何能不開心得意呢？

「你……你……你不要逼我啊。」喬春的纖纖玉手指著他，語氣中有太多怯意。

「快點，別浪費時間。」黑衣人催促道，他現在已經有點懷疑她到底是不是故意拖延他們的時間，好等那兩個人來營救她。

總之，早點結束，早些帶她離開，才是上上之策。

「我來啦！」喬春暗暗將內力全部匯聚在掌中，對著黑衣人的胸口就是全力使出「排山倒海」這一招。

「啊！」黑衣人慘叫一聲，如斷線風箏般飛到唐子諾那一邊。

喬春不可思議地看著自己的手掌，又驚慌地看向另一個完全呆住了的黑衣人，喃喃道：「怎麼會這樣？」

那黑衣人立刻回過神來，惡狠狠地瞪向喬春。他現在終於明白了，眼前這個女人根本就是扮豬吃老虎。她的內力一點也不低，不然也不可能將同伴一掌拍飛。

他緊咬著牙，話從牙縫裡蹦了出來。「敢騙我們?!妳好樣的，看招！」他才不會再傻傻地讓她三招，他必須以最快的速度帶走這個女人。

喬春狼狽地躲閃著，她這是第一次真正與人拳腳相向，而且因為自己肚子裡還有寶寶，她實在不敢大意，也不敢主動攻擊，而是盡力防禦，避免黑衣人的腳踢到自己的肚子。

經過了幾回合，慢慢的，喬春開始有了一些手感，即使處在防禦之中，偶爾也能給黑衣人一個排頭吃吃。她的舉動讓黑衣人更加怒不可遏，連連使出全力攻向她。

此時空中一道閃電劃破烏雲密布的穹天，瞬間把夜空照耀得像白晝一般。頃刻間，豆粒大的雨點開始噼哩啪啦砸向地面。這雨愈下愈大，伴隨偶來的閃電，讓夜色中的山林變得更加驚悚。

喬春沒有精力感到害怕，而是手腳並用地與黑衣人廝打。

雙手抵擋住對方朝自己的肚子踢來的一腳，喬春眼中閃過一道厲光。可惡，他一定是發現自己的顧慮，所以才會一拳一腳都衝著她的肚子來。

接著黑衣人又踢來一腳，喬春眸光一閃，雙手如靈蛇般纏住他的腳，接著嘴角逸出一抹邪肆的笑，以閃電之速伸腳往他胯下使勁一踢。

「啊！」黑衣人大叫一聲，立刻如蝦米般拱著身子，倒在泥濘的地上打滾、嚎叫。

「四妹，妳……」唐子諾和王林雙雙解決眼前最後的敵人，聽到黑衣人那石破天驚的嚎叫聲，心急地趕了過來。

「我沒事！」喬春說著，伸手抹了抹臉上的雨水，惡狠狠地瞪了在地上打滾的男子一眼。

居然招招都想殺了她肚子裡的孩兒，簡直該死！喬春愈想愈氣，便上前幾步，伸出腳狠狠踢向黑衣人的腰間，完全把他當成一顆球在踢。

「啊……」那男子一邊嚎叫一邊打滾。

此刻他真的後悔了。他不該大意，更不該相信這個女人的話。這個看似百無一害的女人，竟然出腳這麼狠，一踢就要了他的子子孫孫。可惜這世上並沒有後悔藥可買，他注定要為自己的大意和自負付出代價。

突然間，那男子停下打滾的動作，身子一動也不動。喬春蹙了蹙眉，懷疑的看向自己的腳。她的力氣應該不會踢死人啊，他這是怎麼啦？

王林也看出了不對勁，連忙上前用腳往他身上一踢，想看看他是不是故意使詐，結果那男子在地上翻滾了幾下，之後便面容朝上靜止了。王林探過頭，看清他嘴角溢出的黑血時，便明白他自殺了。

王林抬眸朝唐子諾搖了搖頭。像這樣的事情他們暗衛早就見多了，也不覺得訝異，只是很可惜沒能從他嘴裡得到一些有用的訊息。

喬春愣愣地看著在地上不動的人，她有點不敢相信自己那幾腳就把他給踢死了。

「夫人，外面雨水大，咱們還是快點上馬車離開吧。」說完，王林又補充了一句：「他是服毒自殺的。」

「哦。」喬春忽然覺得放心不少。如果真是她打死了這個人，心裡面多少會留下疙瘩。畢竟她連隻雞都不敢殺，要是一下子就殺了個人，肯定心靈受創。

唐子諾從那黑衣人身上收回目光，拉過喬春的手，急切地說道：「走，回馬車上去。」

回到馬車裡，唐子諾立刻心急地檢視起喬春的身體狀況，見她沒有外傷，才稍稍鬆了口氣。

「四妹，妳身上都濕透了，趕緊換套衣服吧，小心受了風寒。」唐子諾看著全身濕透的喬春，不由得感到心痛。她那厚密的劉海濕濕地服貼在額頭上，襯得她的臉色更加蒼白。

她本來就怕冷，這會兒還在半夜裡淋了雨，受了驚嚇，不僅僅是臉色蒼白，就連嘴唇也微微發紫。

「讓王林看看前面有沒有人家或是客棧，我們先停下來休息一下。大家都被雨水淋濕了，最好都換上乾衣服，可不要受了風寒才是。」喬春覺得全身都黏乎乎的，又冷又難受。

這樣的夜裡淋著雨與敵人廝殺，可真是件消耗體力的事。現在她全身都快散了，只想泡個熱水澡，再好好睡上一覺。

對於眼前的情況，喬春實在不是很明白。從那兩個黑衣人的話來看，他們的目標是她，而且還要活捉。她都不知道自己什麼時候變成香餑餑了，怎麼老是有人惦記著她，害得她想要好好過些平淡的日子都不行。

喬春上前將馬車木門給閂了起來，打開包袱拿出自己的衣物，並將唐子諾的衣服交到了他手裡，笑道：「一起換吧，前面不知還會不會有危險，咱們可都不能生病。」

現在不是害羞也不是矯情的時候，黑暗中有人對他們虎視眈眈，他們要保重自己的身體，打起十二分精神來。

「好。」唐子諾點了點頭。

喬春換好衣服轉過身子，柳眉緊擰，看著唐子諾動作略顯不利索的右手，突然想起剛剛他的右手臂曾被黑衣人給劃了一刀。

「等一下！」她喊住了唐子諾，上前重新解開他長袍上的扣子，輕輕的拉下他的衣服，右臂上那道翻開了肉的傷口頓時赤裸裸地呈現在她面前。

狠狠倒吸了一口冷氣，喬春紅著眼，豆大的淚珠瞬間落了下來，一滴滴落在唐子諾的長袍上。她吸了吸鼻子，聲音沙啞道：「痛不痛？傷成這樣怎麼還不上藥？你難道還打算瞞著我不成？你等一下，我拿藥過來幫你搽。」

喬春伸手抹乾了眼淚，轉身從包袱裡翻出金創藥，拿了些白布條，動作熟稔地幫唐子諾上藥、包紮。

突然間，唐子諾倒吸了一口氣，可憐兮兮地望著喬春，低聲說道：「痛。」

喬春滿懷歉意地看了他一眼，又低頭看了看自己的手，說道：「力氣不小心大了些，你先忍忍，馬上就好了。」

上好藥後，隨即簡單地包紮了一下傷口，喬春滿意地看著唐子諾手臂上那可愛的蝴蝶結，接著伸手拍了拍他的肩膀，說道：「走吧，我們打傘出去，讓王林進來換衣服。」

唐子諾點了點頭，兩個人一前一後出了馬車，並肩看著山林在夜色中若隱若現。

接下來，他們一路毫無阻礙地前進，愈靠近京城，道路兩旁的樹木就愈沒有受過冰雹洗禮的痕跡，顯然京城這邊並沒有受到天災損害。

除了留心天氣變化對環境造成的影響，喬春等人對於沿途不再有人阻擋，感到安心不少。雖然沒找到什麼地方可供歇腳，但雨勢逐漸收住，也讓他們稍微加快了進京的腳步。

當他們趕到逍遙王府時，已是皇帝與晉國公主大婚的前一天晚上。

皇甫傑和杜湘茹早已在王府門口等待，當見到活蹦亂跳的三人時，他們心中的擔憂才一掃而空。

本來上午就該到的人，卻硬是晚上才到，這讓皇甫傑不得不擔心他們是不是在路上遇到了麻煩。於是他推掉宮中的家宴，早早就站在王府門口，一顆心七上八下地等待他們到來。

「大哥、湘茹，你們真熱情，竟然親自在大門口等我們，讓我覺得好有面子哦！」喬春笑著迎上前，握住杜湘茹的手開心地說道。

喬春當然知道大哥是在擔心他們，她可沒有漏過剛剛皇甫傑看到他們時，眼眸裡閃過了安心。

皇甫傑抿唇笑了笑，上下打量了他們幾個一圈，確認沒事以後，才對唐子諾說道：「二弟，進去吧。我已要人備了飯菜和酒水，咱們兄弟今晚可要好好喝酒聊天。」

「好，大哥請！」

喬春攙著杜湘茹的手臂，笑道：「湘茹，走，我們也進去。」

外面天寒地凍的，她可是一刻也不想多待，只想好好吃上一頓，再躺進暖暖的被窩裡好好睡一覺。

趕了幾天路，途中又與敵人廝殺，她實在累到不行，彷彿所有瞌睡蟲都甦醒了過來，讓她的上眼皮和下眼皮不停擁抱，不想睜開。

大廳裡，坐在喬春身邊的杜湘茹看到她臉上的黑眼圈，心疼道：「路上是不是出了什麼問題？」

皇甫傑聞言放下了筷子，怔怔地看著唐子諾和喬春。其實他也很想知道，他們這一趟路上到底遇到了什麼事？

「我們昨夜裡在路上遇刺了。」喬春臉上雲淡風輕，像是在說一件小到不能再小的事情。

她本來覺得沒啥好說的，畢竟自己不能每件事情都拿來麻煩大哥，而且她已經知道有不明人士要對自己不利，自然也會事事都多留一個心眼，用不著大哥特地為他們操心。只是，她和唐子諾想了很久，還是沒猜出幕後的真凶。

「昨夜在路上遇刺？」杜湘茹失聲叫了起來，神色擔憂地看著喬春，又道：「這到底是怎麼一回事？」

皇甫傑定定地看著唐子諾和喬春，心裡則不斷猜測是何方神聖要對他們下手。

唐子諾和皇甫傑對看了一眼，彼此心領神會，他抿了抿唇道：「約莫有十幾個人，他們的功夫雜亂，看不出是哪幫哪派的手法。」

「我從那兩個黑衣人的話中分析，猜測這些人的目標是我，而且他們的主子要我毫髮無傷。」喬春接下唐子諾的話。

皇甫傑眉頭緊皺著，眸光微冷，手指輕輕敲擊著桌面。

他心緒百轉，暗自排除心中的可疑人選。晉國的恆王已成過去，他的餘黨也已經被晉皇一一瓦解，在大齊國他也想不出來還有誰會對喬春下手。

「我會要人查出幕後黑手，膽敢對我逍遙王的義妹動手，我倒要看看他有沒有能力承擔後果。」皇甫傑微瞇的眸子中迸出一道冷光，薄唇緊抿。

杜湘茹伸手輕輕扯了扯他的衣角，對他露出暖如春風的笑容。皇甫傑的心瞬間暖和了起來，黑眸中浮上絲絲暖意。

無須言語，只須一個眼神、一個微小的動作，就能撫平他浮躁的心。

這樣的女子，他第一次遇到。從見到她第一眼起，他便已認定這個女子就是他尋覓的夢中人，是要與他共度一生的對象。

只是，風勁天似乎並不怎麼願意將他的心肝寶貝交到他手裡。看來過些時日，他得陪湘茹回「天下第一莊」一趟，一則向未來岳父表明自己的心意，二則想藉此機會與湘茹沿途看看風景，培養感情。

皇甫傑眉眼含情地看著杜湘茹微微一笑，伸手輕輕拍了拍她的手背。

喬春看著皇甫傑和杜湘茹兩個人眉目傳情、你儂我儂，不禁感動又開心。

三哥已經找到屬於自己的另一半，如今大哥亦同，看著自己關心的人都獲得幸福，她怎麼能不開心呢。

「這事交給大哥，我放心，我也想看看是誰在暗中打我的主意。我一個人倒是不怕，怕的是他們會拿我的家人來開刀，那不是我能容忍的。」喬春說著，眸光銳利了起來，但她隨即一笑，說道：「來，我敬大哥一杯，就當作提前感謝大哥幫忙。」

喬春端起面前的酒杯站了起來，豪爽地舉杯等著皇甫傑與她碰杯，可他卻只是嘴角含笑地看著她，既不舉杯，也不起身。

輕輕蹙了蹙眉，喬春眸底浮現一絲疑惑，很是不解地看著皇甫傑。

不對啊，以前她說要喝酒，大哥都是立刻站起來呼應，怎麼今天一直笑看著她，卻遲遲未動？

「四妹，妳換上這個。」唐子諾站起身來，伸手接過喬春手裡的酒杯，隨即幫她換了個杯子。他看著她的眼神中，含著一絲責怪，更多的卻是愛與關懷。

唐子諾有些無奈地搖了搖頭。平常她明明很細心，可偏偏就是經常忘了自己懷有身孕。遇到下冰雹，她心繫家人，讓自己受傷暈迷；碰到刺客時，她按捺不住，狠揍了刺客一番；兄妹相逢時，她興奮難掩，豪氣地舉杯敬酒。

他真不知該如何說她，也或許是他根本就捨不得真正責備她。每每想到她沈睡了三天三夜，他的心就忍不住收緊發痛。但是只要她還在他身邊，他內心就充斥著滿滿的幸福還有感恩。

撇了撇嘴，喬春看著手裡的酒變成了茶，不禁有些不滿，她看著笑意盎然的唐子諾，問道：「為什麼要把酒換成茶？」

「因為妳的肚子。」唐子諾咧開嘴笑了笑，隨即那深邃的黑眸緊緊鎖在她的肚子上。

他雖是兩個孩子的親生爹爹，可卻是撿了現成的，沒有陪妻子感受腹中胎兒一天天長大的喜悅，妻子生產時，也不曾在身邊握過她的手，替她打氣。說到底，他就是一個不稱職的丈夫和父親，這次他自然不會再錯過機會，他要好好守著妻兒，不讓他們受傷。

「嘿嘿。」喬春一聽，立刻乾笑起來，不好意思地看著皇甫傑道：「大哥，我以茶代酒，希望你不要介意。」

這一次皇甫傑不再只笑不動了，而是慢慢站起身來，端起酒杯爽快地與喬春碰了碰杯緣，仰頭一口乾掉杯中的酒。

放下杯子之後，皇甫傑卻又不急著坐下去，而是若有所思地看著喬春，眸中閃過一道亮光。

喬春被看得心裡有些發毛，不禁伸手攏了攏衣服，清清嗓子問道：「大哥可是還有話要跟我說？」

「四妹，妳還記得妳說過的話嗎？」皇甫傑眸底閃過一絲笑意，慵懶地看著她。

喬春被皇甫傑這般反問，腦子裡頓時一片空白。她說過的話很多，哪裡知道他指的是什麼？看他的樣子，很像是想起某件有趣的往事，所以情不自禁地逸出了笑意。「大哥所指何事？」喬春淺笑著，虛心問道。

皇甫傑給了喬春一個意味深長的眼神，優雅地坐了下來，道：「當年，四妹可是答應要讓果果和豆豆認我和三弟做義父的。之前在三弟和五妹的婚禮上，湘茹見過了他們，也很是喜歡，所以……」

意思很明白，就是之前沒有成功的事，現在他想完成。

「是啊，果果和豆豆不僅長得漂亮，還很聰明，有他們在的地方總是充滿歡笑，我真的好喜歡他們！」杜湘茹笑著接下皇甫傑的話，清亮的眸子中閃爍著點點星光。

喬春和唐子諾對視了一眼，臉上都露出了以子女為榮的笑容。確實，他們家的寶貝們是最棒、最善解人意的。

唐子諾朝喬春眨了眨眼，似乎在說：怎樣，我厲害吧？

喬春接收到他的眼神，微微蹙眉，但嘴角卻不自覺地逸出了一抹淺笑，她毫不領情地望向他，挑釁地偏頭、努嘴，似乎在反駁：我看不出你哪裡厲害？明明就是我教得好！

「咳咳……」皇甫傑看喬春和唐子諾只顧著進行眼神交流，似乎把他的問題給拋諸腦後了，忍不住輕咳了幾句，提醒道：「你們要調情，待會兒回房再玩。可別想對我的話置之不理，我都等這麼久了，可沒那些耐性。」

喬春微微愣了下，紅著臉看向皇甫傑，見他悄悄朝自己眨了眨眼，又看了看端坐在一旁的杜湘茹，立刻明白皇甫傑在這個時候提這事的用意了。

當時她說過，除非他和錢財都成親了，否則認義父這事就免談。現在三哥已經成親，大哥也有了意中人，不過看來大哥的成親之路顯然不會太好走，因此他才想讓她在旁邊煽風點火。

喬春悠閒自在地看著皇甫傑，說道：「大哥，你好像忘記了當初我說過的條件了。」

「四妹立了什麼條件？」唐子諾忍不住的問道。他實在是好奇得要命，這世上有什麼條件是堂堂的逍遙王辦不到的？

喬春只是回以一笑，轉頭看著一旁的杜湘茹，問道：「湘茹，我有個問題一直想不明白，不知妳能否為我解答？」

「說來聽聽。」杜湘茹輕笑著點了點頭。

喬春垂眸沈吟了一會兒，似乎有些難以啟齒，又很像不知從何說起。

過了好半晌，喬春才抬眸看著杜湘茹，問道：「湘茹覺得，以他喜為己歡，以他憂為己愁，這樣算不算真心愛一個人？如果真的愛一個人，是不是就想幫他完成所有願望？」

「咳咳……」唐子諾低咳了幾聲，很意外喬春竟然是問這個問題？這話拿來問一個未出閣的女子，還真不是一般的唐突。

眸光轉動間，唐子諾看到坐在對面的皇甫傑目光緊緊鎖在杜湘茹身上，像是個愣小子等待心愛的人回應自己的表白。唐子諾怔了怔，抽回目光看向身旁的喬春，似乎有點明白她的用意了。

嘴角微微上揚，唐子諾靜靜端坐著，眼神不時在他們三個人身上來回輕轉。

杜湘茹的臉頰微微發燙，感受到皇甫傑那熾熱的目光，頭垂得更低了。

皇甫傑看著嬌羞的杜湘茹，視線完全無法從她身上移開。杜湘茹是在梅林谷裡長大的，不比外面一般女子，她單純內向，卻又爽快有義氣，平時與他相處也極為自然，不受一般世俗規範拘束。她認為與相愛的人在一起，並不是什麼大事，只要隨自己的心就好。

只不過，自從她之前隨風無痕回「天下第一莊」後，他發現她不再像以前那般隨心了，變得時常在意別人的想法和目光。而對於他們的婚事，她似乎也很在乎風勁天的意見。

畢竟上一輩的恩怨糾葛很是複雜，說風勁天心裡沒有一點疙瘩，他自己都不相信。在他看來，世上最痛苦的事情，不是生離，而是死別。因為先皇的氣憤與不甘心，讓風勁天與心愛的女人從生離變成死別，換作是他，他也不願意讓自己的女兒嫁給那個男人的兒子。

「愛一個人，就一定會願意為對方完成心願。」杜湘茹猛然抬起頭，定定看著喬春，一字一句說出她的答案。

沒錯，愛一個人，就一定會願意完成他的心願，會因他的喜而歡，會為他的憂而愁。這些事情杜湘茹本來還懵懵懂懂，但是剛剛喬春的問題，卻讓她想起那個白天教她「男人都不是好東西」，晚上卻拿著一個父親送的香囊獨自哭泣的娘親。

愛之深，才會恨之切。娘親時常神遊，時而蹙眉，時而輕笑，時而感到痛苦，時而散發幸福。

她在見過爹爹後，就明白娘親為何會那般掙扎了。不見，不是因為不愛，而是因為太愛，因為太愛，所以兩個人的情感中容不下第三個人。

爹爹說，皇室的男子不可能一生一世只守著一個女人，所以他不是很同意她和皇甫傑的事。只是，比起這些顧慮，她更不願意就此放手，之前他說會給她想要的生活時，她就知道自己沒有愛錯人。

他是皇甫傑，而不是一般凡夫俗子，他說過的話一定會兌現，她相信他。

「那妳希望大哥成為果果和豆豆的義父嗎？妳願意幫他實現這個願望嗎？」喬春點了點頭，終於問出了主題，末了又補上一句：「畢竟都過了那麼久，他還念念不忘，想必是真的打從心底希望當果果和豆豆的義父。」

「我願意！」杜湘茹想都沒想就應了下來。一個男人為了給妳想要的生活，連富貴榮華、權勢地位都願意捨棄，她實在想不出自己有什麼理由不為他的願望出點力。

皇甫傑一臉喜色地站了起來，咧開嘴說道：「那等皇兄的婚禮結束後，我就陪妳回『天下第一莊』。」

喬春和唐子諾相視而笑，他們實在很少看到大哥如此興奮急躁。看來，他是真的很著急，而且還缺乏安全感。

杜湘茹怔怔地看著他，很是疑惑。不是說要實現他的願望嗎，怎麼突然就變成陪她回「天下第一莊」了？這個轉變也太快了吧？她的腦子都有些轉不過來了。

「那個……不是要認義子和義女嗎？」杜湘茹疑惑地問道。

「是啊，不過前提是得先回『天下第一莊』。」喬春好心地替皇甫傑解釋，不過她不會全說，而是只解釋一半，另外一半就交給大哥自己說吧。

喬春微微張嘴，慵懶地打了個哈欠，回眸看著一旁的唐子諾道：「二哥，我們回房吧。明天還要早早入宮呢，我得好好的補補覺，睏死了！」說著就拉開凳子，慢慢朝門口走去。

「好，等我一下。」唐子諾笑著朝皇甫傑點了點頭，轉身上前幾步，牽著喬春的手回他們自己的客房。

他們雖然很好奇皇甫傑會怎麼跟杜湘茹解釋，但是一來夜已深，二來她真的睏了，三則這件事還是不要有電燈泡在場會比較好。

第一一一章　戲鴛鴦

昏黃色的燈光下，唐子諾和喬春窸窸窣窣脫下外衣衫，鑽進柔軟的被子裡。

唐子諾從背後環住喬春的腰，將她緊緊錮在自己的懷裡，下巴抵在她的青絲上，一抹淡淡的幽香撲入他的鼻腔，讓他整個人有些蠢蠢欲動。

唐子諾粗重的鼻息傳進喬春的耳朵裡，喬春卻是一動也不動，像隻慵懶的小貓般窩在他懷裡。他在想什麼，她就是用腳趾頭也想得到。

只是，自從她有了身孕以後，唐子諾就沒有和她親熱了。

半夜裡，喬春有時會聽到唐子諾壓抑的粗喘聲，她當時不明白他為什麼要咬牙強忍，後來他調製了一些安胎養身的藥丸給她服用後，她才理解他的壓抑是因為不想傷了孩子、傷了她。

這一刻，喬春不知該翻過身去抱住他，還是繼續裝作什麼都不知道。

忽然間，唐子諾的手開始在喬春身上流連，輕輕在她身上一路遊走，喘氣聲也愈來愈沈重……他俯首含住她的耳垂，將那熱氣噴在她敏感的耳朵上。

喬春不由得微微顫慄，身子裡像是有一道道電流四處衝撞，讓她全身上下禁不住酥麻起來。

唐子諾感受到了喬春的柔軟和放鬆，便輕輕將她翻了個身，炙熱的唇流連在她的臉、眉眼、鼻子、紅唇、玉頸上……

慢慢的，他們兩人身上的衣衫愈來愈少了。

正當彼此的體溫逐漸升高之際，唐子諾突然停了下來，看著喬春，有些擔憂地說道：「老婆，我想要妳，想得很難受。可是，我好擔心妳的身子……」

說這話的時候，唐子諾的雙手撐在喬春身體兩側，將身子的重量從她身上挪開。

喬春理解地點了點頭，對於唐子諾的細心和體貼很是窩心，輕啟紅唇道：「我雖然懷有身孕，可如果輕柔一點，應該還……」

話還未說完，唐子諾便用行動打斷了她的話，拉著她共赴雲雨巫山。

「老婆……老婆……」唐子諾不斷呼喊著喬春的特殊稱呼，彷彿只有這樣，他的心才找到依靠，不再飄泊。

緊窒、溫熱、密裹，兩具交纏的身體，在幔帳內釋放出旖旎色彩，傳達出一種無法言喻的親密和幸福。

喬春微微睜開眼，掀開幔帳望了望窗外，發現天色已經微微亮了。

翻動了一下身子，喬春只覺渾身疲憊。她打了個哈欠，緊緊抱住身旁的大暖爐，往唐子諾懷裡鑽了鑽，心滿意足地閉上了眼睛。真暖，寒冬臘月裡有這個超大的暖爐能讓她抱著睡，真是實惠又方便。

喬春現在只想再多睡一會兒，懶得管是誰要成婚，反正天還沒亮透，而且她相信大哥一定會派人來替她梳妝打扮的，所以她根本不用擔心睡過頭。

伸手摸了摸唐子諾那賁張有力的腰肌，喬春迷迷糊糊地稱讚道：「真暖，真有彈性……」

「呵呵。」耳邊傳來唐子諾一陣輕笑，喬春睜開眼睛看著身邊放大的俊臉，不禁微微閃了神。

濃眉如潑墨般，黑眸清亮，鼻梁高挺，嘴唇薄厚適中，尤其是那幾束散落在臉頰上的墨髮，更是襯出他的慵懶和不羈。這個男人，真的是個不折不扣的帥哥。

「醒了？」唐子諾的聲音低沈中帶著沙啞，在喬春耳邊響起。

喬春猛然回過神來，輕輕點了點頭，稍微移動了一下身子，才發現此刻他們的姿勢非常曖昧。唐子諾那滾燙的肌膚緊貼著她，雙手如同燒紅的鐵鉗錮著她的腰，而她纖長的雙腳則纏在他腿上。

感受到唐子諾赤裸裸的注視、火辣辣的目光，喬春頓時想起昨夜的種種，臉唰地一下子就紅了起來。她輕輕掙扎了一下，想離開他的懷抱，不料反被他摟得更緊密。

錦被下，唐子諾的手又開始作怪，情不自禁地在喬春身上游移，他低頭看到她玉頸上的紅草莓，理智又受到了挑戰。

唐子諾覺得自己的身體又熱了起來，如同一把火在身體裡蔓延，從四肢直達大腦，再散到每根神經中，熱得令他難以忍受。他體內的野獸咆哮著，想要盡情釋放滾燙的慾望。

唐子諾雙手托著喬春的腰將她放在自己身上，隨即張嘴在她身上流連忘返，恣意啃咬。

喬春身子打顫，情慾隨他的動作逐漸燃燒起來，她稍稍推開他，低聲道：「你不是擔心我的身子嗎？怎麼……」

現在天也已經開始亮了，很難說什麼時候會有人來敲門，他們這樣……好像不太好。

唐子諾扯唇輕輕一笑，懲罰性地咬了她一下，抬起明亮的黑眸說道：「老婆，妳不是最怕冷嗎？我現在就幫妳暖和暖和。妳放心，我等一下會小心一點的……」

「呃？」喬春舌頭差點閃到。他現在這麼說，等一下還不是照樣失控，看來這個男人的精力實在太旺盛了。

「老婆，不要分神，看著我。」唐子諾聲音沙啞道。

喬春還未回過神來，唇瓣便已被唐子諾的吻給吞噬。他的吻跟手，像是能源不斷的火把，一舉點燃她的身體，讓她隨著他的動作燃燒。

「老婆……老婆……」唐子諾又開始呼喚喬春的特殊稱呼，彷彿只有這樣，才能與她真正心神體合而為一。

早已嬌喘不已的喬春也低低回應著他：「老公……老公……」

雕花大床輕輕搖晃，銀色幔帳緩緩飄曳，這對交頸鴛鴦再次纏綿，在寒冷的冬天裡為彼此取暖。

待到一切恢復平靜時，喬春已經累得睜不開眼皮，懶懶依偎在唐子諾的懷裡，不一會兒便發出了均勻的呼吸聲，沈沈睡著了。

唐子諾沒有再睡，而是靜靜地摟著喬春。看著她微微翹起的紅唇，寧靜的睡顏，一顆心滿滿都是幸福與知足。

「老婆，以後我會為妳開路，不管是荊棘，還是平坦大道，我都會一直在妳前面。只要有妳在我身邊，我便會覺得全身有使不完的力量。」

也不知過了多久，門外響起敲門聲。唐子諾伸手輕輕推著喬春，親暱地捏了捏她的鼻子，喚道：「小懶蟲，起床啦！」

「別吵。」喬春不耐煩地伸手拍了拍他的手，睡眼惺忪地翻了個身，喃喃道：「別吵人家，睏死了，我要睡覺。」

唐子諾看著被喬春拍開的手，輕笑了一聲，繼續叫道：「老婆，天已經亮了，外面的人在等我們開門，我們還要趕去皇宮觀禮、赴宴呢！」

喬春不大情願地睜開眼，埋怨地瞪了他一眼，道：「早就叫你別鬧了。」

唐子諾自然知道喬春話裡的意思，於是他露出了兩排皓齒尷尬一笑，道：「沒辦法，太美味了。」

喬春又狠狠瞪了他一眼，怨道：「笑什麼笑？就你的牙齒白啊！」

好吧，她是耍小孩子脾氣了，但是唐子諾知道，這是因為喬春的起床氣向來比較重。

「嘿嘿，是挺白的。妳看，我不僅牙齒白，全身上下也都很白。」唐子諾說著，還不忘掀開被子向喬春展示他的白皙肌膚。

喬春沒好氣地瞥了瞥他，點點頭說道：「嗯，是挺白的，連腦子也白。」

「我就說嘛，我很白。」唐子諾開心地應和著，卻突然發現不對勁，他一臉不敢置信地看著她，說道：「妳竟然說我是白癡？」

喬春表情很是委屈地低聲道：「你不是說你全身都很白嗎？難道你的腦子不算在全身之中？」說罷便不再看他，迅速穿起衣服，她可不想待會兒外面的人都用「特殊」的眼光看著她。

兩個人窸窸窣窣穿著衣服，此時外面又響起了敲門聲，估計是那些侍女在外面吹了太久的冷風，或者是以為他們還沒有睡醒。

「公主，駙馬爺？」

喬春聽到「公主」這個稱呼，正在扣盤扣的手停了下來，一時之間有點無法適應。

唐子諾倒是淡淡一笑，伸手替喬春將盤扣扣好，輕聲道：「妳是太后的義女，這裡還是大哥的王府，侍女們都經過訓練，她們自然是按妳的身分來稱呼。妳還是先試著習慣吧，待會兒進了皇宮，這樣的場面自然少不了。」

自從被太后認為義女後，喬春還沒進過宮，加上家人、暗衛甚至山中村的村民對她的態度都一如往常，因此她完全沒有身為公主的自覺。

說完以後，唐子諾一邊走向門口，一邊喊道：「來了，稍等一下。」

一打開門，門外站著幾個侍女，手裡托著衣服和飾物，微笑著向唐子諾行禮。「給公主、駙馬爺請安！奴婢奉王爺之命，替公主梳妝。」

喬春從內房走了出來，看到她們手裡的東西，自然明白皇甫傑的意思。她身為公主，衣服、妝扮當然不可落人口實，何況今日是皇上成婚大典，宴會上還有不少外國使者，禮數自然得周到些。

這也就是喬春為何這般不喜歡人家稱她公主，又這麼不喜歡進宮的原因。那個富麗堂皇卻又充滿鬥爭的地方，她實在無法真心喜愛，若不是裡面還有個疼愛她的母后，她真想一輩子都別再踏進那裡。

「進來吧！」唐子諾側開身子，濃眉輕蹙，看著侍女們端著物品魚貫而入。光看盤子的數量，就知道東西比上次面聖時的還要多。

喬春也是擰著眉，不著痕跡地盯著盤子裡的東西。雖然自己不喜歡這麼繁雜的衣物跟首飾，可是眼下也只能忍耐。畢竟大齊國的公主、後宮佳麗、大臣夫人都是按品階決定飾品和衣物，就算是義女，怎麼說也是個公主，更要妝扮得貴氣逼人。

「四妹，我去找一下大哥。」唐子諾看了喬春一眼，決定先離開這裡。雖然他很明白接下來好一段時間喬春得關在這個房間裡動彈不得，但有了之前的經驗，他也很期待她裝扮得美美的。

喬春點了點頭，道：「好，你去吧！」

有鑑於上次進宮面聖的體驗，喬春知道梳頭可不是一時半刻的事情，便提前拿了本書放在梳妝檯上，這會兒她正看得津津有味，任由侍女們在她頭上作文章。

頭髮梳好了，接著就要上妝，這會兒喬春就是想看書，也看不成了。她乾脆閉目養神，放任她們在她臉上塗塗抹抹。

由於前一晚跟今天清晨唐子諾太過「努力」，加上剛剛看了好一陣子的書，讓喬春有些精神不濟，從一開始的養精神，轉變成打瞌睡，沒多久就跟周公下起棋了。

就在侍女們替喬春上唇妝時，她的頭驟然晃了一下，伴隨著她們的驚叫，喬春猛然被驚醒，她睡目惺忪地看著大驚失色的侍女們，問道：「怎麼啦？」

其實經過方才那一晃，喬春對於自己會變成什麼模樣心知肚明。不過，看她們驚慌的樣子，喬春倒是好奇得很，朝銅鏡裡看了過去——那個嘴角活像滴血的人是自己嗎？確實有些嚇人！

「沒事，妳們擦掉再塗就行了。」喬春抽回了目光，淡淡說道。

「謝謝公主！」侍女們微微一愣，隨即感恩戴德地行禮道謝。

喬春伸手揉了揉眉心，頭痛地說道：「又不是妳們的錯，是我不小心打瞌睡了。別再謝來謝去，也不必放在心上，還是快點重新上妝吧，待會兒怕是沒時間了。」

「是，公主。」侍女們微微一笑，重新幫喬春化起唇妝，這次喬春自然不敢再打瞌睡，連忙打起精神，靜靜端坐著。

化好了妝，侍女們便開始往她剛剛梳好的頭髮上別好頭飾，插上步搖，戴上耳環。隨著重量逐漸增加，再想到上次肩頸痠痛的慘痛回憶，喬春實在擔心她那脆弱的脖子。

喬春往銅鏡裡看去，頓時被裡面的人兒給吸引住。侍女們將她的桃形劉海給梳了起來，露出了光潔飽滿的額頭，還在眉心間替她畫了一朵粉色小花，看起來別具風情。梳得高高的髮髻上插著金玉間隔相串的鳳凰步搖，另一側則別上粉色牡丹玉釵。

雖然不是第一次盛裝打扮，但喬春還是有些回不過神來。

「公主真美！」侍女們看著喬春發愣，眼裡滿是讚嘆。公主本就生得美，氣質也出眾，這般打扮更顯得嬌貴無比，讓人移不開眼。

「謝謝妳們，辛苦了。」喬春不得不佩服這些侍女，總是能想出不同的花樣，這次她可是比上回還要有氣勢，果然「公主」就是不一樣！

「公主，請更衣。」侍女們才剛忙完，又開始七手八腳地替喬春換起衣服。

喬春換好衣服以後，外頭便傳來唐子諾的聲音。「四妹，好了沒有？大哥說是時候出發了。」

「哦。」喬春看著鏡子裡的自己，心不在焉地應了聲。唉，又是長裙子，難道大齊國這些達官貴人們的裙襬長度也是按品階來做的嗎？這裙襬比上次那套衣服還誇張，都能再縫一條裙子了。

喬春本以為皇甫傑會再替自己準備一套綠色的衣服，沒想到這次是一件粉色長裙，裙幅上面繡著象徵富貴的牡丹花，看起來真是貴氣逼人，頗有一國公主的風範。

房門應聲而開，唐子諾目不轉睛地盯著喬春瞧。雖是看慣了她的花容月貌，但經過一番精心打扮，她的美瞬間攀高了一個層次，不僅震撼心神，更讓人過目不忘。

「四妹，妳這次從茶仙子化身為牡丹仙子了，真好看。」唐子諾看著喬春，眸光閃爍，嘴角笑意難掩。

喬春抿唇輕笑，對唐子諾眼底的著迷很是得意。

不過當她仔細打量起唐子諾時，這才發現他也換了一套胸前繡著金絲祥雲的銀色長袍，腰間繫著一條鑲著藍寶石的玉帶，頭上的綢布髮帶也改成用玉笄來固定頭髮，整個人看起來風流倜儻、英俊瀟灑、高貴優雅，絲毫不比天潢貴胄遜色。

喬春眼裡浮現出激賞，她勾了勾唇角，輕啟紅唇道：「真好！」

「呵呵，走吧！我牽妳。」唐子諾自然明白喬春嘴裡的「真好」指的是什麼，不禁輕笑出聲，定定看著她，接著溫柔地牽過她的手，舉步往院子外走去。

「嗯。」喬春晶瑩深邃的眸子裡閃爍著亮光，她一邊走，一邊低頭看了看兩人緊緊交握在一起的手，嘴角逸出一抹幸福的笑容。

大廳裡，皇甫傑一身正經八百的王爺行頭，杜湘茹也一改往常，梳起貴族中流行的雲髻，至於她身上還是穿著跟平常一樣的白裙，只是裙身上多了一些翠綠的竹葉，裙襬上則有金絲繡的朵朵祥雲，看上去就像個站在雲絮上的仙子。

「走吧！時辰快到了。」皇甫傑不顧世俗眼光，牽起杜湘茹的手率先走在前頭，唐子諾和喬春則跟隨在後。

四個人坐在馬車上，徐徐往皇宮前進。

第一一二章 入宮遇險

「大哥，前一陣子我們那邊下起大冰雹，我一路走來，沿途看到許多百姓因為這場災害流離失所，朝廷這邊可有往下發放賑災的銀兩？」喬春看著車窗外仍舊繁華熱鬧的京城大街，柳眉輕蹙，輕聲問道。

皇甫傑的神情因為喬春這個問題而變得凝重起來。他薄唇緊抿，語氣有些失望地說道：「皇兄得知平襄一帶遇到百年罕見的冰雹災害，翌日便微服出巡，視察民情。」

喬春聽著，一改對皇甫俊的既有印象。能夠心繫百姓的皇帝，肯定是個明君。只不過她不太明白，為什麼大哥的表情看起來不是開心，反而有種很沈重的感覺。

「皇上心繫黎民，體恤百姓，這不是很好嗎？」喬春疑惑地問道。

皇甫傑沈痛地看著喬春，搖了搖頭道：「他這只不過是為了證實一個人的預言。」

「哦？」喬春等人同時看向皇甫傑，心裡很是驚訝，難道在這之前有人預言平襄一帶要下冰雹不成？

他們知道皇甫傑的話還沒有說完，也不著急提問，而是靜靜等待他開口。

馬車裡的氣氛瞬間凝結，皇甫傑沈吟了半晌，終於重拾話題，續道：「那人是前陣子皇兄去皇廟祭天時，偶遇的一位道士。當時皇兄祭天後換了衣服，只帶幾個侍衛在外面巡視民情。在一間酒樓休息時，有一位道士上前對他說，十二月大齊國定有一場百年難遇的災害。

「皇兄當下大怒，直道道士妖言惑眾，本想要侍衛將他交由官府處理，可就在這時，這位道士卻說要殺他也不差這一時半刻，不如先將他收監，待到十二月，如果沒有發生他所說的事，再將他定罪砍頭也不遲。

「就這樣，皇兄先將那道士收監待審，後來你們也知道了，十二月在平襄一帶果然遇到百年罕見的天災。皇兄收到情報後，匆匆出宮親自證實，事後差人放出那名道士，並破例封他為國師，賜予府邸，命他全心全意觀察天象，助君輔佐大業。」

說完，皇甫傑再度陷入沈思中。

喬春幾人亦同，個個眉頭緊皺。這事實在太玄，世上怎可能有如此神人？如果這種人真的存在，那他又何必只做一名道士，完全有自立為王的條件。但說他無心朝政，也無法令人信服，否則他不會用這種法子搭上一國之君。這種人要嘛陰險，要嘛狡詐，絕不會一無所圖地攀上皇上這棵大樹。

喬春的身子不由得微微發顫，內心產生絲絲不安。聽大哥說來，這個道士的動機實在令人懷疑，她可不相信他純粹是為了精忠報國。

思及此，喬春不禁低下頭細細思量。若是詳知氣象學的人，的確有可能藉由觀察天象來預測天氣，即便不是下冰雹，也可能因大雨而釀成災禍，只是機率的問題罷了。若是有心人士藉此操弄，那麼古代的人在知識不足的狀況下，的確可能相信對方是奇人異士，對他言聽計從。

「大哥，難道太后娘娘就沒有懷疑，沒提醒皇上嗎？這事細想一下，還頗有漏洞。」喬春無法對皇甫傑等人說明現代人能做到的事情，只能婉轉提出自己的質疑。

皇甫傑聽到這裡，也不由得輕嘆了口氣道：「母后自是多番勸說，可是皇兄一反常態，根本屢勸不聽。以前他多少能聽進母后的話，可現在他只相信那位國師說的。」

「哼，我覺得如果留他在宮裡，讓他輔助皇上，那真的會天下大亂。」喬春不以為然地說道。

唐子諾伸手拍了拍喬春的手背，勸道：「四妹，別動那麼大的氣，依妳現在的身子，情緒不能太過激動。」

「可不是？四妹，小心以後寶寶生出來性格暴躁。」皇甫傑接下唐子諾的話。

喬春不依地瞪了他們一眼，噘著嘴道：「哪有你們這樣說話的？小心寶寶聽到了，以後見你們就咬！」

「見我們就咬？」皇甫傑笑著反問了一句，見喬春點了點頭，終於忍不住大笑起來。

「哈哈！四妹，妳家寶寶會被小狗誤以為是失散的弟弟或是妹妹的。」

皇甫傑愈想愈好笑，笑聲逐漸加大，馬車裡的人也不禁跟著大笑起來。

「笑吧，笑吧。你要是不這樣笑，一直像剛剛那樣板著臉，眉頭緊皺，我可真會懷疑我家大哥是不是被人掉了包。」喬春也笑了起來，絲毫沒有半分不悅，反正她就是故意這麼說，好改變一下氣氛。

正如喬春所希望的，馬車裡一改沈悶的氛圍，四個人聊起一些開心的話題，不時傳出陣陣笑聲。

前面駕車的侍衛聽到皇甫傑渾厚的笑聲，嘴角也不禁輕輕上揚。自從卓越大哥受傷以後，主子的笑容便悄悄染上了幾分憂色，尤其是每回從房裡探視過卓越大哥出來後，總是信步在庭院裡，沈默不語。

現在卓越大哥雖然已經清醒，但仍處於不便下床的狀態，幾個弟兄經常輪流照顧，並照柳神醫的吩咐替他按摩身子與腿部，以免他將來行動不便。

到了宮門前不遠，侍衛跳下馬車，站在一側朝馬車輕聲喊道：「主子，到了。」

「嗯。」皇甫傑隨即下了馬車，攙扶著杜湘茹出來，喬春也由唐子諾抱著下車。

宮門下早已候著一位公公，見他們的馬車停了下來，便快步走來，站在他們面前恭敬地行禮。「王爺吉祥！公主吉祥！駙馬爺吉祥！」

「小胡子，可是母后讓你在這裡候著的？」皇甫傑瞥了他一眼，淡淡問道。

小胡子平時都在靜寧宮當差，今天既然不是安公公出現在這裡，那就表示是母后差人來接他們的。

小胡子行了個禮，應道：「回主子的話，是太后娘娘讓小的在這裡等候王爺和公主，太后娘娘想要公主先去靜寧宮敘敘舊。」

「走吧！」皇甫傑擺了擺手，便讓小胡子在前面帶路。

御花園裡一片喜氣洋洋，已經有不少皇親貴族在裡面走動。喬春看著這麼大的排場，心想只是娶一個妃子，怎麼搞得像是迎娶皇后似的，不知皇后看到以後會怎麼想？

妃子就算再嬌貴，也不過就相當於平常人家的妾室，而不是正妻。可是眼前的場面卻真不一般，連御花園裡的宮燈桿上、玉橋邊全都掛著紅綢布。

皇甫傑看著眼前一片火紅，英眉緊緊擰了起來。皇兄實在做得太過了，不過就是一個送來和親的公主，怎麼會為了區區一個妃子就破了老祖宗的規矩，按迎娶正妻的標準來布置呢？難道他一點都不顧及皇嫂的心情嗎？

皇嫂的娘家可是大齊國第一外臣，他們的先祖是開朝太祖皇帝的義兄，幾代人全是忠心護國的大將軍，戰功累累，為大齊國立下不少汗馬功勞。皇兄這般行為，可是會讓人心寒的啊！

御花園裡不少貴婦、千金小姐們指著喬春一行人交頭接耳、竊竊私語。

「妳們瞧，聽說那個穿著粉色宮裝的就是太后的義女——德馨公主，長得可真是好看啊。」

「她身邊那個銀衣男子真俊！」

「那是德馨公主的夫君，妳這個大花癡。」

「說誰花癡呢？妳還不是一樣，瞧妳看著人家逍遙王，口水都流出來了。」

「別管我啦！不過……那個白衣女子又是誰？她怎麼一直與逍遙王並肩而行？啊……逍遙王居然還牽著她的手，這怎麼可以？王爺不是一直不喜歡女人與他太過親近的嗎？」

御花園涼亭裡隱隱約約傳來的談話內容，讓喬春忍不住想要大笑。

「一群三八。」皇甫傑忍不住啐了一口，腳步不自覺地加快了一些。

「呵呵。」喬春和杜湘茹不約而同地咬唇輕笑，原來逍遙王也有抓狂的時候啊！

靜寧宮

「啟稟太后娘娘，逍遙王和德馨公主等人已到。」小胡子快步走進大殿，恭敬地向太后稟告。

「春丫頭他們來啦？快快讓他們進來。」太后聞言立刻笑瞇了眼，連忙吩咐眾人。

坐在殿下的妃子們聽說德馨公主來了，立刻都來了精神，眼睛緊盯著大殿門口。她們之中只有董貴妃見過喬春，主要是因為喬春當天是在靜寧宮聽封，而且之後他們很快就回去山中村，並未再參加皇室家宴。至於皇后，則是因為身子一向不好，鮮少參與各種活動，也就沒有出現在這種場合了。

坐在離皇太后最近的董貴妃一聽喬春來了，鳳眸裡忽然閃過一道陰狠的冷光。她永遠都無法忘記那顆上面刻明了喬春是禍害的石頭從天而降，砸到她面前，才讓她驚嚇過度，失去盼望已久的孩子。

本來她想母憑子貴，將沒有子嗣的皇后扳倒，誰料到天不從人願，讓她的孩兒才兩個月就沒了。這一切都怪喬春，她根本就是個妖女！

更讓董貴妃難以接受的是，現在皇上居然以娶皇后的排場迎娶晉國公主，不用說，皇上的心一定是跑到那晉國公主身上去了。失去孩子後，皇帝就以她要養身子為由，已經許久沒去她的清泉宮，現下皇上有了新妃子，她想要重得往日的恩寵，就更不可能了。

都怪這個喬春妖女，她一定不會讓她有好日子過的，絕不！

站在董貴妃身後的覃嬤嬤感覺到主子不穩的情緒，便輕輕在她背上輕輕拍了一下，提醒她眼前的情況。

董貴妃回過神來，稍稍平息怒氣後，眸中已不見半分陰冷。她看見喬春從殿門口走了進來，連忙起身迎向前去，嘴角露出一抹甜甜的笑容，熱情地牽過喬春的手，笑道：「妹妹，太后娘娘已經等妳好一會兒了，好些日子不見，妹妹越發明亮動人了。」

「妹妹？」喬春聽到她的稱呼，挑了挑眉。之前在靜寧宮時她就稱呼過她「春兒妹妹」，當下她心裡就對她的假親切很反感，只是沒有表現出來。更何況，董貴妃號稱一國才女，卻連正確的稱呼都弄錯，之前如此，現在也沒改變，看來她真的腦子發熱，一心只想表現出熱情的模樣，真是討人厭！

喬春勾起唇角，抬眸柔柔地看向董貴妃精緻的臉蛋，笑道：「多謝貴妃娘娘，只是這個妹妹，德馨實在擔當不起。」

眾人總算反應過來了，禁不住一臉嘲笑地看著董貴妃。這個妹妹實在可不能亂喊，像她們同是皇上的女人，平時自是按品級以姊妹相稱，可喬春明明就是公主，她卻喊人家妹妹，這不亂了套嗎？

「咳咳……董貴妃，以後說話要多加思量，這事要是傳到外人耳朵裡，不知會怎麼想？」太后剛剛還笑意盎然的臉，此刻已經拉了下來，不悅地瞥了董貴妃一眼。但當她眸光輕轉看向喬春時，臉上又揚起溫暖的笑容。

董貴妃聽到太后的指責，心裡頓時又氣又恨，連忙跪了下去，磕頭向太后賠罪。「謝謝太后娘娘，臣妾定會謹記太后娘娘的教誨。」都怪她急著表現，卻忘了稱呼上的規矩，這才鬧了個大笑話。

「起吧！」皇太后優雅地抬了抬手，眼光卻是盯著喬春。

「是，謝謝太后娘娘。」董貴妃站起身來，內心咒罵了喬春千百遍，新仇舊恨之下，她恨不得一口將喬春咬死。但在這個場合，她絕對不能做出有失禮儀的事情，還得想辦法彌補才行。

思及此，董貴妃轉過身，眼眶泛紅看著喬春，柔聲道：「德馨公主，剛剛是我說錯話了，請妳原諒！」

還來?!喬春不禁一個頭三個大。這女人剛剛的眼神明明就想將她碎屍萬段，可現在卻又柔弱如風中柳絮似地紅著眼跟她道歉，還真是讓她無語。這人活得這麼假，到底累不累啊？

「貴妃娘娘這是哪裡的話，德馨哪敢生貴妃娘娘的氣？」喬春輕聲說道。要假就假吧，論起演戲，她可不會輸。

喬春自從進了宮就一直以「德馨」自稱，不是她多愛顯擺，而是皇宮裡人心難測，往往存在著一些看不見的黑手，你退一步，別人就會進一步。把公主的身分拿出來掛在嘴上，多少能替自己擋掉麻煩，何樂而不為？

「謝謝公主，公主快點向太后娘娘請安吧，太后娘娘可是經常跟我念叨公主呢！」董貴妃破涕為笑，伸手牽過喬春，拉著她往太后面前走。

喬春沒有掙開手，心想：既然妳不做作就活不下去，就讓妳表現一下吧。

隨著董貴妃走到大殿中央，喬春抬眸看著太后，嘴角逸出一抹溫和的淺笑，恭敬地行禮。「參見太后娘娘，太后娘娘千歲千歲千千歲！」

太后連忙揮手要喬春起身，笑道：「春丫頭，不必行大禮，妳是不是該改口了，怎麼還叫太后娘娘呢？」

喬春微微一怔，隨即乖巧地朝太后福了福身子，輕輕喊了聲：「兒臣給母后請安。」

「好、好、好！真是個好孩子。」太后欣喜異常，還伸手擦了擦眼角的淚水。

皇甫傑拉著杜湘茹和唐子諾一起走到喬春身邊，看著喜極而泣的母后，自然知道她情緒失控是因為想起了雅兒。他朝杜湘茹、唐子諾暗使了個眼色，率先向太后請安。「兒臣給母后請安！」

「民女參見太后娘娘，太后娘娘千歲千歲千千歲！」杜湘茹不亢不卑，落落大方地向太后行禮，嘴角始終掛著淡淡的笑容，有如和煦春風，暖入人心。

「草民參見太后娘娘，太后娘娘千歲千歲千千歲！」唐子諾也恭敬地行禮。

「都起來吧，子諾也別總是太后、太后的叫，以後就跟春丫頭一樣，喊我一聲母后便是。」太后慈祥地看著他們，隨即又對杜湘茹道：「湘茹丫頭，妳和春丫頭到我這裡來坐，咱們母女三個好好聊聊。」

喬春和杜湘茹相看一眼，齊齊行禮謝過，乖巧地來到太后身邊，任由她笑咪咪地拉著她們的手。

殿下的妃子們一個個目瞪口呆地看著坐在太后兩側的女子，久久不能回神。她們可從沒見太后對誰這般親暱過，臉上也掛著慈母的笑容，閃痛了她們的眼睛。

皇甫傑則是久久沒從太后那句「咱們母女三個」中回過神來，想著想著，他的嘴角逸出一抹笑容。母后這話的意思就是同意了他跟湘茹的事，也表示母后已經當她是兒媳婦了。

本來太后一直擔憂杜湘茹的血統，可自從皇甫傑告訴她，杜湘茹的的確確是風勁天的女兒後，她便十分樂見他們的婚事。「天下第一莊」富可敵國，如果能跟皇家聯婚，自然大大增加皇家的力量。而且皇甫傑一直不近女色，也不願娶妻納妾，太后原本就為此感到著急，現在既然皇甫傑有了心儀的女子，她這個做母親的，當然真心為他開心。

「母后，我和子諾先去幫忙打點一下，等時辰到了，再來接母后。」皇甫傑笑著向主位上的太后告退。把湘茹和四妹留在太后身邊，再安全不過了。如果把她們放在御花園或其他宮殿，他反而會提心弔膽，畢竟皇宮是個什麼樣的地方，他心裡有數。

「嗯，去吧。」太后說著，眼光看向那些神色各異的妃子們，收起了笑容，淡淡說道：「妳們也去打點一下，今天是妳們又添一位新姊妹的好日子，都去忙吧。」

「是，臣妾告退。」妃子們緩緩走到大殿中間，整齊地向太后行禮，只是她們臉上的笑比哭還難看。試問有誰願意眼睜睜看著自己的夫君迎娶別的女人？雖然她們不是皇上的正妻，但始終是共用一個男人。後宮的妃子本來就不少，如今再加一個晉國公主，她們哪能做到不怨不恨？

喬春和杜湘茹心有所感地對視了一眼，雙雙看到彼此眼裡的同情和無奈。這就是天家的女人，在富貴榮華背後，全是別人看不到的心酸和不擇手段。

「聽說春丫頭又有喜啦？」太后不再去看那些魚貫而出的妃子，而是偏過頭，滿臉笑意地看著喬春問道。

別看她是高高在上的太后，她同樣是個一心盼著抱孫的女人。之前董貴妃肚子裡的孩子沒了，她著實心痛了許久。皇帝後宮的女人不少，這麼多年過去了，卻不能讓她早日當上奶奶。

說太后不著急是騙人的，她實在恨不得每個妃子都能挺著大肚子來看她，可是天不從人願，她一點辦法也沒有。

「母后，您怎麼知道這件事？」喬春有些不好意思起來，輕聲應道。

走到宮殿門口的董貴妃聽到喬春的話，頓了頓腳步，隱在袖中的雙手緊握著，長長的指甲掐進了手心裡，可她卻絲毫都不覺得痛。她身子微微顫抖了起來，舉步往清泉宮走去。

清泉宮

可惡，可惡，可惡的女人！害得她的孩兒沒了，她卻懷上了?!

此時董貴妃已經失去了理智，在她的眼裡，喬春就是個妖女，如果不是她，自己的孩兒就不會沒了；如果不是她，皇上也不會這麼久都不去她的清泉宮！

「砰！」董貴妃氣不過，一回殿裡就將桌上的杯盤全掃到地上，一時之間滿地狼藉。

董貴妃那張精緻的臉蛋嚴重扭曲，滿目猙獰，鳳眸裡如火海翻騰，雙目噴火。

「該死的女人！為什麼她一個低賤的農婦可以一躍成為公主？為什麼她可以得到所有人的關愛？為什麼，為什麼，為什麼！」董貴妃氣瘋了，想到喬春當著那些妃子的面給她難堪，又想到皇上有一次與她溫存時，嘴裡喊出喬春的名字，她就恨不得折她的骨、喝她的血、剁她的肉！

她怎麼能不恨？就因為喬春的出現，她周遭的一切全都變了。長盛不衰的恩寵不僅成了過去，就連以前那些天天奉承她、人前人後姊姊長姊姊短的妃子們，現在都陽奉陰違了，這教她怎能不恨？在皇宮裡，一旦沒了恩寵，就代表地位也失去了。

那些可都是她千方百計掙來的，怎能因為一個下賤的農婦，就付諸流水了呢？她恨啊！好恨好恨……

覃嬤嬤對宮女們使了個眼色，那些原本還在收拾破碎片的宮娥便魚貫而出，並關上殿門。

「娘娘，您心中有氣有恨，奶娘都明白，可是妳這個樣子，奶娘心疼啊。」覃嬤嬤輕輕扳開董貴妃的手，看到她的手掌心不僅破了皮，連肉都翻開了，頓時心痛得眼淚都掉下來。

這雙手可是要彈琴的，怎麼能受傷呢？這可是以後要重得恩寵的本，只要尋得機會，以她家小姐的容貌和才藝，要重新贏回皇上的心也不是不可能啊。

「娘娘，您別再任性了，聽奶娘的話，一定要好好保重自己。您再怎麼說都是堂堂貴妃娘娘，想要重新取得皇上的恩寵，也不是件困難的事情。您只有每天都打扮得光鮮亮麗，那些人才不敢看不起您，皇上才會重新看到您的好。

「聽奶娘的話，世上的男人不會喜歡整日死氣沈沈、怨天尤人的女人。如果實在氣不過，只要她在皇宮裡，我們就有辦法懲治她。這事您不要管，讓奶娘來幫您。不管成還是不成，都跟您沒有一絲一毫關係。」

覃嬤嬤是真的心疼她家娘娘，而且她也明白，如果要幫她家娘娘出氣，不管事成與否，她都不能讓她家娘娘沾上一點關係。再說，要是有個不小心，別人就會在背後坐等自己的成果，來個一石二鳥，那樣的事情可不是她樂見的，所以無論如何她都不會讓她家娘娘手裡沾上半點血腥。

「奶娘，妳說的我都明白，可是，我就是做不到啊！妳也聽到了，她害得我沒了皇兒，她卻一點懲罰都沒有，妳教我如何對得起我那可憐的皇兒啊？我實在不甘心，為什麼我辛辛苦苦得到的一切，在她出現以後就什麼都不剩了？」董貴妃虛脫地坐了下來，嘴角抽搐，恨不得撕爛喬春那張絕美又散發著幸福的臉蛋。

「娘娘，您先把身體養好，奶娘一定會想辦法讓您再懷上龍子的。您要相信奶娘，奶娘不會害您的。」覃嬤嬤走上前，輕柔地撫摸著董貴妃的頭髮。

打從小姐出生，她就進府做她的奶娘，從未離開過小姐身邊半步。這十幾年來，她們名為主僕，卻情同母女。小姐的性子她自然曉得，大戶人家出身，又被稱為大齊國第一才女，難免心高氣傲。

只不過，人生有高潮，也有低潮；人爬得愈高，跌得就愈重。現在只能說是貴妃娘娘不走運，但以她過去受寵的程度來看，相信事情會有轉機的。

「奶娘，妳對我真好。」董貴妃輕輕地把頭靠在覃嬤嬤懷裡，嘴角終於有了一絲笑意。

她知道覃嬤嬤說過的話就一定會實現，這些年來，她的事情都是覃嬤嬤一手打理的。她們不是沒有做過狠毒的事情，可是覃嬤嬤從來都不會讓她的手沾上血，所有的事情都是她一手包辦。

以前，她不明白，但是現在，她什麼都懂了。

天色漸漸暗了下來，御花園裡燈火通明，熱鬧萬分。

皇帝和晉國公主已經行過禮，因為是娶妃，所以只須向太后行禮，再送入專屬宮殿即可，無須百官觀禮。

宴會設在御花園裡，席位中間搭了個戲臺，戲班子的人早已唱起戲來，臺下也坐了不少皇親貴族，每個人全都看得很是著迷。

大齊國的貴族很喜歡聽戲，傳說是太祖皇帝那時傳下來的。據說太祖皇帝最寵愛的一個妃子不僅喜歡聽戲，也喜歡唱戲，所以不管是民間的文人雅士，還是皇親貴族，都當品戲是一種高雅的事。

喬春也看得興味盎然，以前她的茶館裡也設有戲臺，不過戲的種類因地而異，畢竟人們都喜歡聽自己家鄉的戲，所以一開分店，她就會在茶館裡請人唱本地的戲。針對某些茶館，喬春還會乾脆設一個空戲臺，讓一些老戲骨自己組戲班去唱，這樣不僅滿足了那些老戲骨，也為她提高不少營業額。

董貴妃看著宮燈下安靜地坐著看戲的喬春，心裡恨得牙癢癢的。她不得不承認這個女人長得很美，她身上有一種純淨、出塵的氣質，讓人一看就被深深吸引。

董貴妃愈看心裡愈不是滋味，她低頭攤開手，看著受傷的掌心，鳳眸中又燃起了火苗。

喬春心中沒來由的一顫，感覺有一道冷冷的光朝她射了過來，可是她抬頭朝四周看了看，卻沒發現可疑的人。

輕輕搖了搖頭，喬春重新將目光調回戲臺上。一定是自己太敏感，或是宮廷鬥爭劇看太多了，一進皇宮就草木皆兵。

喬春喝了一口茶，眼光瞄向身旁的杜湘茹，卻發現她不知什麼時候已經離開。放下手裡的茶杯，喬春站起來往周圍掃看了一圈，卻仍舊沒發現杜湘茹的身影。

不是說好了要在一起看戲的嗎？她怎麼會一聲不吭就離開了？喬春忽然想到杜湘茹是個涉世不深的姑娘，而且隻身在吃人不吐骨頭的皇宮裡，內心不由得著急起來，連忙四處尋找。

喬春沒有目的地在御花園裡尋找杜湘茹，她想通知大哥，可又不知大哥和唐子諾在哪裡？此刻御花園裡到處都是人，要找個人還真是不容易。

尋找了好一會兒，喬春還是沒看到杜湘茹的蹤影，她不禁更加焦急。

站在路邊的宮燈下，喬春扭著手指，徒勞無功地踮著腳四處張望，只希望那道熟悉的身影可以出現在自己面前。可是時間一分一秒過去，卻還是沒看到杜湘茹，喬春實在忍不住了，抓了個人就問。

「請問妳有沒有看到一個身穿白裙，裙上繡著翠竹葉的姑娘？」喬春喊住一位端著茶水從石板路上走過的宮女，著急地問道。

那宮女停下腳步，上下打量著喬春，沒有認出她是誰，不過看她衣著華麗，便不敢怠慢。她蹙著眉沈思了一會兒，說道：「我剛剛從那邊過來的時候，好像有看到一個白裙姑娘站在玉橋邊，不過距離太遠，也不知是不是您要找的人？」

「我知道了，謝謝妳！」喬春道了聲謝，連忙往宮娥指的地方走去。

事情總算有了點眉目，這讓喬春的心稍稍安了些。因為今天是皇上和晉國公主的成婚宴，雖然女子們不敢穿著大紅色衣服，怕對新娘子不敬，卻也沒人選穿白色衣裙。因此喬春聽到宮女的敘述時，便能肯定那個人一定是杜湘茹。

只是，喬春有些不明白，杜湘茹怎麼會一聲不吭一個人跑到那邊去呢？

喬春想著，望了身後那喧囂的地方一眼，似乎有些明白了。杜湘茹一向安靜慣了，她不喜歡待在人多又吵雜，而且還沒幾個熟人的地方，這就不難理解她為何會跑到相對來說比較僻靜的角落去了。

喬春轉了幾個彎，終於看到了玉橋，也瞧見玉橋上那一襲白裙的女子。她彎起唇角，一步步朝玉橋上走去。看了看四周的環境，喬春有些讚賞杜湘茹的選擇了，這麼寧靜又可以賞景的地方，光是站在這裡，就有一種心曠神怡的感覺。

慢慢走到杜湘茹身後，喬春剛想開口喊她，卻突然看到她放在玉橋欄杆上的手指，心裡暗叫一聲不好。她記得杜湘茹的手指又細又長，可眼前這人的手指一看就沒那般纖長。

這是一個圈套，一個引她來這個偏僻地方的陷阱。喬春現在就是用膝蓋想，也能猜到有人要對自己不利。

怎麼辦？喬春迅速掃看了一下四周，渾身的血液都要被抽乾了。這地方實在太偏僻，現在她就是喊破喉嚨也不會有人聽見。她真的不明白自己到底招誰惹誰了，皇宮她也沒來幾次，怎麼會有人想要害她呢？

喬春深深吸了一口氣，拚命想讓自己冷靜下來，可是她還來不及細想，面前的人就忽然轉過身來。

「啊！」一看到對方的臉，喬春忍不住尖叫了一聲。那人的臉上塗滿了油彩，畫著一張血盆大口，她這麼一轉身，著實將沒有心理準備的喬春給嚇了一大跳。

「妳是誰？為什麼要假冒杜湘茹？是誰派妳來的？」喬春一邊問，一邊暗暗運功，準備開打。

對方沒有回答，而是直接就向她招呼過來，喬春狼狽地擋了幾招，卻因為自己身上那裙襬超長的衣服而施展不開身手，節節敗退。

背抵在玉橋欄杆上，喬春看著對方一步步向自己走來，頓時心生一計，待她走近時，又與她纏打起來。

「砰！」水面上忽然激起一道高高的水花，喬春就這樣掉進了湖裡。她剛才與對方過招時，先深深吸了幾口氣，就是為了這一刻。喬春怕那人也會跟著跳下水，便佯裝不諳水性，拚命伸手在水面上亂揮。

雖然肚子裡有孩子，但喬春知道這種裝飾性的湖水並不會太深，她要是不這麼做，肯定沒辦法過白衣人那一關，所以雖然這是下下策，卻也是上上之策。

白衣人見喬春根本就不識水性，又是天寒地凍，也就懶得下水，而是站在橋上看著喬春漸漸往下沈，直到水面恢復了平靜，她才滿意地離開了玉橋。

水面下的喬春憋著一口氣，偷偷朝湖邊游去。她剛剛已經注意到玉橋側邊是個水上涼亭，於是她便憋著氣游到涼亭附近，再露出水面呼吸。

吐出一口腥臭的湖水，喬春緊緊攀著水裡的亭柱，大口大口吸氣。

她偷偷望向玉橋那一頭，只見那白衣人還站在湖邊，靜靜盯著湖裡看。

喬春被嚇了一大跳，慢慢挪到柱子後面，一動也不敢動。

不知過了多久，喬春已經凍得全身發抖，腳也有了抽筋的徵兆。她知道自己不能繼續待在水裡，不然等一下她就算不被凍死，也會因腳抽筋而真的溺水。

伸手摸了摸腹部，喬春一咬牙，重新潛入水裡，往湖邊游去。

她不能再等了，再等下去只有死路一條。她還不想死，她有太多的牽掛，她的肚子裡還有未出世的寶寶啊！

喬春死命往湖邊游去，漸漸的，她感到身子愈來愈冷，更可惡的是那長裙襬竟選擇在這個時候纏住了她的腳。她慢慢往水裡下沈，憋著的氣也快用完了。

喬春悲哀地想，自己是不是真的就要成為湖中的新女鬼了？

她不服，她不甘心！

或許是人在絕境時，總是能激發出超強的潛能來吧，喬春在水中奮力脫下身上的長裙，待雙腳終於獲得解放後，她拚盡全力往上游，腦袋露出水面，大口吸著新鮮的空氣。

媽的，要是讓她知道是誰這般害她，她一定會狠狠咬死她。人家是活得憋屈，她現在是活著憋氣，真是夠了！

此時，宴會現場已經人仰馬翻了，眾人都開始在四周尋找失蹤的德馨公主。

「公主……」

「公主，您在哪裡？」

喬春隱約聽到空中傳來呼喚自己的聲音，可是離得太遠，她就算出聲呼應，別人也未必聽得見，更可能會把敵人引來。這個時候她已經筋疲力盡了，敵人就是再不濟，也能把她像隻螞蟻般捏死。

她不敢冒這個險，吸足了氣，喬春忍著腳快要抽筋的痛，繼續往湖邊游去。

「春兒……妳在哪裡？妳應一聲好不好？」唐子諾紅著眼，發了瘋似地運著輕功四處尋找喬春的身影。

宴會前皇甫傑帶唐子諾去認識一些大臣還有世家的掌舵人，皇甫傑說認識這些人，以後在商業上多少會有些幫助，他想到與陳清荷的三年之約，便隨著皇甫傑結識了一下。誰知道他回來後，就看到杜湘茹正在找喬春。

那一刻，他心裡無比害怕，皇宮是什麼地方，他心裡也很清楚。大哥也是當下就找了些人開始四處尋她，只是目前都還沒有消息。

「春兒……」

「公主……」

「在這裡，快點來啊！」就在此時，玉橋邊突然傳來宮女驚慌失措的聲音，唐子諾和皇甫傑聽了，雙雙運著輕功趕了過去。

「人呢？公主到底在哪裡？」兩個人異口同聲問著那個渾身發抖的宮女。

宮女伸手指了指湖面，囁嚅道：「那裡。」

第一一三章 不安

唐子諾看著浮在湖面上的衣服，只覺得一顆心掉進冰窟裡，身體也彷彿被人瞬間抽乾了力氣，有些搖搖欲墜。

「砰！」水面上盪起了直擊橋底的水花，唐子諾躍入水裡，伸手一把拉住那件衣服，卻發現只是條裙子，並不是喬春的人。

手裡緊握著喬春的衣服，唐子諾心中又燃起了希望。

春兒到底在哪裡呢？這麼冷的天，她整個人掉進湖裡，會是怎麼樣的情況？唐子諾不敢再想，連忙沈入水中，四處尋找喬春的蹤影。

「快點，你們幾個到湖邊四周去找，另外幾個打著燈划扁舟去找，快點，快去啊！」皇甫傑失去了平時的冷靜，急切地指揮各隊人馬，雙手緊握，目光如同探燈似的在不算太黑的湖面上搜尋喬春的身影。

又冷又痛又乏力，喬春艱難地划著水，在心裡狂罵那個想害她的人百遍、千遍、萬遍，彷彿只有這樣才能讓她感覺不那麼冷，唯有如此她才有力氣向前划。

她實在搞不懂，自己向來低調做人，也從不做傷天害理的事，為何這些吃飽了沒事幹的人總愛拿她來開刀呢？難道她就真的那麼好欺負不成？

就在喬春感覺自己快要支撐不住時，她的身子陡然一輕，落入了一個結實的懷抱裡。

「二哥，我好冷！」一股熟悉的味道撲入鼻中，喬春繃了許久的身體與心靈，瞬間鬆弛了下來。此刻她知道自己已經安全，不用再擔心了，真好……

唐子諾緊緊抱住懷裡瑟瑟發抖的人兒，以最快的速度游回岸邊，伸手接過宮女遞過來的大氅，將喬春密不透風地包了起來，試圖讓她不再那麼寒冷。

從湖裡抱起她那一刻，他感受到她的纖細、她的不安、她的脆弱……心中一緊，唐子諾低頭看著懷裡的喬春。她的臉頰貼在他胸前，頭髮濕漉漉的，臉色蒼白，長長的眼睫毛輕顫而低垂，紅唇呈現微紫，輕輕顫抖著。

貼在她背上的大手悄悄將真氣傳進她體內，喬春只覺凍僵的身體內驟然湧進一股股暖流。

喬春將自己的身子更加偎進唐子諾的懷裡，伸出雙手緊緊、用力地環住他的脖頸，似乎只要她一放手，他就會消失不見；彷彿只要她一鬆開，那鋪天蓋地而來的不安就會再次入侵她心裡。

唐子諾就那樣在眾目睽睽之下，一步步抱著喬春從御花園走向太后的寢宮。

「春兒，妳有沒有哪裡不舒服？」杜湘茹和皇甫傑雙雙跟上前去，看著唐子諾懷裡那個臉色蒼白、了無生氣的喬春，不由得著急起來。

杜湘茹好後悔自己為什麼要走開，自己應該陪在喬春身邊的。可是人有三急，那時她見喬春正看戲看得入迷，想到自己一下子就會回來，所以也就沒跟她招呼一聲，沒想到卻出了這樣的事。

看著這樣的喬春，她真的好後悔，好難過……

喬春輕輕搖了搖頭，算是給杜湘茹的回答。此刻她真的沒有力氣開口，她好冷，冷到牙齒直打顫。

這一路上，喬春什麼話都沒有說，而她身旁的唐子諾、皇甫傑和杜湘茹也同樣一言不發。只是他們身上散發出來的冷氣，卻讓某個黑暗中的人不禁抖了抖身子。

明明就泡在水裡這麼久，明明親眼看到她沈進湖底了，為什麼還能活著等人來救呢？可惡，原來她耍詐，而自己則被她無懈可擊的表演給騙了！

黑暗中的人雙手緊握成拳，狠狠擊向假山上的石頭，頓時拳頭鮮血淋漓，而她卻沒感到一絲一毫疼痛。

「王爺吉祥！公主吉祥！」靜寧宮的太監、宮女們全被怒氣沖沖的王爺，還有奄奄一息的公主給嚇了一大跳。

「快點找一套乾淨的衣服來，趕緊去煮薑湯，再去找個太醫過來。公主落水了，動作快一點！」皇甫傑一進門就開始指揮殿內的宮女和太監做事，臉上的表情自始至終都冷得讓人不寒而慄。

皇甫傑帶著唐子諾來到偏殿，等進了內殿，他便拉住杜湘茹，向她使了個眼色。「二弟，你先在這裡安撫一下四妹，太醫馬上就會來。」說完，他深深看了依舊冷得打哆嗦的喬春一眼，眸中浮現絲絲心疼。

這個時候他還是把時間和空間都留給他們兩口子比較妥當。看起來四妹真的受到驚嚇，這種狀況下也只有二弟才能安撫她了。

他現在的首要任務，就是安排人仔細調查事情經過，他可不相信四妹是自己掉下去的，況且四妹也不可能無緣無故一個人跑到那麼偏遠的玉橋上去。

這中間一定有什麼他們不知道的事情。雖然他很想讓四妹自己開口說明，可是以她現在的情形看來，實在不宜打擾，她需要的是安靜和安撫。

「好，這裡有我，大哥就放心吧！」唐子諾點了點頭，眼神與皇甫傑無聲地交會了一下，暗暗交流訊息。

皇甫傑了然地點頭，牽著杜湘茹就往外走。

此時，一名宮娥托著衣服走了進來，她恭敬地向唐子諾福了福身子，說道：「駙馬爺，讓奴婢來替公主換下濕衣服，擦擦身子吧。」

「放著吧，我來就好。」唐子諾擺了擺手。現在他不想離開喬春一步，如果不時時刻刻將她放在自己眼皮底下，他真的不放心。

「是！奴婢告退。」宮女領命，微微福了福身子，便退了下去，並順手關上了門。

「駙馬爺，王爺要奴婢們送熱水過來。」沒多久，門外又響起了宮女的聲音。

「抬進來吧。」唐子諾暗讚皇甫傑的細心。現在喬春的身體已經凍僵了，泡個熱水澡的確會好很多。

宮女們俐落地將大浴桶放到屏風後，再一桶桶往裡面倒進熱氣蒸騰的水，不一會兒，空中便薄霧裊裊。

「妳們都退下吧。」唐子諾輕聲說道。

「是！奴婢告退。」

唐子諾走到殿門前將門閂好，轉身走進殿內坐了下來，解開大氅動手去脫喬春身上濕透的衣物。喬春睜著矇矓的雙眼瞧著唐子諾，凍得蒼白的俏臉悄悄爬上了紅暈。

「還……是……我來吧。」喬春費了好大的勁，才讓自己凍僵的舌頭說出話來。

唐子諾看了她一眼，說道：「妳確定妳的手動得了？我來就好，妳身上哪個地方我沒看過？」說著，一直板著的臉露出了一抹淡淡的笑容。

喬春怔怔地看著他，想到他剛剛奮不顧身地下水救她，心中一暖，嘴角慢慢彎了起來。

他剛剛一定很擔心吧？

唐子諾彎腰幫喬春將繡花鞋脫了下來，溫柔地抱著她走向浴桶。在熱水浸泡下，喬春立刻覺得緊繃的神經放鬆了不少，手腳也不再僵硬，暖意直達全身。

喬春閉著眼靜靜享受唐子諾充滿愛心的服務，過了好半晌，她抬眸看著他緊貼在身上的濕衣服，眸裡滑過絲絲心疼。她微微輕啟紅唇道：「熱水泡一下就暖了，你也下來泡一會兒吧？」

不過話才剛說完，喬春就有些後悔了。這裡畢竟是靜寧宮的偏殿，既不是唐家，也不是逍遙王府。

喬春俏臉上的紅暈讓唐子諾的眸子亮了起來，方才的緊張和心疼已不復見，他的唇角蘊含一絲喜色，勾起一道溫和的曲線。

「沒關係，妳先泡。」唐子諾心裡自是開心，但他也不是沒有分寸的人，這裡是什麼地方，他可是一刻也不敢忘記。

他們還有時間，不差這一時半刻，他現在心裡想的是如何揪出那個對喬春下毒手的人，還有就是等喬春狀況好一點以後，儘快離開這個吃人不吐骨頭的地方。

喬春伸手指了指屏風上那寬大的棉布，說道：「二哥，你幫我把棉布拿過來，我全身已經泡暖了。現在你把濕衣服脫了，下來泡一下吧。」

寒冬臘月裡身上的衣服濕透了，說有多冷就有多冷，她可是剛剛才「享受」過，可捨不得看著他受凍受寒。尤其是他們現在處境很危險，黑暗中隨時都可能會有敵人殺出來，所以他們誰也不能生病，因為他們就是彼此的依靠。

「妳再泡一下，我有內力，不會有事的。等妳泡好，我們就早點出宮。」唐子諾將喬春那纖長白皙的手壓回水裡。他嘴角勾了勾，一雙明亮到閃人的黑眸眨了眨，說道：「妳也不用內疚，回去妳再陪我泡澡就行了。」

喬春微微怔了一下，點了點頭，看著他調皮的模樣，頓時笑了起來。

他這個樣子是為了讓她輕鬆一點嗎？不過，她也恨不得立刻離開這個鬼地方，一刻也不願再待下去。

靜寧宮的大殿裡，氣氛很壓抑，端坐在主位上的太后微瞇著眼，眸光冷冽地聽著侍衛隊長向她彙報調查結果。

感受到太后冰冷視線的侍衛隊長根本不敢抬頭，跪在地上俯首道：「回稟太后娘娘，玉橋上沒有留下蛛絲馬跡，而且今天御花園裡賓客眾多，我們沒有……沒有……」侍衛隊長感覺頭頂那道冷光愈來愈重，忍不住冷汗涔涔，額頭上流下一滴滴豆大的汗，落在玉石地板上。

暗暗吸了口氣，他知道這事只能硬著頭皮向太后稟報，於是他嚥了口口水，潤了潤乾裂的喉嚨，牙一咬，說道：「我們沒有任何發現。」

「砰！」一聲巨大的聲響在靜寧宮大殿裡響起，相較於四周的安靜，顯得特別刺耳。

太后眸中射出一道冷光，狠狠將手裡的茶盞擲到侍衛隊長面前，茶盞破裂，滾燙的茶水濺在侍衛隊長手背上，很是疼痛，可他卻一動也不敢動。

「這點小事也辦不好。」太后淡然的聲音傳來，卻讓大殿上所有人不由得一顫。太后這句話可是一個字、一個字從嘴裡蹦出來的，讓他們更是心驚膽顫，不能自已。

「奴才失職，請太后娘娘賜罪！」侍衛隊長嚇得渾身發抖，顧不得地面上的瓷器碎片，也不管地面上還有茶葉渣和水，咚咚咚地猛磕起頭來。

他的額頭碰到瓷器碎片，劃開了口子，鮮血迅速染紅了地面上的茶水。不一會兒，地面上已是一片血色，看起來怵目驚心。

「哀家給你三天的時間，如果你還是查不出任何有價值的東西，就自個兒去領罰，退下吧！」太后的眉宇間有些疲憊，她擺了擺手，伸手揉起眉心。

太后身後的李嬤嬤見狀，立刻輕柔地幫她按摩太陽穴。她沈吟了一會兒，說道：「主子，您別生氣，這事讓王爺來查不就行了嗎？」

太后沒有出聲，而是靜靜享受這力道剛剛好的按摩。

她何嘗不明白這個道理？可是她就怕此事涉及後宮妃嬪，以傑兒的性格，一定會追查到底，而且不會輕易饒過。如此一來，將會影響他們兄弟二人的感情。

她不是看不明白，而是不願意去相信，不斷選擇逃避。其實皇帝眼裡已經漸漸容不下傑兒了，如果傑兒在這個時候動了他的妃子，只怕會是一根導火線。她不能讓這樣的事情發生，畢竟手心手背都是肉。

如今她能做的，就是趕在傑兒前面查出真凶，如果真涉及妃嬪，事情定是不能搬上檯面。不管如何，她必須想辦法把這事處理掉，絕不能讓自己兩個兒子心生嫌隙，反目成仇。

她早已不是以前那生活在蘭谷裡的單純女子。一入宮門深似海，經過二十多年的後宮生活，她早已習慣這裡的明爭暗鬥。可是不管怎麼變，她始終是個母親，她不能眼睜睜看著自己的孩子骨肉相殘。

她一心想要讓春丫頭幫大齊國發展茶葉之路，無非就是想幫皇帝創造出一個富裕和平的盛世王朝。如今大齊國還未真正強盛起來，百姓也還未能安居樂業，這一切都需要傑兒的領軍能力，也需要皇帝的治國手段。因此無論如何他們兄弟都得攜手合作，缺一不可。

只不過，這次怕是不能給春丫頭一個公道了。

「母后，為何您的人也在查這件事？」皇甫傑牽著杜湘茹走了進來，一邊走一邊問道。

太后睜開眼睛，隱下了眸中的情緒，露出淡淡的笑容，說道：「春丫頭是母后的義女，母后讓人去查，無非就是想給春丫頭一個交代。傑兒，你覺得母后不能派人去查嗎？」

皇甫傑聽了，只是微微垂下眼簾，並不回答。

「傑兒，這裡是後宮，後宮的事情還是母后來處理會比較方便。」太后乾脆把話挑明了說。

她的意思很明白，事情出在後宮之中，應該由她來處理。而皇甫傑是一個王爺，不可插手後宮之事。

皇甫傑聞言，緊擰著眉頭，用探究的目光朝太后看了一眼，仍舊沒開口。

不一會兒，喬春和唐子諾也走了進來。

「兒臣給母后請安！」喬春跟唐子諾朝太后行了個禮，眼光雙雙投向站在一旁的皇甫傑。

皇甫傑微微搖了搖頭，嘴角露出一抹苦澀的笑。

母后的用意他哪裡猜不出來，現在他也只能暗中派人去調查了。只要查到幕後黑手，他就一定不會放過，管他是什麼位置上的人。明的不行，暗的還有人管得著嗎？只要確定那個對象消失，不會讓母后難過就行了。

太后望著看起來已無大礙的喬春，高興地笑了起來，連聲道：「好好好！春丫頭沒事了就好。」

「母后，兒臣想要出宮，不知母后……」喬春這會兒也不想管太后會怎麼想，反正她就是不想在這裡待下去了，一秒鐘她都覺得是煎熬。

「母后，春兒剛剛受了驚嚇，又懷有身孕，兒臣斗膽請母后准許我送她回去調養。」唐子諾不等皇太后開口，便恭敬地朝太后再次行禮，接下喬春的話。

「母后，兒臣讓湘茹也陪著他們一起回王府。」皇甫傑也提出要求，這個時候留杜湘茹在皇宮，他也不放心。

只不過他自己倒是一時半刻不能走，因為宴會還在進行中，他是王爺，自是不宜太早離開。

「好吧，哀家本想留春丫頭在偏殿休息，不過，既然你們想要回去，那就都回去吧。」

太后輕輕點頭，看著唐子諾交代道：「子諾，你要好好照顧春丫頭，她今晚真是被嚇壞了。她現在是雙身子的人，你要細心一點。」

太后頓了頓，續道：「今晚的事情，我一定會調查清楚，給春丫頭一個交代，你們就先在傑兒的王府裡住幾天吧。」

「謝母后，兒臣告退！」四人行禮後，轉身準備離開靜寧宮，可迎面而來的人卻讓他們硬生生停下了腳步。

一身明黃朝服的皇甫俊從大殿門口走了進來，看著殿中央的四人，先是一愣，隨即上前越過他們向太后請安。

「兒臣給母后請安。」

皇甫傑連忙轉身對他行禮。「臣弟參見皇上。」

喬春和唐子諾對視了一眼，彼此心領神會，雙雙與杜湘茹一起跪了下去。

「參見皇上，皇上萬歲萬歲萬萬歲！」

皇甫傑等人心中暗暗詫異，今晚可是皇上的婚宴，他怎麼會離開婚宴來到靜寧宮呢？如果他實在要離宴，也該去新妃子的寢宮啊！

「都起來吧。」皇甫俊走到太后身邊坐了下來，眸光輕輕掃過殿中央的幾人，目光不自覺地在喬春身上逗留了一下。

太后對於皇甫俊這個時候來這裡也感到很訝異，不過她剛剛已經看出大兒子的真實用意了。她沒想到都過去那麼久了，而且他今天剛納了新妃，怎麼對春丫頭還沒有死心？

「皇帝怎麼來啦？」太后裝作什麼也沒有看見似地問道。

皇甫俊微微側首看著太后，語氣頗為關心地問道：「聽說德馨在御花園裡出了事，朕作為德馨的兄長，總該來關心一下。」他說著便轉過頭，眼光就那樣停在喬春臉上。

一陣子不見，喬春似乎比以前更美，氣質更加出眾，讓他不自覺地被吸走所有注意力。

皇甫俊看著在大殿中安靜站著的喬春，內心又是高興，又是苦澀。這麼美又有才華的女子，竟然已為人婦。

這些日子以來，每每想到這些，皇甫俊就非常不甘心。他是一國之君，普天之下的東西都該是他的，為何他卻不能擁有這般美好的女子？母后為了斷絕他的念想，甚至還認她做義女。

一想到這件事，皇甫俊就會猜測母后到底愛不愛他，為何明知他喜歡喬春，卻要斷了他的路？

皇甫俊思緒千迴百轉，就那樣放任自己盯著喬春不放，忘了收回視線。或許這就是愈得不到，就愈放不下的滋味吧。

「謝皇上恩典。」喬春直接忽略皇甫俊的無禮打量，朗聲向他行禮道謝，也成功將他從紊亂的思緒中拉回神來。

皇甫俊這才如夢初醒，看見喬春跪在地上謝恩，連忙站起來大步走過去，親自伸手扶她起來，渾然忘了君臣之別、男女授受不親。

大廳裡的人都被皇甫俊這個舉動給震懾住，不禁面面相覷。

喬春心中一慌，感受到皇甫俊緊錮著她手臂的手緊了又緊，連忙站起來強扯出笑容，朝他福了福身子，說道：「德馨多謝皇兄關心。」

皇甫傑從震驚中收回心緒，看著皇甫俊難看的臉色，還有唐子諾狂抽搐的眼角，趕緊笑呵呵地打圓場。「皇兄可真是體貼皇妹啊，看得皇弟都有些吃味了。」

皇甫俊一聽，趕忙抽回了手，眼眸裡閃過一絲窘迫和怒色。但他臉上隨即又露出了淡淡的笑意，說道：「皇弟可真愛說笑，皇兄對你和皇妹都是一樣的。」皇甫俊說到「皇妹」兩個字時，語氣特別加重，語音也拉得長了一些。

皇甫傑聞言笑了笑，轉眸看向喬春，說道：「德馨，妳看吧，皇兄知道妳懷了身孕，對妳可是善盡兄長之責，不想看妳這個雙身子的人還這樣跪來跪去。」

皇甫俊一聽，不由得愣住了。他的眼光朝喬春腹部瞄了一眼，隱在衣袖中的手握成拳頭，緊了又緊。

此時皇甫俊突然對臉色不太好看的太后行了個禮。「母后，兒臣還有事，就先回去了。」說著，衣袖一甩，轉身就踏著大步離開了靜寧宮。

「恭送皇上。」

太后看著皇甫俊那負氣的背影，感到無比頭疼，便朝喬春他們揮了揮手道：「哀家也累了，你們都回去吧。」說著便站起身由李嬤嬤扶著步入後殿。

「恭送母后。」幾人行禮，轉身迅速離開這個令人窒息的地方。

第一一四章 有妳真好

一路上，幾個人沈默不語，心思各異。

下了馬車，唐子諾就牽著喬春的手直奔竹院客房，吩咐侍女熬鍋清淡的菜粥並煮一碗薑湯過來，又要她們備些熱水。

他身上的衣服已經乾了，可那湖水又腥又臭，實在一點也不好受。

「四妹，妳到床上休息一下，我去看看卓越。待會兒她們送上粥後，妳趁熱吃，等我回來再泡個澡。」簡單用毛巾泡了熱水擦過身體以後，唐子諾向喬春交代了一聲，便去探望卓越。

喬春看著唐子諾的背影，忍不住搖了搖頭。

他生氣了，但不是生她的氣，而是生皇上的氣。畢竟剛剛在靜寧宮裡皇上那出格的舉動，任誰看了都會不悅。不只唐子諾，包括自己在內所有人都很不高興，就連湘茹也是，剛剛在馬車上，她一張俏臉可是繃得死緊。

皇上當時到底有沒有想過他這一舉動的後果？往輕了說，大不了就是大夥兒不痛快，但心裡明白就好，以後躲著點就成；往重了說，那可就不得了了，他們是義兄妹，他的舉止關乎天家顏面，如果這件事被他哪個妃子知道了，還不鬧得翻天覆地?!皇上這一舉動，可是會將她推入火海啊！

太后的反應也很強烈，她臉上的表情已足以說明一切。喬春內心本來就跟明鏡一般，她不過是太后用「公主」這個身分當報酬的「苦工」。雖然她知道太后真心喜歡她，但她老人家要他們「用心擴種茶樹」已足夠表明一切。

當初如果不是因為大哥和柳伯伯希望自己做太后的義女，如果不是那些晉國人的狼子野心，如果不是抗旨要砍頭，她根本不會應下這個身分。

喬春坐在梳妝檯前，盯著鏡子裡的自己，不停地自我發洩。

只不過她雖是忿忿不平，但她也知道自己無力改變什麼。這裡有她的家、她的家人、她的愛人、她的孩子、她的朋友，就是想要躲開這一切，什麼都不管，也不可能。

更何況現在已經有太多人強勢將她拉入鬥爭之中，她只能一一面對，一一解決，無法逃避。

喬春一動也不動地坐在那裡，眼睛眨也不眨地盯著鏡子。不知過了多久，侍女們送來了菜粥和薑湯。

「公主，請用膳。」一個侍女走上前，站在喬春身側輕聲喚著她，一個侍女則站在桌前布著碗筷，笑容可掬地看著她。

「好，謝謝！」喬春站起身來，隨著她走到桌前，看著那熱氣蒸騰的白米青菜粥和幾碟醬瓜，頓時有了食慾。她坐了下來，抬頭看著兩個長相甜美的侍女，問道：「以後在大哥的王府裡，妳們就不要再公主、公主的叫了，就喊我唐夫人吧，我聽了比較習慣。請問兩個小妹叫什麼名字呢？」

「奴婢小月。」

「奴婢小菊。」

「小月、小菊，妳們以後也別再對著我自稱奴婢了，就用自己的名字吧。」喬春笑著點了點頭，拿起筷子挾了一塊涼拌脆瓜放進嘴裡，頓時胃口大開。

「奴婢不敢。」小月和小菊立刻驚慌地應道，眼裡卻充滿了感動。

喬春感到頭痛不已，她現在真的不想聽到什麼「奴婢」跟「奴才」的稱呼。反正她就是討厭這樣，這種尊卑關係只會讓她聯想到不痛快的事情，想到皇宮裡那幾個讓她過得不快活的傢伙。

唉！喬春暗暗在心裡嘆了一口氣，今天遭遇了太多事情，她已經很疲倦了，真的好煩啊……

「妳們要是再奴婢、奴婢的叫，我就生氣啦！」喬春佯裝生氣地看著她們，只想讓她們趕快把自稱改掉，因為現在她真的頭痛了。

兩個侍女可能是沒遇見過這樣的主子，也可能真怕喬春生氣，便齊聲應道：「知道了，謝謝唐夫人。」

喬春聽了，總算開心地笑了，說道：「不用謝，妳們和我一樣，都是人生父母養的孩子，沒什麼不同。」
聞言，兩個侍女感動落淚，不禁看著喬春傻傻笑起來。
喬春重新端起碗，此時唐子諾從門外走了進來，看著端坐在桌前用餐的喬春，暖暖地笑了。
「小月、小菊，妳們去幫我準備浴湯，這裡我們自己來就可以了。」喬春向唐子諾回以一笑，隨即將小月和小菊給支了出去。
「是。」小月跟小菊領命退下。
喬春放下碗筷，親手替唐子諾盛了一碗粥，問道：「卓越的情況好轉了沒？」
唐子諾搖了搖頭，嘆了一口氣，道：「怕是沒那麼容易好起來，他當時傷得太重了。」
「吃吧！」聽到唐子諾的話，喬春眉頭輕皺，伸手指了指桌上的熱粥，不再繼續這個沈重的話題。
兩個人沈默地喝完粥，又靜靜坐了一會兒，明明有千言萬語，卻又不知該從何說起。
過了一會兒，小月和小菊領著幾個侍女提著木桶魚貫而入，將熱水倒進浴桶裡。
在其他侍女都出了房門以後，喬春對小月和小菊吩咐道：「小月、小菊，妳們把桌上的東西都收了吧。」
「是！」
唐子諾站起來走到屏風後，喬春也跟了過去，踮著腳伸手替他脫外衣。唐子諾卻在這個時候緊緊握住喬春的手，定定看著她，突然輕輕一拉，將她抱進懷裡。

唐子諾輕輕把頭靠在喬春肩膀上，用力吸著她身上淡淡的幽香，這一刻，他才覺得一顆心真正平靜了下來。他清了清嗓子，柔聲道：「老婆，我不喜歡那個地方，也不喜歡那裡的人。」

喬春當然明白唐子諾話裡的「地方」和「人」指的是什麼，但是她並沒接下他的話，而是伸手環在他腰上，緊緊回摟他。

「今天妳在那裡不見了，妳知道我有多害怕嗎？當我看到妳的衣服在湖面上時，妳知道我有多恨自己嗎？老婆，我不是一個好老公，我總是說我一定會保護妳，可是我愈來愈覺得自己真的只是說了些空話，根本就沒辦法做到。我真的是一個沒用的老公！」

唐子諾的胸膛劇烈地上下起伏，喬春明白他的無助和害怕，也明白他此刻的激動。圈在他腰上的手又緊了緊，她無聲地安撫他，眼角悄悄流下兩行清淚。

這個傻瓜怎麼就這麼自責呢？這又不是他的錯，他也不可能時時刻刻都黏在她身邊不是嗎？

唐子諾吸了吸鼻子，續道：「妳生果果和豆豆的時候，我不在妳身邊；妳獨自撐起唐家的時候，我也不在妳身邊。這些日子以來，妳遇到那麼多事，我也未曾讓妳遠離危險，而是一次又一次眼睜睜看妳受到傷害。

「老婆，我真的覺得自己一無是處。行商我不會，種茶樹我不會，我突然對自己一點信心都沒有了，也開始質疑自己以前說過的那些話了。老婆，我真的不是一個好老公對不對？我也不是一個好父親，不是一個好兒子。」

喬春仍舊沒有搭腔，只是任由唐子諾宣洩隱忍的情緒，彼此緊緊擁抱。

過了好半晌，唐子諾的情緒才慢慢平靜下來。喬春這時才鬆開他，踮著腳尖輕輕吻了他一下。

她緊緊握住唐子諾的手，定定看著他，一字一句道：「你是一個好老公，你也是一個好父親，你更是一個好兒子，這些你都不要否認。我會遇到這些事情，並不是你我所希望，也不是你我能控制的。你說過的話，我知道你一定會做到，我相信你，我愛你！

「你放棄自己的專長和愛好，為了減輕我的壓力，你義無反顧投身到商場。你天天努力學習，經常跟著三哥東奔西跑，不管你現在是不是很厲害，但是我堅信你將來一定會成為商場中的人上人。

「兩個人相愛，不是誰為誰付出多少，而是兩個人可以一路相扶相持，相知相惜。老公，你別再想這些了，我們不該因為皇上一個舉止就變成這樣。他是怎麼想的，我不知道，我也不想知道。

「我只關心你，我只要知道我們相愛就可以了。待一切塵埃落定之後，我們就去過我們想要的生活。我想過了，三年後我們就雲遊四海好不好？就去完成我們的理想好嗎？」

喬春一口氣回應唐子諾的所有疑問，也像是在對他保證自己絕對不可能變心。

唐子諾定定看著她，黑眸璀璨，傻笑著猛點頭。

「來，泡澡吧，待會兒水都要涼了。」喬春邊說邊幫唐子諾脫下衣物。

喬春有些癡迷地看著唐子諾，細細打量燈光下的他。身材呈現倒三角形，胸膛健壯，臂膀有力，腰桿結實，腹肌紋理分明，每一處都彰顯出力量，充滿雄性魅力。

唐子諾看著喬春眼睛一眨也不眨地盯著他瞧，伸手刮了刮她的鼻子，挑眉眨眼，壞壞地笑道：「老婆，妳的口水流下來了。」

「呵呵，我才不會上當。」喬春笑了笑，低眸用眼尾餘光覷了他的臀部一眼，突然伸手朝那裡重重捏了一下，道：「去，水都快涼了。」

說著她狀似回味地看了看自己的手，唇角微彎。「這肉挺結實，也滿翹的。」

唐子諾眼底噙著笑，轉身輕笑著跨進大浴桶，靠著木桶坐了下去，熱氣裊裊而升，縈繞在他上方，從喬春的角度看過去，竟是一幅香豔到令人流鼻血的美男沐浴圖。

「老婆，我是不是長得很好看？」唐子諾的口氣中含著些許笑意和戲謔。

喬春看著他的側臉，輕啟紅唇道：「是，你是天下間最好看的男子。你帥，真的帥，真的好帥。」

真是的，這個人剛剛還一副多愁善感的模樣，才過沒多久，又變成這副吊兒郎當的樣子。

喬春慢慢走上前，嘴角掛著笑，伸手拿過桶邊上的布，輕柔地幫唐子諾搓起背來，彷彿他們已是幾十年的老夫老妻，怎麼看都覺得很和諧。

唐子諾享受地閉上雙眼，輕輕一笑，心滿意足地嘆道：「老婆，有妳，真好！」

聽他一字一句說著，那話裡的深情款款，又讓喬春臉上不禁一紅，她嬌嗔似地問道：「有多好？」

唐子諾扭過頭，見喬春面如桃花，哪裡捨得錯過此刻的濃情密意？他伸出手緊握她的柔荑，俯首親吻她的手背，讚道：「真好，真的好，真的很好！」

喬春有些呆滯，有些感動。這個男人居然學她剛剛說的那句「你帥，真的帥，真的好帥」，真是愈來愈皮了！不過，她很喜歡，聽了很是高興。

「老婆，妳今天泡澡的時候，不是邀我跟妳一起泡嗎？來吧，為夫抱抱。」唐子諾黑眸閃爍地說著，張開手臂，隨時準備將美人擁入懷中。

喬春伸手拍開唐子諾的手，淺淺一笑，說道：「別鬧。」

「我哪有鬧？這明明就是妳說的，妳當時就邀我一起啊。我想到宮中隔牆有耳，而且妳臉皮又薄，所以我就拒絕了，然後，咱們就改約回王府後一起泡。」唐子諾面露委屈，眨巴著眼，續道：「我知道了，妳一定是生氣了，妳氣我當時拒絕了妳，對不對？」

不等喬春回答，唐子諾再接再厲道：「我拒絕妳，也是因為要保護妳的名聲啊，妳怎麼就生氣了呢？妳這一生氣，我的心就很疼、很自責。早知道我當時就不該拒絕的，說什麼也不能讓妳生氣，是不是？」

喬春一時整個人怔住，看著他，一語不發。

這個男人什麼時候變得這麼能言善道？小小的一件事情，從他的嘴裡說出來就變了味。雖然他一再強調他怕她生氣，但是這話的意思怎麼聽都像是在說她不該生氣。而且，現在他的小心肝受傷了——因為自責。

望著眼前活力十足的面孔，喬春的心瞬間塌了一角，他說的一切就像鑽子拚命往她心裡頭鑿，與裡面無數個回憶融和，滿滿的、暖暖的……

喬春不由自主地伸手撫著胸口，輕聲道：「好滿，你別再往裡面鑽了，擠死了。」

「嘿嘿。」唐子諾露出一抹傻笑，靜靜地看著她。

突然間，他站起身從大浴桶裡跨步出來，長臂一伸，抽過屏風上的乾布，隨意往身上擦了擦，便伸手將喬春抱進懷裡，一步步往雕花大床走去。

喬春的手圈在他的頸脖上，嬌嫩的俏臉緊貼著他滾燙的胸膛。

輕輕將喬春平放在床上，唐子諾居高臨下地俯視她，只見她一張臉紅撲撲，眼睛水汪汪地看著他，從她的黑瞳中可以清楚看見自己，彷彿自己就是她的全世界。

這個發現讓唐子諾心中大喜，皇宮裡發生的事情，還有那些陰霾，在她純粹的眼神下，瞬間蕩然無存。

喬春直直盯著唐子諾的雙眼，看他的黑眸閃閃發亮，一點點湧進喜色，直到掃盡所有陰影。

喬春柔柔地笑了，伸手將唐子諾散落在臉頰的黑髮理了理，一雙明眸盛滿春風，微波蕩漾，攝人心魄。

「君當作磐石，妾當作蒲葦。蒲葦韌如絲，磐石無轉移。」喬春忽然輕聲呢喃出這段話。

唐子諾渾身微震，眼睛緊緊盯著喬春那如同花瓣一般嬌豔的紅唇，慢慢俯下身子，開始採摘那些屬於他的甜蜜……

——未完，待續，請看文創風120《旺家俏娘子》5

絶色煙柳

一半是天使 著

全套三冊

她要穿著美麗的外衣，
智慧機巧地為自己推轉命運之輪……

文創風 079 上

既然天可憐見，讓她重生一回……
她再不是那個任人欺凌的懦弱女子，
纖纖若柳、絕色之姿成了她的掩飾，
堅強的心志才是她扭轉命運的後盾……

文創風 080 中

姬無殤，這個天底下她最該防的男人，
時時刻刻放在心底怕著又躲著男人，
居然開口要跟她交易，
她竟傻得與虎謀皮……

文創風 081 下

願得一心人，白首不相離……
這是她唯一所願，
卻無法奢望她唯一所愛的男人能承諾實現……

農家妞妞

溫馨樸實、生動活潑／

穿越時空／經商致富／婚姻經營之動人小品！

旺家俏娘子

全套五冊

聰慧靈巧，是脫穎而出的基本條件；
找對方向，致富強國並非遙不可及。
她要讓這些人瞧瞧，一個農村小婦也能有大作為！

文創風 116 1

原本躺在手術檯上，默默忍受失去孩子的椎心之痛，
誰知一醒來卻穿越時空，靈魂附在一個剛懷有身孕的農婦身上！
這個與自己同名同姓的女子，丈夫為了救人被洪水沖走，
頓時從新嫁娘變成寡婦，空有副漂亮皮囊，日子卻過得苦哈哈。
看著滿臉悲苦的婆婆與小姑，還有窮得什麼都不剩的家，
喬春下了決心，定要發揮所長，讓這家人徹底翻身！

文創風 117 2

先是合夥對象的弟弟上門鬧事，害她早產；
接著還有他那仗勢欺人的母親，不甘被黃口小兒作弄，
竟將歹毒的惡心思動到孩子身上……
面對這群不知罷休的陰險賊人，喬春在心底默默發誓，
就算得化成厲鬼，也要他們付出代價！
只是她完全沒料到，那應該已經成為天邊一顆星的丈夫，
不但好好活著，還大大方方上門認親，親暱地叫著她的小名！

文創風 118 3

俗話說樹大招風，這句話真是一點也沒錯！
不過就是她的茶藝了得，連頭腦都比一般人清晰、敏捷，
再加上長得漂亮一些罷了，怎麼不但大齊國皇上對她念念不忘，
貴妃嫉妒得兩眼發紅，甚至連敵國王爺都別有心思，
害得她不僅差點在村子裡混不下去，身邊的人也無辜遭殃……

文創風 119 4

原以為從此能平靜度日，卻萬萬沒想到，女兒豆豆生了場大病，
還被人藉機擄走，連個影兒都找不到！
這下不得了，不僅全家上下人仰馬翻，婆婆也對她不諒解，
不但白眼相待，甚至來個相應不理，當她是隱形人，
讓喬春有苦說不出，瞬間從商場女強人降格為悲情小媳婦……

文創風 120 5 完

色迷迷的皇帝終於伸出魔爪，更有詭異至極的國師給他撐腰，
讓他們如同砧板上的魚兒，只能任人宰割！
不，她想要一家人快快樂樂、四處雲遊啊，怎能讓惡人得逞呢？
說什麼都得化解所有困難，保全這個小小的心願，
才不枉她穿越時空走這一遭！

天才廚藝美少女遇上天下最挑剔刁嘴的美少年

重生的試煉．穿越的新鮮
人情的溫暖．溫柔的情意
精緻烹煮的美食佳餚，佐以專一的愛情調味，
引得你食指大動、會心一笑……

食全食美 全套八冊

真情流露派寫作大手／尋找失落的愛情

文創風092 1

她對愛的癡傻竟換來寧氏全族遭到滅門之禍。
既然老天爺讓她重生，她定要好好的活一回！
從此，她不再是那個不解世事、爹疼娘寵的嬌嬌女，
她求爹答應教她廚藝，憑著過目不忘及異常靈敏的味覺，
她肯定能成為世上獨一無二的名廚。
她要避開前世所有的禍端，守護所有的親人。
她要看清楚所有人的真面目，不再受人欺瞞。
但容瑾這男人卻是她看不明白的，遇上他，她就上火……

文創風093 2

這個寧汐，是長得像個精緻的娃娃似的，模樣討喜，
但她不饒人的小嘴和倔強的性子，他領教得可多了！
哼！她想山高水遠不必再見，他偏不如她的願，
要知道少了她在眼前晃，他生活可就太平淡無聊了……

文創風094 3

這容瑾自大自傲，說話又毒辣，可實在太俊美了，
他只要淺淺一個微笑，都會令少女心神蕩漾。
不過迷戀他的少女之中可不包括她。
但看著他運用聰明才智地將鼎香樓炒得火紅，
她心生佩服之餘，覺得他的毒辣似乎沒那麼難忍了……

文創風095 4

容瑾的出身、絕美的容貌、睿智才情……
看得愈多，就愈明白他真有高傲狂妄的資格。
她配不上出身高貴的他，可他老是來撩撥她的心，
連夜探香閨這種事他都做得出來，她根本拿他沒轍……

文創風096 5

在他心裡，這寧汐什麼都好，就是太招人喜歡的這點不好！
迷了他就算了，還迷了一堆男人，
惹得他老大不痛快，吃不完的飛醋！
看來他下一步要籌劃的就是怎麼樣儘快娶她進門……

文創風097 6

寧汐知道大皇子想要的是她身上所具有的神奇異能，
她不想嫁入皇室當妾，更不想容瑾為了她衝動惹禍。
如果能平安地度過這次的危難，她願意早點嫁給容瑾……

文創風098 7

不能怪他性子急，娶妻這事他是一天也不想忍了！
心愛的女人遭人覬覦的感覺真是糟透了。
只要寧汐還沒娶進門，他就名不正、言不順，
無法大方地行使他作為丈夫的權益！

文創風099 8 完

這次容瑾真的無法低頭了，瞧他把她寵成什麼樣？
他全然地對她坦白，她卻藏著自己的秘密，
還是關於另一個男人的，這下更是氣極了！
婚後最大的爭執於是展開，冷戰就冷戰吧……

旺家俏娘子 4

國家圖書館出版品預行編目資料

旺家俏娘子 / 農家妞妞著. --
初版. -- 臺北市 : 狗屋, 民102.09
冊 ; 公分. --（文創風）
ISBN 978-986-328-139-9（第4冊：平裝）. --

857.7　　　　102016272

著作者　農家妞妞
編輯　連宓均
校對　黃薇霓　林若馨
發行所　狗屋出版社有限公司
地址　台北市104中山區龍江路71巷15號1樓
電話　02-2776-5889～0
發行字號　局版台業字845號
法律顧問　蕭雄淋律師
總經銷　知遠文化事業有限公司
電話　02-2664-8800
初版　102年9月
國際書碼　ISBN-13　978-986-328-139-9
原著書名　《农家俏茶妇》，由瀟湘書院（www.xxsy.net）授權出版

定價240元
狗屋劃撥帳號：19001626
網址：love.doghouse.com.tw　E-mail：love@doghouse.com.tw